Geest-Verlag
Verlag für engagierte Literatur

**Über dieses Buch**

Barbe Maria Linke erzählt in ‚Endlose Ufer‘ auf eine ganz eigenwillige und feinfühlige Weise von Menschen, die sich finden und verlieren, die sich treu und untreu sind, aber immer verbunden mit einer tiefen Sehnsucht.
Unendlich sind die Verbindungen, in denen sich ihre Figuren treffen, und unendlich sind die Möglichkeiten, wie sie sich vor und nach einer solchen Begegnung verhalten.
In der Erzählung ‚Elsas Wille‘ begegnen wir der jungen Lena, die, einem inneren Zwang folgend, das Haus der Freundin aufsucht. „Ich muss hin, kann es nicht länger vor mir herschieben. Keine Ahnung, was mich dort erwarten wird. Ich kann und kann Elsa nicht abschütteln. Sie ist tot!, sagt der Verstand. Ob ich es schaffe, mich trenne von ihr, wenn ich noch einmal ihr Haus betreten habe?“
Liebe und Tod, Tanz und Musik durchdringen diese Erzählungen. „Und auf einmal begriff ich, was mit mir geschah. Es war die Melodie, die mich besetzt hatte, seitdem ich Mary begegnet war“, heißt es in der Erzählung ‚Der Sohn George‘.
Beim Lesen spüren wir einen heftigen Wind, der flüstert: Nippe nicht, stoße den Rüssel hinein ins volle Leben.

Barbe Maria Linke

# Endlose Ufer

Erzählungen

Mit einem Nachwort von
Georg Schwikart

Bilder von
Steffen Mertens

Barbe Maria Linke
Endlose Ufer
Erzählungen

Coverbild:
Mirjam Linke
Landschaft, 2023
Eitempera auf Papier
50 x 75 cm

ISBN 978-3-86685-732-2


Verlag: Geest-Verlag
Marienburger Straße 10
49429 Visbek
Tel. 04445-3895 913
Geest-Verlag@t-online.de
www.Geest-Verlag.de

Druck: Geest-Verlag

Printed in Germany

**Inhalt**

## Vorbemerkung der Autorin

Fragen Sie sich auch manchmal, verehrte LeserInnen, wozu bin ich hier in dieser Welt? Was ist mein Auftrag? Dann halten Sie das richtige Buch in den Händen.
Die Entstehungszeiten der vorliegenden Erzählungen sind so unterschiedlich wie der Schreibprozess. Das Kammerstück ‚Auferstehung‘ flog mir zu – wie eine Vogelfeder. Ich hob sie auf, betrachtete die Struktur der weiß-schwarzen Feder. Andere Erzählungen folgten, manche mit schwerem Schritt, als klebte an ihren Füßen Uckermärkische Lehmerde. Andere wieder schienen zu lächeln, freuten sich, entdeckt zu werden. Zärtliche bis stürmische Erotik weht in diesen Geschichten, die vom Leben erzählen, so wie es gerade ist.
So unterschiedlich wie jede Blüte, jede Vogelfeder, so unterschiedlich er-fahren wir das Leben.
Ist das Leben vorprogrammiert? Wer steckt die Grenzen ab? Wer verweigert uns, selbst zu denken und in die Ferne aufzubrechen? Das sind die Themen der Erzählung ‚Frühstück in Franzensbad‘. Es ist eine deutsche Geschichte, die sich überall da ereignet, wo Tyrannen ihre Macht ausüben. Sich dieser Macht zu widersetzen, darum kreisen die Gespräche in ‚Frühstück in Franzensbad‘.
Die Menschen, die sich in diesen Geschichten treffen, teilen Essen und Trinken, Tränen und Lachen. Und sie feiern ein Lebensfest.

Für Hanna, Matthis, David und Jakob,
meinen Enkelkindern

Dort, wo die Grenzen enden, die Wege sich verwischen. Wo das Schweigen anfängt.

Dort dringe ich langsam vor und bevölkere die Nacht mit Sternen, mit Worten,

mit dem Atem eines fernen Wassers, das mich erwartet, wo die Frühe beginnt.

Octavio Paz

Und weiter sah ich den Sisyphos in gewaltigen Schmerzen: wie er mit beiden Armen einen Felsblock, einen ungeheuren, fortschaffen wollte. Ja, und mit Händen und Füßen stemmend, stieß er den Block hinauf auf einen Hügel. Doch wenn er ihn über die Kuppe werfen wollte, so drehte ihn das Übergewicht zurück: von neuem rollte dann der Block, der schamlose, ins Feld hinunter. Er aber stieß ihn immer wieder zurück, sich anspannend, und es rann der Schweiß ihm von den Gliedern, und der Staub erhob sich über sein Haupt hinaus.

Homer, Odyssee, 11. Gesang

## Tanz, meine Schöne

Braun gebrannt, ein helles Seidentuch auf dem Gesicht, so liegt sie im Sand. Als wäre sie von einem Insekt gestochen worden, springt Susan auf, läuft ans Ufer, füllt eine Wasserflasche, legt Farben und Pinsel auf ein Tuch. Und beginnt zu malen. Ein Kind kommt angesprungen und fragt: Darf ich auch mit deinen Farben malen? Susan lacht und nickt.

Sie sieht, wie das Kind mit den Farben zu spielen beginnt, wie es Strich, Punkt, Strich erst ihren Rücken, dann ihren Bauch bemalt.

Ob es das Mädchen war, das Carmen hieß, das sie aus der Lethargie riss? Carmen war ein spanisches Mädchen mit Blüten im schwarz leuchtenden Haar.

Weißt du was?, rief Carmen, die hüpfend herankam, an einem Morgen: Heute male ich nicht! Heute schreibe ich auf deine Haut.

*Allá, del otro lado, se extienden las playas immensas como una mirada de amor ...*

Die Idee gefiel Susan sofort. Die Buchstaben legten sich wie eine Girlande um ihren Arm.

*Dort drüben, jenseits, dehnen sich die endlosen Ufer wie ein Liebesblick ...*

Susan konnte nicht anders, sie musste sich drehen, drehen. Auch Carmen drehte sich, warf Arme und Beine in die Luft. Die Leute blieben stehen, verrenkten ihre Hälse. Einige klatschten, andere kicherten, stießen sich an.

Als Susan vor einem halben Jahr das Studium geschmissen hatte und auf die Vulkaninsel gekommen war, wollte sie vom Gesangunterricht leben. Aber nur selten meldeten sich Schüler bei ihr an.
Die Gaffer störten Susan nicht. Sie trällerte und sang, drehte sich wie das Kind, das nicht von ihrer Seite wich.
Plötzlich regnete es. Die Touristen flohen vom Strand. Auch Carmen war fort. Susan genoss die Stille, schaute sich um, hinter ihr saß jemand im Sand, der seine Schuhe anzog.
Na du?, lachte er sie an.
Leon lebte in einer Höhle über dem Ort. Und über dem Meer. Susan begleitete ihn. Er trug einen zerdrückten Strohhut, Wanderschuhe und einen Rucksack auf dem Rücken. Wohin sie schaute Steine, Geröll, Kakteen. Leon bückte sich, betrachtete eine winzige sonnengelbe Blüte, richtete sich auf: Gehen wir weiter! Es ist nicht mehr weit. Seine Hand zeigte auf ein Plateau über ihren Köpfen.
Leons Höhle. Blitzsauber, mit Vorhängen und Bildern. Vor dem Eingang eine blühende Aloe.
Magst du? Leon hielt eine Wasserflasche gegen das Licht, goss zwei Gläser ein. Siehst du die Grube da unten? Susan sah etwas blinken, mehr konnte sie nicht erkennen.
Ich sammle Regenwasser, fülle es in Flaschen. Es muss ablagern. Das, was du gerade trinkst, ist von 2019.
Sie blickte skeptisch, glaubte ihm nicht. Das Wasser schmeckte frisch, kein bisschen brackig.
Leon schnitt eine Avocado auf, reichte ihr eine Hälfte.
Susan rückte den Korbsessel so, dass sie in die Höhle und in den Himmel sehen konnte.

Ich geh kurz ins Internet!, rief Leon, der mit dem Laptop unterm Arm eine Bergwand hinaufstieg. Sie sah ihm nach, hob die Schultern, blickte sich in der Höhle um. Erstaunt stellte sie fest, es gibt zwei weitere Kammern, die Leon, wie sie auf dem Rückweg erfuhr, in jahrelanger Arbeit aus dem Stein gehauen hatte. Später erklärte er ihr auch die Solaranlage, die er im letzten Winter gebaut hatte.
Ich hab dich beobachtet, grinste er. Jeden Morgen, wenn ich den Berg hinuntersteige, bin ich gespannt, was du an diesem Tag vorführen wirst. Ich staunte, als ich dich das erste Mal singen hörte: *Allá, del otro lado, se extienden las playas immensas como una mirada de amor ...*
Leon sah sie aufmerksam an, Octavio Paz, stimmt doch, oder?
Sie zog ein zerlesenes Bändchen aus dem Rucksack: Hier, ich schenk dir seine Gedichte!
Er goss die Gläser noch einmal voll, blieb vor Susan stehen: Deine Performance ist stark! Doch immer, wenn es spannend wird, bist du gegangen.
Es dunkelte, als sie hinabstiegen.
Von einem Tag auf den anderen mochte Susan sich nicht mehr zur Schau stellen. Ob es an Carmen lag, die nach dem Regen nicht mehr gekommen war?

Susan sitzt auf der Plaza, unter den alten Lorbeerbäumen, beobachtet die Menschen. Manchmal ist ihr, als käme Carmen hüpfend über die Brücke, als winke ihr das Kind. Dann springt sie auf: Carmen! Sie reckt sich, schaut sich um, lässt die Arme sinken. Gab es das Mädchen überhaupt? Hat ihr das flirrende Licht die Kleine nur vorgegau-

kelt? Susan möchte den Jungen anhalten, ihn fragen, der auf einem Skateboard über die Plaza saust. Auf einem Balkon ein mächtiger Vogel mit gelbem Schnabel, der die Flügel spreizt und krächzt: *mi a-mor, mi a-mor.*
Susan läuft über die Brücke zum Hafen. Heute ist sie mit Leon verabredet.
Ich komme zurecht!, antwortet sie auf seine Frage. Sie sieht ihn an, stell dir vor, ich hab einen Job! Ein Diplomatenpaar hat mich gefragt, ob ich die Hausaufsicht übernehmen würde für ein Jahr. Du kannst mich ja dort besuchen kommen!

Von der Terrasse aus sah sie Leon die Gasse heraufkommen. Er brachte einen Freund mit, der schwer atmend die vielen Treppen heraufstieg. Der Kopf war kahl, seine Augen blickten sie forschend an. Er ist mindestens siebzig Jahre alt, vermutete Susan.
Das ist Nico!, sagte Leon. Kann er eine Weile hierbleiben?
Bei mir? Susan schüttelte den Kopf. Das geht nicht, was denkst du dir denn!

Nico blieb. Machte sich im felsigen Gelände zu schaffen, wässerte die Pflanzen, schnitt die Bougainvillea. Jeden Morgen lief Susan hinunter zum Meer, um zu schwimmen. Das tägliche Treppensteigen wäre für Nicos Herz zu anstrengend gewesen. Abends nahm er seine Gitarre, spielte und sang, während Susan ein Glas Rotwein trank. Sie mochte, wie seine Finger über die Saiten glitten, seine Haut roch nach dunklen Oliven.
Ab und zu stieg Nico die vielen Stufen hinab, ging in die Bank. Mit einem Bündel Geldscheinen kam er zurück,

steckte sie in den Kasten, der für die Haushaltsführung vorgesehen war. Kauf dir was Schönes!, sagte er dann.
Susan hatte die Hauseigentümer fast vergessen, die Anfang November plötzlich in der Tür standen. Sie wollte gerade mit Nico frühstücken, nachdem sie vom Schwimmen zurück war.
Wer ist das?, wollte die Hausherrin wissen, die mit einem Finger auf Nico zeigte.
Ein Mann!, antwortete Susan.
Nico kicherte, ging nach nebenan, packte ihre Sachen. Eine Stunde später standen sie auf der Plaza. Nico bestellte Kaffee. Sie redeten nicht, sahen sich nur an, bis Nico sagte: Komm, meine Schöne! Jetzt bin ich dran! Er zog Susan hoch, ging mit ihr zu einem Taxi.

Sie staunte, als Nico eine Tür aufschloss, die in einen Garten führte. Sie schaute Nico an, der zu erzählen begann, wie er hier gelebt hatte. Bis mich Leon zu dir mitnahm, Susan!
Sie essen Kalabassa, der in Nicos Garten wächst, und Erdbeeren, die am Südhang reifen.
Das Jahr ging zu Ende. Susan bereitete ein Festmahl vor. Leon würde am nächsten Tag kommen und Freunde mitbringen. An diesem Abend ging Nico zeitig zu Bett. Susan kam aus dem Bad, wollte ihm eine Decke über die Füße legen, beugte sich über ihn. Nico atmete nicht mehr. Was sie auch tat, wie sehr sie ihn schüttelte, sie konnte ihn nicht lebendig machen.

Sie saß vor dem Sarg in der Kapelle. Menschen, die sie nicht kannte, füllten den stillen Raum. Sie staunte, wie

viele Leute Nico gekannt hatten. Nachdem Nico auf dem Friedhof eingemauert war, trank sie mit Leon ein Glas Wein auf der Plaza.
Was wirst du jetzt machen, Susan?
Sie schwieg, wischte die Tränen nicht fort.
Du hast Nico geliebt? Erstaunt schaute Leon sie an. Ah!, er sprang auf, setzte sich wieder, ließ Susan nicht aus den Augen. Ah! Er riss sie hoch, wer hätte das gedacht, Susan!
Sie nahm die Sonnenbrille ab, schüttelte das schulterlange Haar, stampfte mit den Füßen auf.
Tanz!, schallte es über den Platz. Tanz, meine Schöne!
*Allá, del otro lado, se extienden las playas immensas como una mirada de amor ...*

**Anders**

Die S-Bahn ruckt, hält vor einer hellgrünen Tafel. *Parkett gibt's bei A N D E R S.*
„Anders, so heiße ich!" Er neigt den Kopf, lüftet den Hut, fasst an seine Brille; das dunkel glänzende Haar nach hinten gekämmt.
Nora schaut den Mann an, der ihr gegenübersitzt und der auf die Tafel zeigt, an der sie vorbeifahren. Erst als sie mit ihm die steile Treppe hinuntergeht, er am Blumenstand stehen geblieben ist, wird ihr bewusst, was sie tut. Er nimmt ihren Arm, geht mit festen Schritten aus der Bahnhofshalle über eine Kreuzung.
„Halt! Was haben Sie vor?"
Er lacht, sodass sie mitlachen muss, nur weshalb weiß sie nicht.
„Kommen Sie, ich möchte Ihnen etwas zeigen! Sehen Sie das karminrote Kleid dort im Schaufenster?" Er betritt eine Boutique, nimmt den Hut ab, stülpt ihn einer Frau auf den Kopf, der er einen Kuss gibt. „Hallo Jenny. Hast du das Kleid noch, du weißt schon, das mit den Federn im Rückenausschnitt?"
„Hallo Tom! Du hast Besuch mitgebracht, aus den USA?"
„Nein, nein, kein Besuch. Du hast meine Frage nicht beantwortet und meinen Kuss nicht erwidert." Er fasst an seine Brille, bevor er sehr bestimmt sagt: „Ich möchte es kaufen, Jenny."
„Es kostet ein Vermögen, ich warne dich, Tom!"
Er flüstert mit Jenny, die aufsieht und nickt.

„Wie finden Sie es?"
„Ich?"
„Ja, Sie!"
Nora schüttelt den Kopf, drückt den Mann zur Seite, hält die Klinke in der Hand.
„Was haben Sie? Ich kaufe Ihnen ein Kleid, das mir gefällt!" Er stößt den Stock hart auf den Steinfußboden. „Kommen Sie!" Energisch zieht er sie ins Nebenzimmer. „Hier ist es ruhiger. Ja, setzen Sie sich dorthin. Es ist der bequemste Sessel, den ich kenne. Er stand in einem Flensburger Herrenhaus, bevor er hierherkam. Jenny hat ihn entdeckt und neu beziehen lassen. Olivgrün, die Farbe steht Ihnen auch!"
„Ich muss los!"
„Wo bleibt der Tee, Jenny?"
„Er kommt, er kommt sofort, Tom!"
Er beugt sich vor. „Wie heißen Sie?"
„Nora." Sie beißt sich auf die Lippen, ist aufgesprungen. „Sie machen mich ganz verrückt!"
„So setzen Sie sich doch wieder!" Er zieht eine Visitenkarte aus dem Jackett: „Bitte, rufen Sie mich an, Nora!"

Sie hat ihn nicht angerufen. Dazu ist es nicht gekommen. Kommt sie von der Arbeit, sitzt er schon im Abteil, der Herr mit Stock und dunkler Brille. Erstaunt stellt sie fest, ich freu mich auf ihn. Unter den Linden steht er auf, setzt sich ihr gegenüber. *Es ist ein Spiel*, schreibt sie ins Tagebuch. *Ein Spiel, das uns beiden gefällt.*

Ihre Mutter ist in ein Seniorenstift gezogen. Nora ist erleichtert. So muss sie nicht jeden Abend nach der Arbeit zu ihr gehen.

„Es ereignet sich nichts! Wie war dein Tag, Kind?"
Sätze, die die Mutter täglich wiederholt.
„Lebt dort drüben im Haus überhaupt jemand, Kind?"
„Im Erdgeschoss brennt Licht."
„Ich seh nie jemand. Nie!"
„Ja, ja", murmelt Nora, die in Gedanken schon die Treppe hinunterläuft.
An der Tür hört sie die Mutter leise sagen: „Wie dünn sie ist! Wie lange will sie diese langweilige Arbeit noch machen?"

Ob Nora will oder nicht, sie denkt an Tom. Ob er sie vermissen wird, wenn sie nicht mit der S-Bahn fährt? Sie bummelt den Kurfürstendamm hinauf, ist nicht erstaunt, als er plötzlich vor ihr steht. Er verbeugt sich knapp, lächelt, die Oberlippe hochgezogen. Sie zögert einen Moment zu lange, da nimmt er ihren Arm, geht mit ihr in ein Straßencafé.
„Was möchtest du trinken, Nora?"
„Was wollen Sie von mir?"
„Dich!"
Aber das weiß ich doch!, trällert sie, als sie durch den Park nach Hause läuft.

Bunte Raketen steigen in die Luft. Nora hat heute nichts Besonderes vor. In den letzten Tagen hat sie keine Nachrichten gelesen, auch nicht abgehört. Sie lässt sich treiben und fragt sich, was los ist mit ihr. Es geschehen Dinge, die ihr unerklärlich sind. Wer ist der Mann, dem sie immerzu begegnet? Ob er blind ist? Sind Stock und Brille Maskerade?

Die U-Bahn hält, sie steigt aus, läuft über die Kreuzung. Die Ampel ist ausgeschaltet. Die Fahrbahn fast leer. Atemlos steht Nora vor Jennys Boutique. *Heute geschlossen.* Als sie Schritte hinter sich hört, dreht sie sich um. „Hat Tom Sie nicht benachrichtigt, Nora?“ Jenny kommt näher, stutzt. „Was haben Sie? Ist Ihnen nicht gut? Kommen Sie herein!“ Jenny sperrt die Ladentür auf, reicht Nora ein Glas Wasser. „Sie kommen doch mit zu seiner Silvesterparty?“ Sie wartet keine Antwort ab, schiebt Kleider und Röcke hin und her, läuft suchend umher, bleibt vor Nora stehen. „Geht es Ihnen jetzt besser?“ Wieder läuft sie hin und her, öffnet eine Schranktür. „Da ist es ja!“ Sie dreht sich um. „Bitte ziehen Sie sein Kleid an! Tom hat es doch für Sie gekauft, Nora!“

Erstaunt betrachtet sich Nora im Spiegel, dreht sich um ihre Achse, wirft den Kopf in den Nacken, schüttelt das lange Haar.

„Super!, sein Kleid steht Ihnen. Wissen Sie was? Behalten Sie es gleich an, Sie können ja einen Pullover drüberziehen, dann frieren Sie nicht. So machen Sie schon! Silvester ist um Mitternacht vorbei!“

Jenny konzentriert sich auf den Verkehr, als sie aus der Stadt herausfahren.

„Wohin fahren wir?“

„Zu Tom.“

„Halten Sie sofort! So halten Sie schon an!“

Jenny ist auf die Bremse getreten. Keiner sagt etwas. Eine Minute vergeht, danach gibt sie wieder Gas. „Tom lebt seit vielen Jahren in Santa Barbara, hierher kommt er nur noch zu Konzerten und Aufnahmen.“

Nora schweigt, sieht stur geradeaus.
„Die Party wird Ihnen gefallen. Tom kocht wunderbar. Sie werden es genießen."
Sie verlassen die Straße, biegen in einen Waldweg ein.
„Noch fünf Minuten, dann sind wir da. Übrigens tanzt Tom auch wunderbar."
Etwas Dunkles, Schnelles läuft auf die Scheinwerfer zu. Nora stößt einen hohen, spitzen Schrei aus. Dann wird es Nacht.

Er schickt Blumen, auf der Karte steht *Für Dich*. Wäre Nora ehrlich, müsste sie zugeben, mir gefällt seine Schrift, doch ich weiß nicht, ob ich seine Blumen will.
„Sie hatten Glück", betont der Stationsarzt bei der Visite, „großes Glück! Es hätte ganz anders ausgehen können."
Die Mutter ist aus dem Seniorenstift zurück in ihre Wohnung gezogen. „Ich lasse mich doch nicht bevormunden, du weißt ja nicht, wie sie einen dort behandeln, Kind!"
Das Sprechen strengt Nora an. Die Mutter ruft täglich in der Klinik an. „Wie konnte es nur zu dem Unfall kommen, Kind? Wenn du aus dem Krankenhaus heraus bist, kannst du erst einmal bei mir wohnen." Schweigen in der Leitung, bis die Mutter stoßweise atmend sagt: „Ich muss dir etwas Wichtiges mitteilen."
„Schäden sind keine zurückgeblieben", sagen die Ärzte, als Nora entlassen wird.

Und dann passierte es. Was denn, Kind?, würde die Mutter fragen, nähme sich Nora Zeit, wie an diesem Abend. Das Abendbrotgeschirr ist gespült. Ihre Hände liegen nebeneinander auf dem Tisch, berühren sich nicht.

„Ich will es endlich los sein, Nora!“
„Was denn, Mama?“
Die Mutter hebt den Kopf. „Es hat geklopft! Geh, sieh bitte nach, wer es ist, Kind.“
Vor der Tür steht Tom. Er drückt Nora einen Rosenstrauß in die Hände, wirft seine Jacke auf einen Stuhl, geht auf die Mutter zu, küsst sie auf die Stirn.
Was geht hier vor? Stumm schüttelt Nora den Kopf, während sie die Rosen in eine Vase stellt.
Tom ging gegen elf. Sie sprachen vor allem über die Festspiele im Juni, an denen Tom teilnehmen würde. „Schade“, sagte er und berührte die Hände der Mutter, „dass du mich nicht begleiten kannst, so wie früher!“
„Ja“, hörte Nora ihre Mutter sagen, „ich spiele nur noch für mich.“ Das Telefon klingelte. Es war die Nachbarin, die ihre Medikamente nicht finden konnte. Nora ging zu ihr hinüber. Nach einigen Minuten kam sie zurück.
Sein Gesichtsausdruck hatte sich verändert, der Unterkiefer, die Mundpartie; immerfort nahm Tom die Brille ab, wischte über die Augen, sah zu Nora hin, die in der Küchenecke beschäftigt war. Es war spät geworden. Die Mutter setzte sich ans Klavier, was sie nie tat, wenn fremde Leute da waren. Tom blätterte die Seiten um, bis er sich neben sie setzte. Sie spielten Schubert, hin und wieder tauschten sie einen Blick. Kurz vor elf stand Tom auf, flüsterte mit der Mutter. Nora hörte, wie er sagte, „wir sehen uns morgen, nicht wahr?“ Ihr winkte er zu, bevor er ging.
Nora räumte die Weinflaschen weg, plötzlich durchzuckte es sie, sie schrie die Mutter an: „Woher kennt ihr euch?“

Die Mutter murmelte etwas, hielt sich an der Tischkante fest. „Morgen reden wir, Kind! Jetzt bin ich zu schwach.“ Woher kennen sie sich? Wieso sind sie so vertraut? Nora sah, dass die Mutter ihr keine Antwort geben würde. Außerdem musste sie ins Bett, morgen sollte sie auf dem Apothekenkongress sprechen. Leise klappte die Tür ins Schloss.
Sie hatte verschlafen. Nora verbrannte sich die Zunge am Espresso, griff ein Knäckebrot, stürmte zum Auto. Sie sprach genau zwanzig Minuten. Es gab Beifall. Der anschließende Vortrag interessierte sie nicht. Nora beschloss, mit einem Kollegen frühstücken zu gehen. Sie standen gerade vor dem Fahrstuhl, als ihr Name ausgerufen wurde.

Die Mutter versuchte die Augen zu öffnen. Speichel rann aus dem dunklen Mund. Die rechte Hand hing herab, rutschte weg, wenn Nora sie fassen wollte. Es hörte sich an, als wollte die Mutter ihr etwas sagen, ein Stöhnen brach aus ihrem Mund.
Nora beugte sich über die Gitterstäbe, strich über die nasse Stirn. „Was ist passiert?“, fragte sie den diensthabenden Arzt.
„Ihre Mutter hat gute Aussichten“, antwortete der Mann in weißer Hose und weißen Sandalen. „Machen Sie sich keine Sorgen, Ihre Mutter ist ja nicht das erste Mal hier.“ Der Arzt sah Nora an, „über das Gitter am Bett müssen Sie sich auch keine Sorgen machen. Es wird wieder, wie jedes Mal.“
Am nächsten Morgen war die Mutter tot.

Schon von Weitem erkennt Nora das weiße Boot. Die Fähre nach Rømø. Vorsichtig steuert sie das Auto aufs

Schiff, reckt sich, zieht die Seeluft tief in die Lunge. Langsam steigt sie die Stufen hinauf. Das dunkel glänzende Haar, die dunkle Brille, der Stock. Er gestikuliert mit beiden Händen, spricht lebhaft mit einer Frau. Langsam geht Nora auf ihn zu. „Hallo!“

„Darf ich euch bekannt machen?“ Tom dreht seinen Hut in den Händen.

„Aber Tom!“, lacht Jenny, „wir kennen uns doch!“

„Bitte!“, sagt Nora.

„Jenny, meine Frau.“

Ein Sirenenton dringt an Noras Ohr. Sie schlägt die Augen auf. „Was ist denn los? Wieso guckst du so, Tom?“

„Du bist direkt vor meine Füße gefallen. Kannst du wieder stehen, Nora?“

„Wieso nicht?“

„Gib uns deine Autoschlüssel, lass dich fahren, Nora!“

Schafe auf dem Deich. Tief hängende Wolken. Die Hafenstraße. Vor der Kirche biegt Tom in einen Sandweg, hält vor einem reetgedeckten Haus. „Hier wohnen wir! Und wo ist deine Ferienwohnung?“

Stumm zeigt Nora geradeaus.

„Kommst du allein zurecht? Du könntest sonst auch bei uns …“

Sie nimmt ihm den Rucksack ab, geht los, ohne sich umzudrehen.

„Wann kann ich dich sehen? Es ist wichtig, Nora!“, hört sie ihn rufen.

Jeden Tag wartet sie auf Tom, fährt nicht an den Strand, schwimmt im Watt, will ihn nicht verpassen. Abends läuft sie zu seinem Haus, versucht ins Zimmer zu spähen. Näher wagt sie sich nicht heran. Sie will nicht ihre Köpfe zusammen sehen, nicht seine Stimme hören, die zärtlich mit Jenny spricht. Sie will ihn allein, und für sich. Der Gedanke sitzt wie ein Greifvogel auf ihrem Kopf, der hackt und hackt.

Acht Tage sind vergangen. Nora wartet nicht mehr, fährt auf dem Rad ans Meer, schwimmt weit hinaus. Der endlose Strand. Das Mövenschreien.

Am Abend steht Tom plötzlich in der Tür, kommt zögernd auf Nora zu, streckt ihr beide Hände entgegen. „Darf ich mich setzen?"

„Bitte."

„Du bist wütend auf mich, das versteh ich. Jeden Tag wollte ich herüberkommen, einen Spaziergang mit dir machen ..." Er hält den Kopf gesenkt, zupft am Pullover.

„Zieh ihn aus, wenn er juckt! Mensch, weißt du überhaupt, was du angerichtet hast? Jeden Tag hab ich auf dich gewartet, jede Stunde!" Sie dreht sich weg, will ihre Tränen nicht zeigen.

Er legt eine Hand auf ihren Arm. „Jenny ist schwer krank, vor wenigen Wochen haben wir geheiratet. Ich wollte es dir sagen, aber du hast ja nie auf meine Nachrichten reagiert." Er geht auf Nora zu, hebt bittend eine Hand. „Lass uns einen Spaziergang machen, bitte, Nora!"

Sie zieht die Regenjacke vom Haken, stülpt einen verbeulten Filzhut auf den Kopf, rennt los. Tom atmet schwer, er muss immer wieder stehen bleiben. Da springt sie aus dem Gebüsch, nimmt Anlauf, wirft sich auf den kräftigen Mann. Tom taumelt, stürzt in eine Brombeerhecke. In hohen Sprüngen stürmt sie davon.

Mitternacht ist vorbei, als sie pitschnass an sein Fenster klopft. Tom legt einen Finger an den Mund. „Jenny schläft. Endlich ist sie eingeschlafen."
„Jenny, immer wieder Jenny! Ich halte das nicht aus!"
„Nora!"
„Lass mich! Du siehst, in welchem Zustand ich bin. Das siehst du doch, Mann!"
„Warte, ich bring dich rüber. Jenny wacht erst gegen Morgen auf, sie hat ein Schlafmittel genommen." Er schiebt die Terrassentür auf, hakt sich bei ihr ein.
„He!" Nora gibt ihm einen Schubs, lacht mit großem Mund. „Soll ich dich wieder in die Brombeeren stoßen?"
„Wie frech du bist, Kind."
„Nenn mich nicht so!"
„Darf ich mit reinkommen?"
„Komm! Du weißt, was ich will!" Sie wischt ihm Nässe vom Gesicht, nimmt ihm die Brille ab.
Schwer atmend geht er umher, lässt sich in einen Korbstuhl fallen. „Hast du einen Kognak für mich?"
„Brauchst du denn einen?" Sie gießt zwei Gläser ein, küsst ihn auf den Mund.
„Nora!"
Sie tupft über seine feuchte Stirn, knöpft sein Hemd auf.
„Hör auf damit!"
„Wie gut du riechst, Tom!"
Er zieht sich an der Tischkante hoch, sieht sie an. „Ich bin dein Vater, Nora."
Sie lässt die Arme sinken, geht in die Knie, springt auf, stürzt sich auf ihn. Er versucht die Hände festzuhalten, die

auf ihn niederprasseln, ihre Zähne graben sich in seinen Hals.

Sonnenstrahlen flirren über die Gardine, die sie zur Seite schiebt. Sie öffnet alle Fenster. Betrachtet ihn. Wie dunkel sein Haar ist, wie weiß die Augenlider. Sie hebt die Brille auf, die zerbrochen auf den Dielen liegt, setzt seinen Hut auf.
So verlässt sie das Haus.

Ohne Titel
Tuschmalerei auf Chinapapier, Collage auf Leinwand
2017/18
100 x 70 cm

**Die Weite, das Meer**

Die See ist ruhig an diesem Morgen. Der Horizont scheint unendlich, ab und zu bricht die Sonne durch. Sie schwimmt bis zur Boje. Und darüber hinaus. Irgendwann muss sie zurückschwimmen. Das Ufer kommt näher. Rasch trocknet sie sich ab, das Wasser hat nicht mehr als 14 Grad.
Der Bademantel streift über den Sand, das Handtuch hängt um Hals und Schultern. In kurzen Sprüngen läuft sie zum Dünenaufgang in Gedanken an den heißen Morgenkaffee.
Ein Mann kommt auf sie zu, bleibt neben ihr auf der Überbrückung stehen. Augen hinter runden Gläsern, wehendes Haar. „Aber … Da bist du ja!“
Sie hält im Laufen inne, ihr gefällt die Idee sofort, eine andere zu sein, eine, die der Fremde umarmen und küssen wird. Ich bin nicht die, die du meinst!, will sie sagen und schnell weitergehen. Er trägt einen Blaumann, das Gesicht schmal, sein forschender Blick.
„Wo wohnen Sie denn?“, fragt sie, weil ihr nichts anderes einfällt und er ihr den Weg verstellt.
„Dort, in dem reetgedeckten Haus mit den grünen Fensterläden.“
Das lang gestreckte Fischerhaus ist ihr gleich aufgefallen, es wirkt irgendwie neu und gleichzeitig alt, vielleicht macht das seinen Reiz aus.

Na denn, will sie sagen und weitergehen. Doch noch stehen sie sich gegenüber, obwohl sie merkt, dass sie nach dem kühlen Bad eine warme Dusche braucht.

„Kommen Sie mich heute Abend besuchen!" Seine Hand zeigt auf das reetgedeckte Haus.
Sie hüpft über feuchtes Gras, weicht den Nacktschnecken aus.
Unter der Dusche muss sie über die Dünenbegegnung lächeln. Sie bekommt Lust, eine Geschichte daraus zu machen.

Eine Frau betritt das niedrige Fischerhaus. Er öffnet die Tür, nur um gleich darauf in der Küche zu verschwinden, so kann sie sich in Ruhe umsehen. Da steht ein gedeckter, viereckiger Tisch, auf dem vier Kerzen brennen. Er hat gekocht. Es duftet, wonach? Sie sieht, wie er einen Deckel hebt, wie er schnuppert und etwas sagt. Noch hat sie Zeit, sich umzusehen. Eine Buckeltruhe, wahrscheinlich beherbergt sie das Federbett, das man hier braucht; die Winter sind auf der Insel lang und streng. Er ist seit einigen Jahren hier, hat sie im Tante-Emma-Laden gehört. Er ist schlank, das Haar kein bisschen grau. Fünf, sechs Jahre jünger wird er sein.
Sie bleibt vor der bemalten Tür stehen, die in ein anderes Zimmer führt, betrachtet Blüten und Ranken. Er soll sie jetzt nicht stören, sonst geht sie gleich wieder. Doch er ist beschäftigt, hat in der Küche zu tun, öffnet den Wein, wie sie hören kann.
Die niedrige Decke mit den bemalten Balken macht den Raum gemütlich. Eine Leselampe neben dem Sessel. Wenige Bücher, kaum Kram. Auf den Fensterbrettern kein einziger Stein. Sie hätte anders entschieden. Aber er lebt hier, lebt mit den Steinen am Ufer, was sollen sie in seiner Stube?

Sie lächelt, schaut sich im Spiegel an, der rechts der Tür hängt. Die breite Nase passt hierher. Wie ist es mit dem Mund, den Lippen? Erste Fältchen über der Oberlippe. Morgens sind sie erschreckend klar, abends liegt die Haut da, als lächle sie. Was ist mit den Augen, mit denen sie spielen kann, wenn Lust sie packt?
Er ist eingetreten, seine Haltung sagt: Können wir? Er meint das Essen, das er auftragen möchte.
„Ja!“, sagt sie. „Gern. Wo soll ich sitzen?“
Es ist dunkel geworden. Hier gibt es nur wenige Straßenlaternen. Scheint der Mond? Was füllt er auf die Teller? Gemüse, genauer Lauch. Die Soße ist hell und schmeckt nach Meerrettich. Und dann der Fisch, der Hecht, ohne jede Gräte. Hat er ihn gefangen? Geangelt? Ist er ihm ins Netz gegangen?
„Und nun der Nachtisch!“, sagt er und schiebt die Teller zusammen. Sie steht nicht auf. Wie ruhig seine Handbewegungen sind.
Das Haus gehört der Familie, wird er später sagen. Es geht sie nichts an, wo er das herhat, was er besitzt, und wie er seinen Lebensunterhalt bestreitet. Er gefällt ihr, gefiel ihr von Anfang an. Wird er ihr heute Abend noch sagen, mit wem er sie verwechselt hat? Das Meer kann grau, auch schwarz werden. Oder blau daliegen, weiß sie, wenn sie ihm in die Augen sieht.
„Sie gehören hierher!“, sagt sie und weiß, wie banal das klingt.
Und Sie?, fragt er nicht, obwohl er die Frage stellen möchte. Eine begehrenswerte Frau. Ist sie wirklich an mir interessiert? Wäre sie sonst hier? Was wird sie sein, womit

beschäftigt sie sich? Malerin könnte sie sein, so wie sie die alte Tür betrachtet hat, sich dabei nicht stören ließ. Ob sie Mutter ist? Geliebte? Er weiß, dass es einen gibt, mit dem er sie am Strand gesehen hat.
„Sie lachen? Über mich?"
„Ja", sagt er, „ich dachte darüber nach, wie der Mann ist …" Er zögert, sagt dann doch, „und ich frage mich, ob er Ihnen gewachsen ist."
Ihr gefällt seine Art. Sie ist aufgestanden, möchte, dass er weiterspricht. Ihr Weinglas ist leer. Er streift ihre nackte Schulter, spürt, wie er sie umarmen möchte. Ein Tropfen Wein ist auf ihre Hand gefallen.
„Ich gehe", sagt sie. „Es ist spät!"
„Aber", er schaut sie an, „wir haben noch nicht …"
Sie zieht die Jacke von der Buckeltruhe, dreht sich zur Tür. Bleib!, möchte er sagen, ich hab dich noch gar nicht gefragt …
„Ein anderes Mal", sagt sie, „können wir reden."
Wie sehr sie Alma gleicht! Die er vermisst, seitdem sie ihn allein gelassen hat. Ob Alma gefunden hat, wonach sie immer suchte? Nie war sie zufrieden. Etwas fehlte in ihrem Leben. Und wie ist das bei mir? Er schüttelt die Schultern, merkt erst jetzt, dass die Tür offen steht. Also ist sie fort.
Er geht ihr nach. Hört ihren Schritt. Sehen kann er sie nicht im dichten Nebel. Ohne Jacke steht er im Wind.

Sie nimmt den Föhn vom Bett, legt ihn zurück, schließt das Fach. Wenn sie die Dinge nicht dorthin zurücklegt, wo sie waren, bricht das Chaos über sie herein. Das wäre ein

Thema, um mit dem Blaumann zu reden, würde ihn das interessieren?

Er hebt den Kopf, sieht sie an, möchte Alma zu ihr sagen, ihr erklären, wer Alma ist. Aber das weiß sie doch, das muss sie doch wissen.
Woran denkt der Herr?
„Ordnung", sagt er und schmeckt das Wort im Mund, „hat mich nie interessiert."
Das weiß sie schon. Sie hat doch mit ihm am Tisch gesessen und seinen Hecht verspeist, dazu der rote Wein. Weißwein wäre besser gewesen, wieso? Nein!, über Chaos würde sie nicht mit ihm reden. Seltsam, es interessiert sie nicht, wer er ist, wie er heißt und was er den ganzen Tag treibt. Ich bin Ärztin, könnte sie ihm erklären, ich möchte Ihre Herztöne hören.
„Wie bitte?"
„Ja", sagt sie, „das möchte ich." Doch er hört sie nicht, ist zu weit entfernt, steht ohne Jacke im Wind. Reißt den Mund auf. Und brüllt.
Morgen, weiß sie, wenn ich über den Dünenaufgang laufen werde, wird der Blaumann mir entgegenkommen, dann werde ich ihn fragen, warum er mir nachgelaufen ist und wieso er so geschrien hat.

Es regnet, als sie wach wird. Sie überlegt, ob sie in die Wellen springt wie jeden Morgen. Da fällt ihr der Blaumann ein und dass sie ihn verpassen könnte.
Den Bademantel offen, das Haar ungekämmt, sprintet sie zum Ufer. Nordostwind peitscht über den Deich. Jemand springt gegen die Wellen an. Ob es der Blaumann ist?

„Sieben Jahre!“, brüllt er und versucht sich gegen die Wellen zu stemmen, „sieben lange Jahre ohne dich!“
Sie trocknet sich schnell ab, weil sie vom scharfen Wind einen steifen Hals bekommt. Er muss sie verwechseln, es ist ihr schnuppe. Es gefällt ihr, wie er seinen Blaumann über den nackten Körper streift.
„Du“, sagt sie, als sie vor ihm steht, „kochst du heute Abend wieder für mich?“
Nur Alma konnte so fragen, nur sie besaß eine Stimme, die er nie vergessen hat.
„Gehst du jeden Morgen schwimmen?“
„Ja“, sagt er, „jeden Morgen um dieselbe Zeit.“

Auch an diesem Abend gibt es Hecht und roten Wein, der in geschliffenen Gläsern funkelt. Es ist ungewöhnlich mild, die Fenster stehen offen. Eine Mücke kreist um ihren Kopf.
„Erzählen Sie!“, bittet er, „wie geht die Geschichte weiter, die Sie sich ausgedacht haben? Ich meine die Geschichte von Alma und …“
„Nein!“, sagt sie, „ich möchte hören, was du vorhast.“
„Ich gehe zurück, ich werde die Insel verlassen!“
„Ah!“
„Eine lange Geschichte“, beginnt er. „Damals lebte ich in der Stadt, arbeitete in der Umweltbehörde. Ich weiß noch genau den Tag, die Stunde, in der ich plötzlich klarsah und wusste, das ist es nicht. Von da an begann die Unruhe, und ich frage mich heute, hab ich Alma damit angesteckt?“
Sie zuckt zusammen, versucht sich nichts anmerken zu lassen. Wieso nennt er seine Frau Alma? Sie existiert doch nur in meiner Geschichte.

„Um es abzukürzen“, sagt er, denn er sieht, wie blass die Frau geworden ist, die mit ihm am Tisch sitzt. „Kurzum, ich wurde Antarktisforscher. Hab Alma sitzen lassen.“
Er streicht übers Gesicht. „Aber was heißt sitzen lassen? Sie wollte nicht mit. Was hätte ich tun sollen? He!“ Er tippt sie an. „Wie heißt du eigentlich? Oder hast du keinen Namen?“
„Alma“, sagt sie, um die Stimmung anzuheizen.
„Das ist nicht dein Ernst!“ Er sieht sie auffordernd an.
„Maja.“
„Schöner Name.“
„Ja“, sagt sie, „er gefällt mir auch.“ Sie starrt ihn an. „Hieß deine Frau wirklich Alma?“
Er nickt. Es ist unverkennbar, er lügt nicht.
„Ist schon komisch, oder?“
Auf einmal muss er lachen. „Und, wie geht deine Geschichte weiter?“

Viel zu schnell ist es Mitternacht, viel zu schnell zieht der Mond seine Bahn, steht aufrecht am Nachthimmel.
„Morgen fahre ich ab!“, sagt sie, als er sie hinausbegleitet.
„Das trifft sich gut, morgen muss ich auch aufs Festland.“

Er spricht mit den Fährleuten. Die Männer lachen, einer zieht seine Mütze über die Augen.
Jetzt entdeckt er sie, hebt eine Hand, springt die Stufen herauf, steht vor ihr. „Na?“ Er möchte sie um die Taille fassen, mit ihr in die Wellen springen.
Das Ufer kommt näher. Sie sieht, wie er auf eine Frau zugeht, wie er mit ihr spricht, wie er den Arm hebt und zu ihr zeigt. Wie frech er grinst!

Mit geradem Rücken, auf dem ihr Rucksack sitzt, überquert sie die Straße. Sie will erst einen Latte Macchiato trinken, bevor sie den Bus nimmt, der sie zum Zug bringen soll.
Wohin will sie überhaupt? Zurück ins Büro? Dahin, wo Überdruss und Langeweile herrschen? Jahr für Jahr hat sie Reden geschrieben, die andere mit Pathos vortrugen. In all den Jahren hat sie getan, was zu tun war in ihrem Ressort. Mobbing, Neid und Missgunst hat sie zu ignorieren gelernt.
Fini! Ich werde keine Reden mehr schreiben. Was will ich dann? Mit dem Blaumann leben?
Habe ich eine Wahl? Na klar! Das wäre doch ein Anfang, abspringen, gucken … Und was wirst du dann sehen, he, Maja, was erwartest du?
Während sie den Milchkaffee schlürft, ihr Blick auf dem Wasser ruht, das zwischen Festland und Insel flutet, kommt der Blaumann auf sie zu. „Darf ich mich setzen?"
Sie sieht an ihm vorbei, sagt laut: „Was lehren uns die Vögel, die auf dem Wasser schwimmen?"
Und was der Ozean, in dem Plastikmüll schwimmt?, möchte er entgegnen. Herausfordernd sieht er sie an.
Mit ihrem schönsten Lächeln gibt sie ihm die Hand. „D'accord."
Er ist aufgestanden wie sie, und wieder ist da der Zwang, sie zu umarmen, festzuhalten.
„Ich gehe", sagt sie, „der Bus kommt!"
„Warte!" Er weiß nicht, wie er es ihr sagen soll.
Sie lächelt. Im Schritttempo fährt der Bus an ihnen vorbei.

## Der Sohn George

Sie haben mich zum Testamentsbevollmächtigten gewählt, mich mit ihrem Nachlass beauftragt. Das Paar, das in mein Leben einbrach, es durcheinanderwirbelte, Thomas und Mary.
Und ich frage mich, was sich seit der ersten und der letzten Begegnung mit Mary für mich verändert hat, und wer die beiden für mich gewesen sind.
Dabei besteht meine Aufgabe jetzt darin, ihrer Tochter mitzuteilen, dass Thomas und Mary gestorben sind. Eines natürlichen Todes. Das wird sie beruhigen.
Beruhigt es mich? Nein! Denn beide fehlen mir. In ihrer Gegenwart entstand eine Energie, die mir den Atem nahm, die ich wie eine Droge aufsog.
Ich fürchte mich davor, ihrer Tochter zu begegnen, ahne, dass sie Fragen stellen wird, die ich nicht beantworten will.

Vor einem Jahr habe ich das Paar kennengelernt. Sie waren mir sofort sympathisch, die beiden Alten, die so gar nichts Altes, Verstaubtes an sich hatten. Die Augen der alten Dame! Insgeheim nannte ich sie Pfauenauge.
Gleich bei der ersten Begegnung bot sie mir an, sie mit ihrem Vornamen anzusprechen. Das traute ich mich nicht, dazu empfand ich den Altersunterschied zu groß.
„Ich bin Mary!“, sagte sie, „nenn mich so!“ Später schrieb sie ihren Namen in ein Buch, das sie mir schenkte.

Nie werde ich die erste Begegnung vergessen. Sie fand hier auf dem Berg statt, auf den Stufen, die hinauf ins alte Fischerdorf, in ihre und in meine Wohnung, führen.
Mary lebte in meiner Nähe, aber das wusste ich nicht. Heute frage ich mich, wieso ich ihr nicht früher begegnet bin. Ihre Augen würden aufleuchten, könnte sie mich jetzt hören.

Ein Spätnachmittag, ich kam von der Arbeit aus der Kanzlei. Die Sonne schien auf meinen Rücken, das Hemd war unter den Achseln nass.
Sie kam die vielen Stufen herauf, ohne zu pusten, ohne sich am Geländer festzuhalten. Ich war stehen geblieben, schaute sie an.
Sie war nicht groß, sehr schmal, wirkte fast zerbrechlich. Aber das war Mary ganz und gar nicht, wie ich noch erfahren sollte.
Tage später, als wir zusammen im Meer schwammen, sah ich sie nackt; ihr Körper leuchtete wie Bronze.
An jenem Spätnachmittag blieb sie neben mir auf dem Treppenabsatz stehen. Es war der Duft, der sie umgab, der mich bewog, genauer hinzusehen. Wir grüßten einander. Die Dame, die neben mir stand, weckte meine Neugier. Ich wunderte mich, denn sonst laufe ich ohne aufzublicken die Treppen in meine Wohnung hinauf, froh, endlich ins Kühle zu treten.
„Schade!“, entfuhr es mir. Denn ich hätte sie gern zum Tee eingeladen, wieso wusste ich nicht.
Sie kniff ein Auge halb zu, sah mich lächelnd an. „Bitte“, hörte ich sie sagen, „würden Sie mir folgen?“

Ich werde genickt haben, denn sie setzte ohne ein weiteres Wort ihren Weg fort. Ich hinterher, gespannt darauf, wohin sie mich führen würde. Bevor sie vor einer Holztür stehen blieb, sie aufschloss, drehte sie sich um: „Ich möchte Sie bekannt machen."
Mit wem, fragte ich nicht. Ich folgte ihr, als wäre ich ein treuer Hund. Vogelgezirpe empfing mich, und der Duft, den ich inzwischen kannte, der sie umgab.
Sandelholz und Zitrone, sagte sie, als könnte sie meine Gedanken hören. Sie zeigte auf einen Tisch, und ich stellte fest, auch der Tisch war aus Sandelholz.
Eine offene Tür führte in einen Patio. Wohin ich blickte üppig wuchernde, grüne und blühende Gewächse. Und wieder Vogelzwitschern, eine Katze im Silberfell schlief auf einem runden Stein.
„Warten Sie bitte hier!" Im Weitergehen deutete sie auf einen Korbstuhl.
Ich musste eingenickt sein, schreckte auf, im ersten Moment wusste ich nicht, wo ich mich befand. Langsam erhob ich mich. Vor mir stand ein hochgewachsener Herr in knielangen Shorts und hellem, kurzärmligem Hemd, der mir seine Hand hinstreckte. „Thomas."
„Thomas von Aquin", kicherte Mary, die hinter ihm aufgetaucht war.
Thomas von Aquin? Ich wusste nicht, was das zu bedeuten hatte. Wie bitte?, wollte ich gerade fragen, da sah mich Mary an, und ich schwieg.
„Ich kenne Sie!", sagte der Herr, der mich um zwei Kopflängen überragte, seine Augen musterten mich. „Mary hat mir von Ihnen erzählt. Doch lassen Sie sich durch meine

Frau nur nicht irritieren! Das versteht sie ausgezeichnet, darin ist sie, wie in vielem, Meisterin!"
Er trat einen Schritt auf Mary zu, eine Hand an ihrer Taille, schob er eine Flügeltür auf. „Bitte! Nehmen Sie dort Platz!"
Er zeigte auf das obere Ende einer Tafel, die für drei Personen gedeckt war. Ich stutzte, das konnte nur sein Platz oder der seiner Frau sein.
Von irgendwo drang eine Melodie heran, die meine aufgescheuchten Nerven beruhigte. Warte ab, George, sagte ich mir, was geschehen wird. Ich war ja nicht blind, sah, hier wurde ich erwartet. Irgendwie gefiel mir das Spiel, das die beiden mit mir spielen wollten.
Also setzte ich mich auf den Stuhl, der mir zugewiesen worden war. Gern hätte ich vorher geduscht, auch das Hemd gewechselt. Scheinbar schienen sich die beiden aber nicht daran zu stören. Sie nahmen rechts und links von mir Platz. Speisen wurden aufgetragen von einer einheimischen Frau, die sich an Mary wandte und sagte: „Ich gehe jetzt, oder brauchst du mich noch, Mary?"
„Não, obrigado, Carolina!"
Die Vorspeise ein Hochgenuss! Gegrillte Schnecken in Knoblauch- oder Paprikasoße. Zwischendrin leise, die Sinne berauschende Musik.
Ich genoss es, zwischen zwei Menschen zu sitzen, die mich ohne Einschränkung in ihr Leben aufnahmen, wenn mir das Ganze auch rätselhaft vorkam. Mary nickte unmerklich, lächelte, so oft ich sie ansah.
„Ich hoffe, Sie mögen Zackenbarsch? Der Fisch ist fangfrisch!" Thomas war aufgestanden, legte mir, als ich zu-

stimmend nickte, ein großes Stück auf den Teller. „Carolina ist eine vorzügliche Kennerin der einheimischen Küche. Wie sollte es auch anders sein, sie stammt von hier."
Ich musste nicht antworten, nichts sagen. Das entlastete mich, stimmte mich heiter, am liebsten wäre ich aufgestanden, um Mary, die mich hierhergeführt hatte, zu umarmen.
„Die Nachspeise nehmen wir im Patio, ja?"
Wieder das laute Vogelzwitschern. Blüten und üppiges Grün. Bequeme Korbstühle, ein runder Tisch. Lampen aus Bambus oder anderem Geflecht. Ananas, Guaven, Cherimoyas und Maracuja in bunten Keramikschalen.
Den Kaffee servierte Mary. Dazu reichte sie köstlich duftendes Gebäck. „Ja, probier auch die süßen Törtchen, die Queijadas, George! Sie sind Carolina diesmal besonders gut gelungen. Sie mischt den Teig mit Zimt, gibt Rosinen und Melasse hinein. Es schmeckt ein bisschen wie Lebkuchen, oder?" Marys Augen strahlten: „Carolina sorgt für uns, kauft ein, kocht und backt, wie du mitbekommst. Sie ist ein Schatz!"
Nach dem opulenten Mahl verabschiedete ich mich nicht sofort. Mary setzte sich ans Klavier, schien vergessen zu haben, dass Thomas und ich mit im Raum waren. Sie spielte ein Motiv, führte es in freien Variationen aus. Und auf einmal begriff ich, was hier geschah. Marys Spiel öffnete Räume, die ich nie betreten hatte, die mir dennoch vertraut vorkamen. Ich fühlte eine steigende Lust, mich in diesen Räumen zu bewegen.
Wann verließ ich das Paar? Ich weiß es nicht. Weiß nur, wie beschwingt ich die Stufen in meine Wohnung hinauf-

lief. Ich fühlte mich kein bisschen müde, obwohl ein langer Arbeitstag hinter mir lag.
Ich duschte lange, wollte nicht grübeln, wer die Leute waren, die mich an ihrer Tafel erwartet hatten.
Ich wischte über den beschlagenen Spiegel, stutzte. Bin ich das, der mich mit einem verschmitzten Lachen ansieht? He, was ist los, George? Ich konnte nicht aufhören, in den Spiegel zu schauen, streckte die Zunge heraus. Endlich ließ ich mich auf das kühle Laken fallen, schlief sofort ein.

Thomas und Mary sind tot. Ich vermisse die beiden sehr. Das ist auch der Grund für diese Aufzeichnungen. Ich brauche ein Ventil, um mein Leben zu ordnen, das mir Fragen stellt, die der Verstand nicht beantworten kann. Eins ist ganz gewiss, das Zusammensein mit Mary und Thomas hat mein Leben verändert. Ich gehe zwar weiter meiner Arbeit nach, doch mein Blick hat sich geweitet. Es ist, als liefe ich buchstäblich auf dem Kopf. Obwohl … Meine Stimmungen wechseln, manchmal falle ich noch zurück in das alte Muster, grüble und grüble, verkrieche mich, will nicht angesprochen sein, auch nicht von Julia, meiner Sekretärin.
Bevor ich die beiden traf, ahnte ich nicht, wie abhängig ich vom Geldanhäufen war, wie es mein Leben bestimmt hat, mich herumhetzte: Schneller, schneller, du schaffst das auch noch, George!
„Nein“, sagte Mary an einem Sonntagmorgen, als wir uns zum Schwimmen verabredet hatten und danach auf der Plaza einen Kaffee tranken, „lass es genug sein, George!“

Ich wusste sofort, was sie meinte, sie musste nichts erklären; inzwischen konnte ich in ihren Augen lesen, was sie dachte und worüber sie nie reden würde.
Auch jetzt höre ich Marys Stimme: Lass es geschehen, Liebling! Ja, so nannte sie mich, bevor sie starb.

Gleich bei der ersten Begegnung erfuhr ich von dem Paar, dass sie vor fünfzehn Jahren aus Deutschland weggegangen waren. Thomas sprach darüber, er sagte: „Wir wollten, nein, wir mussten ausprobieren, ob wir allein leben können, ohne Familie, ohne die vertraut gewordenen Menschen, die einen im Laufe eines langen Lebens umgeben. Verstehen Sie das?"
Ich nickte, obwohl ich nicht begriff, wieso sie mich einweihten in ihr Leben, begriff nicht, worum es ihnen ging. Doch meine Neugier war geweckt, ich nahm Witterung auf. Nein, ich bin kein Detektiv, bin Anwalt, vor allem in Scheidungsfragen. Auch hier, auf den Azoren, lassen sich die Leute scheiden.

Bei meinem zweiten Besuch wurde ebenfalls ein ausgewähltes Menü serviert. Es schmeckte so köstlich wie beim ersten Mal. Doch niemand soll mich danach fragen, was auf meinem Teller lag. Denn mein Kopf war ständig damit beschäftigt herauszufinden, worum es den beiden ging, die mich jedes Mal herzlich empfingen.
Thomas schenkte Wein ein, hob das Glas, sagte einen Trinkspruch, stieß zuerst mit mir, dann mit seiner Frau an, küsste sie auf den Mund. Sie waren ein Liebespaar, eindeutiger brauchten sie es nicht zu zeigen. Ich kriegte ja mit, wie er Mary auf seinen Händen trug, erwischte einen

Blick, mit dem er sie ansah. Als sie sich dann noch an den Händen fassten, durchfuhr es mich, so hätte ich mir Eltern gewünscht, genau so.
Nach dem Essen saßen wir noch lange zusammen, und ich erfuhr, dass sie eine Tochter haben, die in London lebt, die sie zweimal im Jahr hier besucht.
Wieso sind sie dann ausgewandert? Die Frage beschäftigte mich. Da erinnerte ich mich, dass Thomas bei der ersten Begegnung gesagt hatte: „Wir wollten ausprobieren, wie es ist, wenn es nur uns beide gibt." Ich sah, wie Mary eine Träne wegwischte.

Ich sitze auf meiner Terrasse und denke wieder und wieder über die letzte Begegnung nach.
Mary hatte mich zu einem Ausflug ins Vulkangestein eingeladen, nein gedrängt. Es kam mir seltsam vor, denn bisher hatte weder sie noch Thomas mich zu irgendetwas gedrängt. Es war ein Morgen, an dem Nebel über dem Meer lag, der nicht weichen wollte. Dadurch wurde ich skeptisch, ob ein Ausflug an diesem Tag ratsam war. Kurz entschlossen sprang ich aus dem Bett, rief in der Kanzlei an, sagte, ich käme nicht, ich hätte einen wichtigen Außentermin.

Wir waren schon eine gute Stunde unterwegs, inzwischen war der Nebel gewichen, als Mary mit veränderter Stimme zu reden anfing. Zunächst konnte ich ihr nicht folgen, vielleicht bezweckte sie das auch; ihre leise, verhaltene Stimme hüllte mich wie in ein warmes Tuch ein.
Es ging um einen Traum, wie ich mitbekam, der Mary in regelmäßigen Abständen heimsuchte.
„Von dem ich endlich sprechen muss, George", sagte sie.

„Ich befand mich vor einer prächtigen Tür, vor der ein Türhüter stand. Das sah oder wusste ich sofort. Ah, dachte ich, das ist der Türhüter! Gerade wollte ich mich an ihn wenden, ihn bitten, mir die Tür zu öffnen, vor der er wie ein Riese aus Urzeiten stand, als er zu mir sagte: Verschwinde! Wie bitte, hatte ich richtig gehört?
Du sollst von hier verschwinden! Das waren seine Worte. Ich hatte mich also nicht getäuscht.
Wieso denn?, fragte ich. Wozu bin ich bis hierher aufgestiegen, um gleich wieder zu verschwinden? Ich wollte immer hinter die Tür spähen, sehen, wie es dort zugeht.
Hörst du nicht, was ich dir sage?, sagte der Riese, der mit unbeweglichem Gesicht die Tür bewachte, die sich vergrößert hatte, sodass ich mir wie ein Wicht vorkam, wie eine Wichtelfrau."
Mary lachte schrill auf. Das Lachen beunruhigte mich. Und mir wurde plötzlich bewusst, dass es nicht ratsam war, in der Mittagshitze weiterzuwandern. Deshalb schlug ich Mary eine Rast in einem nahen Restaurant vor. Als wir uns bei einem Glas Wasser gegenübersaßen, fuhr Mary in ihrer Erzählung fort, ohne mich zu fragen, ob ich weiter zuhören wollte. Sie schien wie besessen von dem Traum, der in meinen Ohren wie ein Märchen klang. Und ich fragte mich, wieso sie gerade mir ihren Traum erzählen musste.

„Ich beugte mich zu den Füßen des Riesen hinunter, kniete vor ihm und bat ihn, mich einzulassen.
Ich stehe hier!, sagte der Türhüter. Ich habe weder die Schlüssel noch die Möglichkeit, jemanden durch die Tür zu lassen.

Und wieso stehst du dann hier? Ich musste feixen, obwohl ich mit dem Gesicht im Staub vor dem Riesen lag.
Ich bin dir keine Antwort schuldig, sagte der Riese, der mich mit einer Hand hochzog. Doch ich will es dir sagen, ich stehe hier, weil ich hier stehe. Von Ewigkeit her.
So? Ich reichte dem Riesen gerade bis an das Geschlecht, wenn ich auch nicht sicher war, ob er überhaupt so etwas besaß.
Lass mich wenigstens durch einen Spalt hineinsehen!, bat ich ihn.
Er schwieg, schien nicht mehr antworten zu wollen. Ich zupfte ihn, drückte meinen Kopf gegen sein Geschlecht. Da lachte er, beugte sich herab und hob mich wie eine Feder auf. Mir wurde schwindlig. Als ich wieder zu mir kam, wusste ich, es war ein Traum gewesen."

„Doch höre, George!", fuhr Mary hastig fort, als könnte ich aufstehen und sie würde mir nicht das erzählt haben, was ihr auf der Seele brannte, weshalb sie diesen Ausflug mit mir machte.
„Wie ich dir bereits sagte", Mary sah mich an, „kehrt dieser Traum regelmäßig wieder, seitdem wir hier auf der Insel leben. Heute Nacht nun", fuhr Mary fort, „sagte der Riese, du bist wirklich zäh, kleine Frau! Kommst immer wieder hier herauf, scheust weder den mühsamen Aufstieg noch die Abgründe, in die wir dich schicken. Also sollst du einen Blick durchs Schlüsselloch werfen dürfen, hat mir mein Chef mitteilen lassen.
Dein Chef? Wer ist das denn? Konnte ich nicht unterlassen, den Riesen zu fragen.

Er schüttelte sein Haupt, Funken sprühten, sodass ich wie geblendet war. Und dann kam das Entscheidende", Mary beugte sich vor, suchte meinen Blick. „Ich lugte durch's Schlüsselloch und sah einen Jungen, der auf mich zulief und seine Arme um meinen Hals legte. Ich hörte, wie ich zu ihm sagte: Aber, wo bist du nur so lange gewesen?
Da fasste mich jemand an der Schulter, natürlich war es der Riese, der sagte: Genug!
Wer ist der Junge? Wollte ich unbedingt noch wissen.
Dein Kind!, sagte der Riese.
Mein Kind ist tot, murmelte ich."

„Hör mich an, George", wandte sich Mary wieder an mich. Sie sprach langsam, schloss die Augen. Ich sah, sie musste das, was sie sagen wollte, mühsam dem Vergessen entreißen.

Zuletzt an diesem denkwürdigen Tag sagte Mary: „Du bist mein Sohn, George! Das sagte der Türhüter." Sie sah mich fest an. „Ich weiß es, seitdem ich dich das erste Mal sah."
Wie bitte? Hatte ich richtig gehört? Befand sich Mary noch immer in ihrer Traumwelt?
Nein!, denn inzwischen waren wir zurückgefahren, standen vor ihrer Tür.
„Morgen", sagte sie, als sie in die Wohnung trat und mich umarmte, „morgen erfährst du alles, was du wissen musst, George." Mit diesen Worten schob sie mich sanft zur Tür.
Benommen stieg ich die Treppe hinunter, lief nicht in meine Wohnung. Was sollte ich da? Ich konnte es nicht fassen, was ich gehört hatte. Und nun? Was jetzt?

Ich lief wie im Nebel, der dichter und dichter wurde, plötzlich befand ich mich auf der alten Plaza, ließ mich auf einen Barhocker fallen, kippte einen Schnaps und noch einen hinunter. In meinem Kopf hämmerte es: Was weißt du von deiner Herkunft, George?

Ich wuchs in einem Internat auf, in das mich mein Vater, ein Seemann, mit fünf Jahren gebracht hatte. Den Vater bekam ich selten zu sehen; ein wortkarger, freundlicher Mensch, der mit mir, wenn er mich besuchte, nichts anzufangen wusste. Ich auch nicht mit ihm. Meine Mutter soll in einer Psychiatrie leben. Seit wann? Das hab ich mich nie gefragt. Ich hab keinen Kontakt zu ihr, auch nicht mehr zu meinem Vater.
Das ist alles, was ich weiß.

Es klingelt an der Tür, wer stört mich um diese Zeit?
Vor mir eine attraktive Frau mit dunklem Strohhut, die Sonnenbrille in der Hand.
„Ich hab deine Nachricht erhalten!" Sie streckt mir ihre Hand entgegen. „Ich bin Selma, die Tochter von Mary und Thomas. Und du?" Sie zog die Augenbrauen hoch: „Bist du mein Bruder?"
Ich stieß die Tür ganz auf, nannte meinen Namen.
Sie war weitergegangen. „Hier lebst du?" Sie drehte sich um. „Du warst der Freund meiner Eltern, stimmt, oder?"
„Sagen Sie …", begann ich zögernd, und ging voraus.
Sie folgte mir, den Hut in der Hand. Das Haar war schulterlang, es flatterte um ihren Kopf. Ohne Scheu betrachtete sie mich. „Ich möchte alles wissen, George!"
Ich reichte ihr einen Drink, den ich inzwischen gemixt hatte.

Sie schüttelte den Kopf. „Ich nehme Wasser!“ Sie nahm eine Karaffe vom Tisch, goss sich ein Glas Wasser ein.
„Kommen Sie morgen Vormittag in mein Büro“, sagte ich, denn ich wollte die Person los sein und wusste nicht wie, ohne unhöflich zu werden.
„Kommen wir zu Sache!“ Sie strich eine Haarsträhne aus dem Gesicht, blickte mich auffordernd an.
„Das geht so nicht“, antwortete ich unsicher geworden.
„Wieso nicht? Ich bin aus London sofort hierher geflogen, als ich die Nachricht erhalten hatte.“
Ich musterte die Beine, die sie übereinandergeschlagen hatte. Schöne Beine! Sie lächelt wie Mary, dachte ich und trank in einem Zug mein Glas leer. Langsam, als überlegte ich noch, sagte ich: „Warten wir damit, bis das Testament eröffnet ist.“
„O nein! Was denkst du, wieso ich alles stehen und liegen ließ, um hierherzufliegen?“
„Ich weiß“, unterbrach ich sie, und goss mir noch ein Glas Kognak ein.
„Vorsicht!“, sagte sie, „betrink dich nicht!“
Was regt mich an dieser Person so auf? Das fragte ich mich, während der Kognak meinen Magen wärmte.

Nachdem wir eine Stunde geredet hatten, lief Selma mit schwingendem Rock die Stufen hinunter. Sie läuft wie ihre alte Dame!, durchfuhr es mich.
Was habe ich preisgegeben, worüber mit Selma gesprochen? Habe ich meine Freunde verraten, ihrer Tochter anvertraut, was sie nur mir mitteilen wollten?
Bin ich beschwipst? Hatte ich, bevor es klingelte, einen Joint geraucht? In meinem Kopf drehten sich nur noch

Splitter. Es fehlte nicht fiel und ich lief Selma hinterher, packte sie bei den nackten Schultern. Und dann, was dann, George?
Ich reckte mich und sah Selma, die mit einer Hand winkte und rief: „Bis um fünf! Auf der Plaza!"
Was? Wie bitte? Lässt mich Selma nicht los, wie die Mutter, die mich vor einem Jahr mit in ihre Wohnung nahm?
„Okay", rief ich hinunter, „um fünf Uhr in der Bar an der Plaza!"
Doch vorher müsste ich meinen Rausch ausschlafen, denn kühl und überlegen wollte ich reagieren, wenn ich mit Selma sprach. Das nahm ich mir jedenfalls vor, als ich mich auf die Liege warf. Gegen halb fünf nahm ich ein Bad, zog ein frisches Hemd an.
Punkt siebzehn Uhr betrat ich die Bar. Selma saß so, dass ich sie beim Eintreten nicht sehen konnte, eine Zeitung in den Händen. Als ich näher kam, sprang sie auf, gab mir einen Wangenkuss. Ich grinste, war glücklich, sie wiederzusehen.

Bei der Testamentseröffnung saß sie mir gegenüber. Selma tat so, als würde sie mich nicht kennen.
Danach tranken wir Kaffee auf der Plaza.
„Ich fliege heute zurück!"
Ich nickte.
„Kannst du mich am Nachmittag zum Flughafen fahren?"
Wieder nickte ich.
Sie schob mir einen Briefumschlag zu, „lies das!".
Ich legte den Brief in meine Tasche, stand auf: „Bis nachher, ich hol dich im Hotel ab!"

Erschöpft saß ich auf meiner Terrasse und dachte über die letzten Stunden nach. Doch Selma ging mir nicht aus dem Sinn.
Es gab, wie so oft, keinen Parkplatz am Flughafen. Also setzte ich Selma am Eingang ab, die mir einen Kuss gab. „Danke, George!“ Plötzlich kam sie zurückgelaufen, „du kommst mich doch in London besuchen!?“
Jemand hupte hinter mir wie wild. Ich ließ mich nicht aus der Ruhe bringen, stieg aus, umarmte Selma und spürte, ich möchte sie nie mehr loslassen. Nie mehr.

Eine Woche später entdeckte ich den Brief wieder, den mir Selma auf der Plaza zugeschoben hatte, und der, wie ich jetzt sah, an Selma gerichtet war.

„Mein Liebes!
Stell dir vor, ich habe meinen Sohn wiedergefunden! Ich bin überglücklich, seit einem Jahr.
Du, Selma, weißt, dass Bodo, dein Bruder, bei einem Radunfall tödlich verunglückt ist.
Dieser George, den ich hier auf dem Berg, ganz in der Nähe, wo wir wohnen, entdeckt habe, gleicht deinem Bruder aufs Haar. Er hat nicht nur seine Statur, seinen Gang – du weißt, wie Bodo lief –, als hätte er Stöcke in den Waden.
Das Äußere ist zwar nicht unwesentlich, aber für mich ist das Wichtigste, wie George spricht, was er denkt, wie er sich ausdrückt. Kurzum, wie er die Umwelt sieht und wie er sie gestaltet.
Du kennst meine Maxime, entweder bin ich aktiv und mische mich ein oder ich bin abweisend und kalt. Auch Bodo

war nie lau, das wissen wir beide. George ist es auch nicht. Und er liebt, wie ich, das Meer und die Musik.
Vielleicht erzählt er dir einmal meinen Traum, das würde ich mir wünschen, schließlich bist du meine Tochter, die ich liebe.
Hab bitte Verständnis dafür, dass ich dir das alles erst jetzt mitteile, aber ich brauchte ein Jahr, um mir sicher zu sein.
Wir sehen dich bald? Du kommst doch, wie in jedem Jahr, zu Thomas' Geburtstag hierher?
Ich umarme dich, deine Mama."

Das Papier war mir aus den Händen gefallen, ich bückte mich, hob Marys Brief auf. Langsam, als überlegte ich noch, zog ich mich um.
Auf der Plaza stieg ich in ein Taxi und ließ mich zum Flughafen fahren.
Am selben Abend war ich in London.

## Jakobs Kampf

Ein Herr mit dunklem Hut und hellem Mantel über dem Arm zeigt auf seine Uhr. „Wir schließen gleich! Sie sind die Letzte!“
Sie legt den Skizzenblock in ihre Tasche, flüchtig gleitet ihr Blick über den, der sie angesprochen hat. Für einen winzigen Moment hat sie das Gefühl, als hätte er sich verkleidet und Hut und Mantel wären Maskerade.
„Jakob ringt mit dem Engel.“
„Wie bitte?“
„Das Bild, vor dem Sie seit Wochen sitzen.“
Sie will an dem Fremden vorbei zum Ausgang gehen, da sagt er an ihrem Ohr: „Sie ringen nicht mehr! Sehen Sie hin!“ Seine Hand zeigt auf das Gemälde an der gegenüberliegenden Wand. „Der Kampf ist zu Ende.“
Er fasst ihre Hand. „Warten Sie draußen auf mich. Bitte!“

Es beginnt zu regnen. Die Luft riecht nach nasser Erde. Sie hat, wie so oft, keinen Regenschirm dabei.
Weil du ihn immer stehen lässt! Sie weiß, wer so spricht. Es ist ihr Mann, der im Rollstuhl sitzt.
Ich hasse ihn, weil ich an ihn gefesselt bin. Rota stampft mit den Füßen auf, will nicht erinnert werden an den Unfall vor eineinhalb Jahren. Seitdem befindet sich Jakob im Rollstuhl, kommandiert sie herum, sagt ihr, was sie tun soll. Selbst im Bett gibt er ihr Befehle. Sie kann sich ihm nicht entziehen. Die Zeichenstunden muss sie sich ertrotzen, sich regelrecht verdienen. Ihm hörig sein. So will er es.

Jakob braucht den Rollstuhl, die Beinmuskeln versagen, vor allem aber wegen der starken Schmerzen. Die Organe sind intakt, das spürt sie, wenn er auf ihr liegt.

Unter einer Kastanie sucht Rota Schutz vor dem einsetzenden Platzregen.
Ich liebe dich nicht mehr! Wieso kann sie diesen Satz nicht sagen, ohne Jakob zu drohen? Sie würde ihn ja nicht verlassen. Ob seine Obsessionen Krücken sind, um nicht unterzugehen? Wie verzweifelt sein Blick ihr folgt, wenn sie an der Tür steht und er annimmt, sie merke es nicht.
*Jakob Großmuth, der begnadete Schauspieler! Mit seiner ungewöhnlichen Darstellung des Mephisto hat er sein Publikum erneut begeistert.*
Sie kennt die Kritiken, die ihr und ihm gefallen haben. Nach dem Unfall wurde ihm keine Rolle mehr angeboten. Wieso hat er auch verlauten lassen, er sei unfähig geworden, einen Text zu lernen. Jakob lebt von seinen Tantiemen. Stundenlang sitzt er vor dem Computer, was tut er da? Sobald sie sich nähert, schaltet er den Bildschirm aus.
Rota starrt zum Museumseingang, was tue ich hier? Wieso warte ich auf einen fremden Mann?

„Hier sind Sie!“
„Sie wollten doch, dass ich auf Sie warte.“
„Danke“, sagt der Fremde und hakt sich bei ihr ein. „Wohin gehen wir?“
Sie hebt die Schultern.
„Mir gefällt es, wenn es regnet, und wenn es stürmt wie an der See.“ Er drückt ihren Arm. „Aber Sie frieren ja!“ Er

winkt einem Taxi, nimmt neben ihr Platz. „Zur Bleibtreustraße, bitte!“
„Geradeaus ist gesperrt. Da muss ich außen rum fahren, das wird teuer!“
Rota wischt mit einem Tuch Gesicht und Hals trocken, putzt die Nase. Als die Autotür hinter ihr zufällt, weiß sie, dass sie sich entscheiden muss.
„Gehen wir!“, sagt er und nimmt ihre Hand.
Es hat aufgehört zu regnen. Spatzen hüpfen in Pfützen herum. Ein Junge klimpert auf einer Gitarre an der Ecke, an der sie vorbeigehen. Der Fremde wirft ein paar Münzen in den Gitarrenkasten, nimmt wieder ihre Hand.
„Sie wundern sich sicher! Doch gehen Sie einfach mit.“
Ab und zu bleibt er stehen, drückt ihre Hand, als freue er sich.
Vor ihnen ein lang gestrecktes, erleuchtendes Gebäude. „Da sind wir. Gehen wir hinein!“
Wieder wundert sich Rota, dass sie dem Fremden folgt.
„Ich leite einen Tangokurs.“ Er knöpft den Mantel auf, „aber bisher fehlte mir die richtige Tanzpartnerin.“
„So?“
„Sie sind enttäuscht?“
„Ich kann nicht tanzen!“
„Dann können Sie es lernen.“
„Schauen Sie sich meine Hose an! Auch die Stiefel sind nass.“
Ohne auf ihren Widerstand zu achten, öffnet er eine Seitentür. „Kommen Sie weiter!“ Er macht ein paar Tanzschritte, bleibt vor ihr stehen. „Sie gefallen mir! Ihr Lächeln ... Das Lausbubengesicht.“

Sie schüttelt ihn ab, „lassen Sie mich!"
„Eine Frage darf ich aber noch stellen? Wieso sitzen Sie tagein, tagaus vor dem Rembrandtbild? Was fasziniert Sie so daran? O, endlich lachen Sie, das ist schön! Also tanzen wir?"
Er legt einen Arm um ihre Hüften. „Tanzen befreit, das wissen Sie doch? Seit einem Unfall hab ich Schmerzen in den Gelenken, tanzen hilft."
Er zeigt nach vorn. „Da ist die Damengarderobe. Dort finden Sie alles, was Sie brauchen. Das schönste Kleid, die entzückendsten Schuhe, alles ist für Sie da. Lassen Sie sich Zeit! Aber seien Sie nicht so spröde!"
Rota geht auf eine halb offene Tür zu, begreift nicht, was hier vorgeht.

„Na, so was! Was machst du denn hier, kleine Rota?"
Es ist die Großmutter, die mit breitem Lächeln vor ihr steht und auf einen Kleiderständer zeigt. „Bedien dich, Rotakind!"
Rota starrt die Großmutter an, die ihr behutsam, als dürfe sie Rota nicht berühren, einen weichen Stoff in die Arme legt.
„Ein Kleid von Dior? Für mich?" Vorsichtig betastet Rota das hauchzarte Gewebe, ist wie geblendet von den funkelnden Sternen. Jemand gibt ihr einen leichten Klaps. Da streckt sie die Zunge heraus, weil sie Lust bekommt, die zu sein mit dem Lausbubengesicht. Schön hat er das gesagt, der Fremde. Sie wirft die nassen Stiefel hoch, steppt mit erhobenem Kinn durch den hellen Raum. Atemlos bleibt sie an der Tür stehen, geht zurück, zieht Hose und Pulli aus.

„Wie schön du bist!“ Die Großmutter schnalzt mit der Zunge.
„Ja?“
„Sag nur, du weißt es nicht?“ Wieder schnalzt die Großmutter mit der Zunge, wirft Rota dunkelrote Seidenwäsche zu. „Zieh sie an, aber beeil dich, Rotakind!“
Geschickt schließt die Großmutter die Knöpfe auf ihrem Rücken. „Was ist los mit dir? Wo sind dein Übermut, deine Neugier geblieben? Was hat dich so verändert, Kind?“
„Lass, Oma, lass sein!“
„So schlecht geht es dir, Rotakind? Nach der Tanzstunde reden wir, und trinken wie früher ein Likörchen, ja?“
Rota muss lachen, das ist nicht Großmama! Ich phantasiere ja, sitze zu lange vor dem Rembrandtbild. Jakob und sein Engel! Wieso geht ihr mir nicht aus dem Sinn?
„Das Kleid passt ausgezeichnet zu deinem Haar! So wirst du ihm gefallen.“
„Wen meinst du?“
„Er kommt!“
„Jetzt schon? Ich muss mich noch schminken.“
„Der Tanzmeister wartet auf dich!“
Mit der Zunge prüft Rota den Lippenstift, tuscht die Wimpern, zieht einen Strich über jedes Augenlid. Dann öffnet sie die Tür.
„Ah, der Herr in Frack und weinroter Fliege!“ Sie will ihre Unsicherheit überspielen, ein Zittern unterdrücken.
„Das Kleid steht dir, Mädchen! Komm, der erste Tanz hat schon begonnen.“
„Aber ...“
„Komm, bitte!“

Wer bist du? Sie ist stehen geblieben, will ihm ins Gesicht sehen. Da zieht er sie auf die Tanzfläche, eine Hand an ihrer Taille.

Es wird hell hinter den Fensterscheiben, als sie das Kleid von Dior auszieht. Der Tanzmeister steht in der Tür, einen Schlüssel in der Hand. „Bist du fertig, Rota?“
„Einen Moment noch!“
Jacke und Jeans sind wieder trocken. Der Baumwollpulli ist viel zu kurz und ausgeblichen, mit einem Band bindet Rota das Haar im Nacken zusammen.

Über der Stadtautobahn geht die Sonne auf. Sie lehnt ihren Kopf an seine Schulter, schaut ihn an. „Seit wann kannst du wieder gehen, Jakob? Oder soll ich Tanzmeister zu dir sagen?“
Er feixt, küsst sie auf die Wange. „Ich lade dich zum Frühstücken ins *Olivia* ein, mein Mädchen!“
Er zerteilt eine Orange, schiebt ihr Stück für Stück in den Mund. „Die Überraschung ist mir jedenfalls gelungen.“
„Das kann man wohl sagen!“ Sie genießt den Milchkaffee, die warmen Croissants.
„Weißt du, warum ich dir wehtun, dich quälen musste? Ich war eifersüchtig auf dich, auf alles, was du spielend konntest, während ich im Rollstuhl saß.“
Er stellt die Füße übereinander, hebt das Glas. „Prosit!“
„Eins muss ich dir noch sagen“, er atmet an ihrem Ohr. „Ich hab dir wehtun müssen, Rota! Ich wollte nicht als Invalide leben. In den Stunden, in denen du fort warst, bin ich fast verrückt geworden. Das ging so, bis Heike kam.“

Rota schließt die Augen, es ist zu viel geschehen in einer einzigen Nacht. Jakob kann nicht nur gehen, er tanzt auch wie ein Tanzmeister, o lala.
„Wie hast du das nur geschafft?"
„Während du in der Gemäldegalerie warst, rief ich in einer Physiotherapie-Praxis an."
Er beobachtet Rota. „Heike hieß meine Therapeutin, sie kam jeden Tag."
Es ist ruhig im Lokal, von irgendwo dringt Musik heran.
„Darf ich weitersprechen?"
Sie nickt.
„Es war an einem Freitagmorgen. Schweißnass wurde ich wach. Nass kamst du aus der Dusche, beugtest dich kurz herab, berührtest meine Wange, während mir der Traum im Nacken saß, der unmissverständlich rief: Steh auf, worauf wartest du, Mann! Du schaffst es! Den ganzen Tag drangsalierte mich die Stimme: Wenn du nicht krepieren willst, gib Gas!"
Lass, möchte Rota bitten, lass es gut sein, Jakob!
„An jenem Freitag, als du die Tür hinter dir zugezogen hast, wurde ich wach. Ich will so nicht weiterleben!, brüllte ich, und rollte aus dem Bett."
„Zäh bist du immer gewesen."
„Die Therapie dauerte länger als ein halbes Jahr. Allmählich kamen die Muskeln zurück. Es war wieder an einem Freitag, da konnte ich zum ersten Mal bis zum Fenster gehen."
„Und wieso hast du mir davon nichts gesagt?"
Jakob lächelt, schaut auf die Uhr. „Auch davon hab ich dir nichts gesagt! Stein, du kennst ihn, hat mir eine Rolle angeboten. Heute ist die erste Probe."

Er ist aufgestanden, beugt sich zu Rota. „Beinahe hätte ich das Wichtigste vergessen. Hier, für dich. Zum Hochzeitstag.“
„Ein Schlüssel? Wofür?“
Er nimmt sie in den Arm, „ich hoffe, dir gefällt die neue Wohnung.“

## Eine Liebe in der Wüste

Ein Fenster schlägt auf und zu. Stimmen dringen von der Straße herauf.
Benedikt sucht ein Papiertaschentuch, tupft über die Schnittwunde am Kinn. Sein Blick fällt auf die Karte, die am Spiegel steckt.
*Wagst du es jetzt, o Seele,*
*Mit mir hinauszugehen ins Unbekannte,*
*Das keinen Boden hat für deine Füße,*
*noch einen Weg, den du verfolgen kannst?*

Janka! Sie hat ihm diese Karte geschickt. Die Frau, die immer zu weit gehen wird, die auch nach Jahren seine Gedanken beherrscht. Janka, die Frau, die unter Sternen, und unter der glühenden Sonne lebt. Janka mit schneeweißem, hüftlangem Haar und einem Blick, dem er nicht gewachsen war.
Benedikt wendet sich vom Waschbecken weg, trinkt im Stehen einen Espresso, sieht auf die Uhr, in einer Stunde muss er im Institut sein. Heute findet ein Gespräch statt, das ihn nach oben bringen wird, dahin, wohin es ihn zieht, in die Leitungsetage. Er atmet flach, reibt über die Brust. Um zehn muss er dort sein, im zwölften Stock, in der Technischen Universität.

Im Hörsaal, in der TU, sind sie sich das erste Mal begegnet. Ich bin Janka!, lachte sie ihn an. Er grinste und dachte, eine, die weiß, was sie will. Eine Woche später saßen sie zusammen im Seminar bei Professor Weihrich, dessen

Forschungsergebnisse umstritten waren. Es ging um die Teilchentheorie. Um das eine unbekannte Teilchen, das zu finden sein muss!, wiederholte Professor Weihrich, während seine Augen die Zahlenreihen fixierten, die er an die Tafel schrieb.

Na, hast du inzwischen das unbekannte Teilchen entdeckt, Ben? Jankas Augen funkelten im gleißenden Sonnenlicht, als sie sich sieben Jahre später zufällig in Tel Aviv trafen. Du bist kräftiger geworden. Es steht dir, Ben! Janka redete, überfiel ihn mit Fragen. Zuletzt sagte sie: Ich bin aus Deutschland weg. Für immer.
Du hast geheiratet? Er sah sie an und wusste, ich will sie, will diese Frau!
Davon verstehst du nichts, Ben. Komm! Verdirb uns nicht diesen Tag! Sie nahm seine Hand, lief mit ihm über eine Kreuzung. Vor einem Straßencafé blieb sie stehen. Trinken wir etwas! Sie ließ sich auf einen Stuhl fallen, zog einen Spiegel aus der Tasche, malte ihre Lippen an.
Sie tranken eisgekühltes Wasser, sahen sich an. Was machst du in Israel, Ben? Ein Kongress, wird er geantwortet haben. Morgen fliege ich zurück.
Hand in Hand liefen sie über einen breiten Platz. In Jankas Jeep fuhren sie ans Meer. Um miteinander zu schlafen, wie er es immer gewollt hatte. Nie hat er sich getraut, Janka zu berühren, die zwei Reihen hinter ihm im Seminar saß. Janka, die Unnahbare mit der schief sitzenden Bäckermütze.
Da lag sie neben ihm im Sand, kitzelte ihn mit ihrer Zunge. Er musste eingeschlafen sein, ein Schatten fiel auf sein Gesicht. Janka stand aufrecht, zog den Gürtel enger, steckte

das Haar auf. Als er sie herunterziehen wollte, sagte sie: Lass!
Und ich dachte ...
Hör schon auf!
Er lief ans Ufer, tauchte und schwamm unter Wasser. Als er wieder aufgetaucht war, bemerkte er ein Militärauto, das am Strand Patrouille fuhr. Janka war nicht mehr da, auf dem Sand lag nur ihre Decke. Ein viertel Jahr später steckte die Karte mit dem Whitman-Gedicht in seinem Briefkasten.
Am Silvesterabend rief er Janka an.
Du bist es, Ben? Es hörte sich an, als freue sie sich.
Ja, ich bin's.
Komm her!
Was sagst du?
Komm hierher!
Wo finde ich dich?
Sie nannte eine Stadt, sagte aufgekratzt: Hab ich dir das nicht in Nof Yam am Strand erzählt? Ich lebe im Negev, nahe Mizpe Ramon. Ohne auf seine Antwort zu warten, beschrieb sie ihm die Route und den genauen Standort ihres Zeltes. Ich warte auf dich!, flüsterte sie. Zuletzt sagte sie noch: Denk an den Mittagsdämon, Ben! Hier brauchst du eine dichte Kopfbedeckung. Denk auch an feste Schuhe, es gibt Skorpione in der Wüste, Ben!
Hals über Kopf übertrug er sein Seminar einem Kollegen, der ihn irritiert ansah. Ich muss nach Israel, Forschungsergebnisse überprüfen. Können Sie für mich einspringen?

Das Jahr hat gerade erst begonnen! Können Sie mit Ihrer Reise nicht bis zu den Osterferien warten, Kollege?
Der Flug ist gebucht, antwortete er kurz.

Was soll's! Ich bin zu Janka geflogen, hab ich mich dadurch ruiniert? Plötzlich schlägt er mit der Faust in den Spiegel. Ruhig, als lägen nicht überall Scherben, streicht er sich übers Haar. Noch eine Zigarette, dann muss ich los!

Janka erwartete ihn nicht am Flughafen. Seine Maschine hatte Verspätung. Die Zollkontrolle dauerte und dauerte. Mit dem Bus fuhr er über Beer Sheva nach Mizpe Ramon. Das letzte Stück ging er zu Fuß. Irgendwo im flirrenden Licht tauchte ein verwitterter Wegweiser auf.
Da bist du ja! Janka umarmte ihn. Gleich in der ersten Stunde erfuhr er, wer ihr zur Seite stand.
Hazrat, ein junger Araber. Er hilft mir, hat die Zelte mit aufgebaut, repariert den Jeep, ohne den ich hier aufgeschmissen wäre. Er kennt sich auch mit dem Computer und der Solaranlage aus. Janka lachte ihn an, goss kochendes Wasser in einen Krug. Der Tee duftete aromatisch, den sie ihm reichte. Er ließ sich das durchschwitzte Hemd ausziehen, auch die Hose zog ihm Janka aus.
Hazrat war hereingekommen, schlug ihm auf den Rücken: Da bist du ja! Er nahm Janka die Teeschale aus der Hand, gab ihr einen Kuss, schlürfte genussvoll den heißen Tee. Benedikt verstand nicht, worüber die beiden sprachen. Janka beherrschte mehrere Sprachen.
Müde von der Reise streckte er sich neben Hazrat auf dem Diwan aus. Durch ein knarrendes Geräusch wurde er wach. Der Wind riss an den Palmwedeln, die das Zeltdach

bildeten. Hazrat schlief mit offenem Mund, den Kopf auf Jankas Schulter. Benedikt wollte aufspringen, seine Hose nehmen, da zog ihn Janka aufs Lager zurück.
Am nächsten Tag fuhren sie zum Beduinenmarkt. Janka brauchte neue Wasserbehälter und Kieselsteine. Den Jeep hab ich von meinem Ex bekommen, nach der Scheidung, sagte sie und lachte ihn an. Hin und wieder gebe ich Klavierunterricht. Er blickte sich suchend um. Das Klavier steht nebenan, du wirst die anderen Zelte noch nicht entdeckt haben. Es gibt sechs davon. Wieder traf sie sein fragender Blick. Ich inseriere, biete Ferien in der Wüste an. Hier, in dem Flyer, stehen die Kurse und Seminare, die ich gebe. Du arbeitest nicht in deinem Beruf? Nein, ihre Antwort.
Sie bummelten über den Markt, von Kindern und schreienden Händlern begleitet. Janka blieb vor einer Blechhütte stehen, stieß ihn an: Rauch eine Wasserpfeife mit den Männern, bis ich zurück bin, Ben! Er grüßte die Männer, hockte sich auf einen Stuhl, jemand reichte ihm eine Wasserpfeife. Ab und zu blinzelte er ins Mittagslicht. Etwas drang durch die Kehle in den Magen, winzige Partikel, die sich wie Blutegel in den Nervenbahnen festsaugten. Später an diesem Tag saß er mit Hazrat vor Jankas Hütte, sog an der Wasserpfeife, die er auf dem Beduinenmarkt erstanden hatte. Er fühlte sich leicht, als wäre er der Vogel, der über ihm kreiste. Auch Janka fehlte ihm nicht. Nichts fehlte ihm. Er sah zu den Tafelbergen hinüber; blaue Schatten glitten über das Gestein. Plötzlich wurde es kalt. Sie gingen ins Zelt, ließen sich auf den Diwan fallen. Die Männer rissen Witze, stöhnten und lachten. Janka zündete eine Öl-

lampe an, schob eine Hand durchs offene Haar, warf Arme und Beine in die Luft. Die Männer schlürften heißen Tee, bis Hazrat die Trommel nahm.

Am nächsten Morgen kam Benedikt nur mühsam hoch. Ernüchtert blickte er sich um, an den Wänden handgeknüpfte Teppiche, auch auf dem Kieselsteinboden. Kupferkessel, Pfannen, Krüge und Tassen über dem Herd. Der Kühlschrank stand hinter einem grünen Vorhang. Janka streckte ihm eine Kaffeetasse hin, die er nicht nahm. Vor dem Zelt warf er sich Wasser ins Gesicht, fluchte vor sich hin, riss den Vorhang zur Seite. He, was geht hier vor, Janka? Was treibt ihr für Spiele? Trink!, sagte sie so, als ginge sie das alles nichts an. Beim Sprechen stieß sie mit der Zunge an, das hatte er vergessen. Er spürte, wie er sie haben wollte. Jetzt.

Ohne auf ihn zu achten, räumte sie das Geschirr weg. Komm!, sagte sie, ich möchte dir die Wüste zeigen! Sie kletterten in den Jeep, Janka wendete und gab Gas. Nach zehn Minuten hielt sie an, zeigte nach rechts: Es gibt in der Wüste viele Wege, Ben, die du erst erkennst, wenn du direkt davorstehst. Wieder gab sie Gas, das Tuch wehte, das sie um Kopf und Hals trug. Staub wirbelte auf, er drückte die Basecap über die Augen. Machen wir eine Pause, trinken wir etwas! Janka sprang aus dem Jeep, winkte ihn heran. Da!, siehst du den Skorpion? Er lag unter dem Stein, auf den ich mich gerade setzen wollte. Sieh ihn dir genau an, Ben! Sie kicherte, dann weißt du, wer ich bin. Die Wüste lebt! Es gibt unendlich viele Pflanzen und Tiere hier.

Und Skorpione, erwiderte er.

Am Abend fuhren sie nach Mizpe Ramon. Hazrat war schon da, als sie eintrafen. Vor ihm Papiere und Broschüren auf einem Tisch, hinter dem verschiedene Leute saßen. Das also war die israelisch-arabische Gruppe, von der Janka gesprochen hatte, auch, dass sie Hazrat hier kennengelernt hat. An jenem Abend ging es um das nächste Friedenscamp, das vorzubereiten war. Janka erklärte, übersetzte frei. Aufgaben wurden diskutiert und verteilt. Ein älterer Mann, den alle Jussuf nannten, hielt die Fäden in der Hand, wie Benedikt mitbekam. Auf dem Heimweg sagte Janka: Wir müssen weltweit vernetzt sein, nicht nur in der orientalischen Welt. Willst du uns dabei unterstützen, Ben? Sie drückte seine Hand. Jetzt weißt du, womit ich vor allem beschäftigt bin.
Das Frühstück bestand aus Orangen, Cornflakes und Milch. Nur Benedikt trank einen Espresso.
Es war sein letzter Tag. Er wollte im Krater Makhtesh Ramon wandern.
Begleitest du mich, Janka?
Ich fahr dich hin!
Wieder wehte ihr Haar. Wieder tauchten Tafelberge auf, die sich dunkel vor dem Horizont abzeichneten. Er tippte ihr auf die Schulter. Hazrat, wer ist er für dich?
Wieso fragst du?
Ich möchte es wissen, bevor ich abfahre.
Was willst du hören? Denkst du, ich bin eine Heilige, weil ich in der Wüste lebe, glaubst du das wirklich?
Ich möchte allein weitergehen!

Es ist nicht ungefährlich, Ben! Hier, nimm die Wasserflasche! Und richte dich immer nach der Sonne. Komm zurück, bevor sie untergeht. Ich warte auf dich!
Der Jeep verschwand in einer Staubwolke.
Nach einer Stunde, oder waren inzwischen zwei Stunden vergangen?, war ihm, als höre er ein Kichern. Die Füße brannten in den Schuhen. Das Leder war aufgestoßen, der Sand war hart wie Beton. Es wurde unerträglich heiß. Schweiß rann ihm die Wirbelsäule hinab. In der Ferne hörte er einen Jeep. Er riss eine Hand hoch, brüllte laut. Etwas Dunkles huschte an seinen Füßen vorbei. Es kam ihm vor, als verspotte ihn die Natur. Er zog das Tuch vom Gesicht, das Janka ihm zugeworfen hatte, nahm einen großen Schluck aus der Wasserflasche, wieder war ihm, als höre er es kichern. Blitzschnell drehte er sich um, vor ihm eine endlose flirrende Fläche. Er kniff die Augen zu, versuchte die Sehschärfe wie bei einem Fernglas einzustellen. Er stolperte, blieb stehen, trank Wasser. Als er sich bückte, sah er die Schlange, die wie in Stein gehauen vor seinen Füßen lag. Geräuschlos schlängelte sie davon. Schweißnass lief er weiter. Ein Flügelschlag? Ein Bussard kreiste über ihm, pfeilartig sauste er herab, ergriff die Beute, verschwand in der Luft. Endlich wurde es kühler. Er schritt jetzt kräftig aus, es ging steil hinauf. Eine Wolke bedeckte die Sonne. Wind kam auf. Suchend sah er sich um, in der Ferne erkannte er Jankas Zelt.

Benedikt drückt die Zigarette aus, ich muss los! Heute entscheidet es sich, wie mein Leben weitergeht. Wäre doch

gelacht, wenn ich die Stelle, auf die ich scharf bin, nicht kriege. Er hebt den Kopf, hat es geklingelt?
Er reißt die Tür auf, im hereinflutenden Licht eine Frau, die ihren Rucksack abwirft, ihm ins Gesicht lacht: Na, du? Mit mir hast du bestimmt nicht gerechnet.
Janka?, will er fragen, da verschließt sie ihm den Mund.

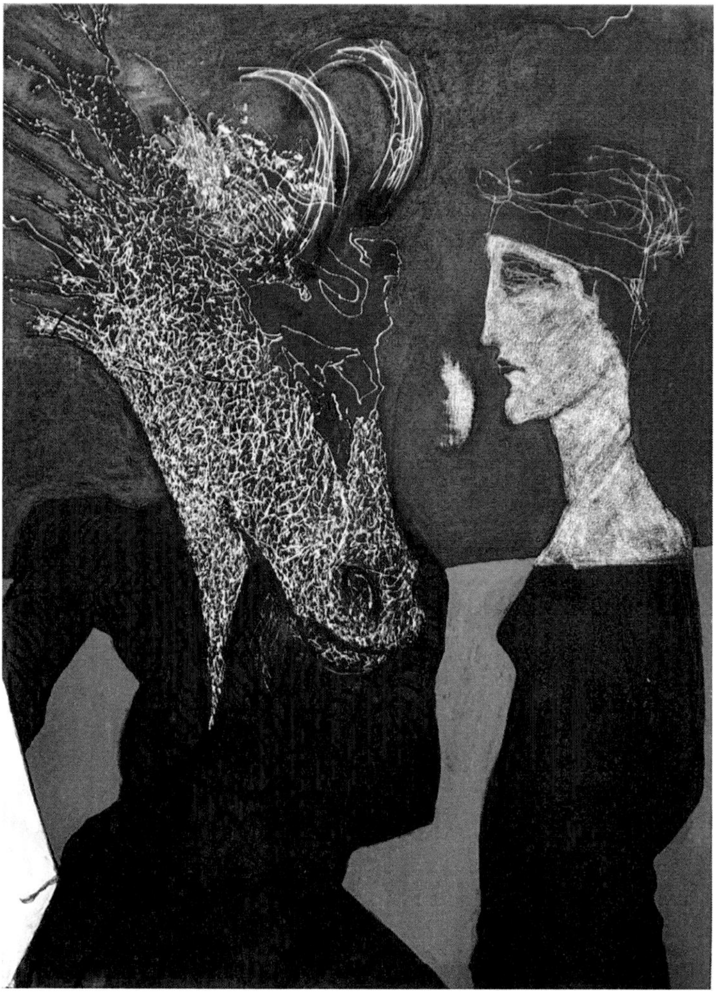

Der Bock und das Mädchen
Acrylfarbe, Kohle, Grafit auf Leinwand
2024
160 x 120 cm

**Frühstück in Franzensbad**

Fallendes, leuchtendes Laub. Ein Buchenblatt klebt an der Windschutzscheibe.
„Soll ich dir den Herbst vorlesen?“ Schalk in ihrer Stimme und das gute Gefühl, unterwegs zu sein. Zu ihnen unterwegs, ergänzt sie stumm.
Carl hat die Augen zusammengekniffen, klappt den Sonnenschutz herunter. „Liest du mir etwas vor? Bitte, Mira!“ Er legt eine Hand in ihren Schoß, die andere Hand hält das Lenkrad.
Ich mag deine Hände! Sie schaut ihn an, schlägt ein Buch auf. „Hier! Ein Satz von Jan Hus. *Wer den Tod fürchtet, geht der Lebensfreude verlustig.*“
Sie wischt über die beschlagene Autoscheibe, blinzelt ins Sonnenlicht.
Er stöhnt, spürt Kälte in den Fingergelenken. „Wir sollten eine Pause machen.“

Unterwegs in die Tschechoslowakei. Ihr Ziel ist Franzensbad, das in der ČSSR liegt, und *Frantískovy Lázne* heißt. Carl und Mira wollen sich mit ihren Freunden treffen. Sie sind gegangen, Lor und Harry sind in der DDR geblieben.
Die Sonne steht senkrecht über grauen Betonhallen.
„Gleich erwartet uns die nächste Kontrolle!“
Sie muss kurz eingeschlafen sein, setzt sich auf. „Wo sind wir?“
„An der Grenze. Nimm bitte die Ausweise heraus, Mira.“

Sie schaut ihn an, die Kerbe zwischen den Augenbrauen ist ihr vertraut. Wovor fürchtest du dich?, möchte sie fragen, um die Angst loszuwerden, die ihr den Rücken heraufkriecht. Stehen wir auf ihren Listen? Werden sie uns verhaften?
Carl reckt sich. „Wir werden es schaffen, dieses Mal lassen sie uns durch, wirst sehen, Mira!“

Ein Wachturm mit graugrünem Tuch überzogen. Zwei junge Männer, in ihren Händen ein Maschinengewehr. Braune Hosen. Hohe, geschnürte Schuhe. Ein grasgrünes Hemd.
Carl kurbelt das Fenster herunter, fühlt Kälteschauer den Rücken hinunterjagen. Sie legt ihren Kopf an seine Schulter, ja, sagt sie stumm, diesmal werden wir es schaffen, Carl!
Uniformierte öffnen den ersten Schlagbaum. Ein Beamter verlangt ihre Ausweispapiere, beugt sich zu Carl herunter, sagt in barschem Ton: „Staatsbürgerschaft Westberlin!“ Ruckartig richtet er sich auf: „Steigen Sie aus! Kommen Sie mit Ihren Handtaschen mit!“
Lässig tun, die Angst nicht zeigen. Doch wohin mit den Briefen, die der Offizier nicht sehen darf, die für die Leute von Charta 77 bestimmt sind? Ins Klo! Dafür ist es jetzt zu spät.
Er ist groß und eine Uniformmütze bedeckt seine Augen. Er ist blond und trägt hohe, geschnürte Stiefel. Sie betreten ein Dienstgebäude, hinter einer langen Tischplatte richtet er sich auf: „Packen Sie aus!“ Das Gesicht ohne Regung. Sind wir ihm ausgeliefert? Ihr Blick streift das Foto, das

den Präsidenten der Republik zeigt. Und wenn er die Briefe entdeckt? Ach was, er tut seine Pflicht. Seine Lippen sind rot wie das Fahnentuch an der Wand.
Komm!, möchte sie Carl zuflüstern, komm hier weg!
Der Uniformierte nimmt ein Buch auf, blättert darin. Ein Zettel fällt heraus, liegt auf dem fleckigen Boden. Er bückt sich, nimmt den Zettel, liest. Mira nimmt ihm wortlos das Papier aus der Hand. Jetzt sieht er sie an. Nein, er sieht an ihr vorbei, seine Hände ziehen Buch für Buch aus ihrer Tasche. Er blickt an ihr vorbei, als er sagt: „Packen Sie wieder ein!" Grußlos verlässt der Offizier den Raum.
Jemand reicht ihnen ihre Ausweispapiere. Sie legt sie ins Handschuhfach.
„Staatsbürgerschaft Westberlin", Carl grinst, „hast du das gewusst?"
„Am Dienstag um dreizehn Uhr müssen Sie zurück sein", sagt eine Dame in der Geldwechselstelle. „Ihr Visum gilt für drei Tage!"
*Vitame vas*. Herzlich Willkommen! Carl zeigt auf das Plakat, an dem sie vorbeifahren.
Der letzte Schlagbaum. Knabengesichter im Regen. Auf einem Teich drei Enten. Eine Kirche mit goldenem Zwiebelturm.
„Wo kommt die Angst her?" Carl legt einen Arm um ihre Schultern, lacht. „Wir haben es geschafft!"
„Ja", sagt sie, „es ist überstanden. Aber nicht vorbei."
Von der Straße abbiegen, auf einem Schotterweg halten. Sie nimmt ihn bei der Hand. Die Wiese ist weich. Die Wiese ist grün. Carl zieht das Hemd aus, wirft Laub hoch, läuft springend davon. Gleich ist er wieder zurück, zieht

sie hoch. „Komm, wir müssen weiter, es wird sonst zu spät." Sie stolpern über einen eingetretenen Zaun. In einem Graben übereinander liegende Grabplatten, auf denen sich rote Käfer sonnen.

Und wieder das fallende Laub. Ahornblätter. Birkenblätter. Ein Dorf, durch das sie fahren. Der Konsum, Räder davor. Lindenbäume. Peitschenlampen. Ein Kiosk, vor dem eine Frau in bunter Kittelschürze steht, die ihnen winkt.

„Ich möchte einen Kaffee trinken!"

Er schaut auf seine Uhr. „Nimm die Thermoskanne heraus, dann muss ich nicht anhalten. Lor und Harry warten sicher schon."

Da stehen sie, im Abendlicht. Harry in hellem Jackett. Lor in taillierter dunkler Jacke.

„Da seid ihr ja endlich!"

Küsse. Umarmungen. Chagalls Ziegen in der Luft.

Harry versucht auf einem Bein zu stehen. Lor zeigt auf eine Bank. „Setzen wir uns doch." Sie nimmt eine Thermoskanne aus ihrem Korb, stellt einen Kuchen auf den Tisch: „Aus Bergkirch! Hoffentlich schmeckt er euch auch!"

„Wisst ihr noch, wo das liegt?" Harry stößt Carl ins Schienbein, „Bergkirch, ha!"

„Verschluck dich nicht, Harry!" Lor hebt einen Finger, dann verteilt sie den Kuchen. „Seid froh, dass ihr da weg seid!" Sie schaut erst Mira, dann Carl an, schüttelt unmerklich den Kopf. Sie haben keine Ahnung!

„Er schmeckt wie immer, dein Kuchen ist köstlich, Lor!" Mira umarmt die Freundin.

Lor sieht, wie Harry ihr ein Zeichen geben will. Sie stampft mit den Füßen auf, nein, ich will reden, endlich ausspucken, was mir die Luft zum Atmen nimmt. Sie schiebt die Mütze, die schief auf dem kupferroten Haar sitzt, nach hinten.
„Ich sag euch was. Ich kann noch immer nicht an eurem Haus vorbeifahren! Es geht nicht. Es stimmt doch, oder? Du fährst doch auch nie an ihrem Haus vorbei, Harry! In unserer Straße haben sie die Linden geköpft. Wisst ihr, woran ich da denken musste? Die Stümpfe haben sie stehen lassen!" Lor streckt den Hals vor wie es Wildgänse tun, bevor sie einen Schrei ausstoßen. „Wisst ihr, wie still es in Bergkirch geworden ist? Totenstill!"
„Wollen wir? Die Zimmer sind bestellt, na, dann los!" Harry läuft zum Auto, als wollte er fliehen. „Kommt doch endlich!", ruft er, „es ist nicht mehr weit, zehn Kilometer bis *Frantískovy Lázne*."

Der erste Tag
„Wir haben in Cottbus gedreht. Den Film, von dem ich am Telefon gesprochen habe, erinnert ihr euch?" Lor sucht Miras Blick, nimmt einen Lippenstift heraus, zieht die Lippen nach. „Auch nachts haben wir gearbeitet. Jeden Tag musste ich am Gefängnis vorbeigehen. Immer wieder. Ich wollte es testen, wollte wissen …" Ihr Blick wird starr. „Das Untersuchungsgefängnis, in dem ich gesessen habe!"
Wie? Was? Mira sieht die Freundin an, dann sucht sie Carls Blick, der die Schultern hebt, eine Zigarette anzündet.

Jetzt ist es heraus. Ein Lächeln huscht über Lors Gesicht, die wie auftrumpfend sagt: „Ja, das wusstet ihr in Bergkirch nicht!“
Carl reicht ihr die brennende Zigarette, versucht zu begreifen, wovon Lor spricht. Lor im Gefängnis? Das gibt es doch nicht! Und wir haben es nicht gewusst! Er rechnet fieberhaft, wie alt war Lor damals?
Harry springt auf. „Wartet! Was wäre ein Frühstück ohne Sekt?“
„Ich hol den Sekt!“ Mira kommt mit einem Karton unterm Arm zurück, stellt Gläser auf den Tisch.
Sie lachen und reden – und weichen ihren Blicken aus.
Eine Dame in dunklem Kostüm und rotem Hut, die allein vor einem Bungalow sitzt, winkt herüber. „Herzlichen Glückwunsch! Da hat wohl jemand Geburtstag?“
„Nein, nein, kein Geburtstag!“, ruft Harry und wedelt mit den Armen. „Aber ein Fest!“
„Jetzt müssen wir aber endlich frühstücken. Harry, holst du den Kaffee?“
„Hm“, Carl schneidet ein Brötchen auf, schnuppert, „wie gut sie hier backen!“
„Die Böhmischen Knödel müssen wir aber auch probieren!“
„In die Trinkhallen will ich auch, schließlich sind wir in Franzensbad! Es soll eine Heilquelle im Wald geben, die leicht zu finden ist, hab ich an der Rezeption gehört.“
„Und wann fahren wir in die Goldene Stadt Prag?“
Sie essen, trinken und reden.
Harry versucht mit der Serviette, eine Wespe aus seinem Glas zu fischen. Sie stoßen an. „Aufs Leben!“

Lor stellt das Glas zurück, jetzt will sie sprechen, ausstoßen, was Jahrzehnte in ihren Eingeweiden gärte. „Als ich damals von einem Moment auf den anderen verhaftet war, erkannte ich blitzartig, wo ich lebe. Von da an hatte ich nur noch Angst. Es war, als wären *sie* überall, als sähen *sie* alles; vielleicht ist das das Schlimmste, was einem passieren kann."

Sie hebt den Kopf, versucht zu lächeln. „Wieso mute ich euch das zu an einem Morgen wie heute? Verdammt, könnt ihr mir das sagen?" Sie hebt das Glas, ihre Hand zittert. „Trinkt, Freunde! Es ist vorbei, lange vorbei!"

Spatzen sielen sich im Sand, hocken übereinander, schlagen mit den Flügeln.

„Meine Fotos haben *sie* beschlagnahmt, seitdem kann ich nicht mehr fotografieren!" Das rechte Augenlid flattert, das Lippenrot ist verwischt, Lor ignoriert Harrys Blick. „Lass mich, lass mich endlich reden, Harry! Auch das müsst ihr wissen, ich fürchte mich vor dem weißen Papier."

Wie schmal ihre Hände sind, wie sie zittert. Carl möchte Lor umarmen, sie fragen. Was geht hier eigentlich vor? Ich begreife es nicht!

„Kinder", lacht Lor schrill, „das ist doch zwanzig Jahre her, warum erzähl ich das heute alles? He, weißt du es, Mira, du kluges Kind?"

Da erinnert Mira ihren ersten Brief! Das Jahr hatte Lor nicht dazugeschrieben.

*Führe mich ruhig in Versuchung, endlich diese blöde Hemmung vorm weißen Papier abzulegen.*

Damals wusste sie nicht, dass Lor mit neunzehn Jahren ins Gefängnis gekommen war, dass ihre Aufzeichnungen gelesen, ihre Fotos beschlagnahmt und gegen sie verwandt worden waren. Hier, in einem fremden Land, in Franzensbad, spricht Lor zum ersten Mal davon. Sie sitzen vor den Bungalows, die sie für drei Tage gemietet haben. Zwei Männer, zwei Frauen.

„Der Grund für die Verhaftung? Beim Pfingsttreffen der FDJ hab ich *Unter den Linden* einen Jungen aus Westberlin kennengelernt. Und mich verliebt! Na und? Ist das ein Verbrechen? Wir wollten zusammen sein, uns nicht jeden Tag um Mitternacht trennen müssen, wie es Vorschrift war. Sollte ich deshalb fliehen? Die Eltern verlassen?"

Harry schlägt ein Bein übers andere. „Lass doch die alten Geschichten, Lor!"

Sie wehrt ab, spricht ohne Punkt und Komma. „Ein Tag wie viele. Ich sitze im Zug, um ins Institut zu fahren. Da stehen sie vor mir in ihren langen glatten Mänteln und sagen: Kommen Sie mit! Da war ich verhaftet. *Fluchtversuch und Spionage*, sagte der Richter. Vier Monate allein. Kein Buch. Kein Stift. Keine Zahnbürste. Da hab ich den Finger genommen." Lor fährt mit einem Finger ihre Zahnreihe entlang. „Zahnpulver gaben sie mir, weiß wie Gips." Sie beugt sich über den Tisch, sucht eine Zigarette. Carl zündet eine Zigarette an, reicht sie ihr.

„Jetzt kamen mir die Bücher zugute, die ich über die Antifaschisten, die im Zuchthaus gewesen waren, gelesen hatte. Disziplin, schrieben sie, kalt waschen, jeden Tag sauber halten, sich überwinden, auch unter den äußersten Bedingungen." Lor raucht hastig, drückt die Zigarette

gleich wieder aus. „Bibbernd hab ich mich eiskalt gewaschen, meine Zähne mit ihrem Zahnpulver geputzt.“
Harry nimmt ein Brötchen aus dem Korb, schneidet es auf. Schweig doch endlich! Er möchte Lor schütteln. Stumm streicht er Butter auf eine Brötchenhälfte, legt eine Scheibe Schinken und ein Salatblatt darauf, beißt hinein.
„Nach jedem Verhör gaben sie mir einen Stift und ein Stück Papier. *Schreiben Sie auf, was Sie zu Protokoll gegeben haben!* Ich bebte, hörte ich Schritte hinter der Tür, ich zitterte, sah ich das weiße Papier in ihren Händen. Sollte ich schreiben: Ja, ich liebe den Jungen aus Westberlin. Ja, ich möchte mit ihm leben.“ Lor hustet ins Taschentuch. „Weg wollte ich nicht!“ Sie nickt, hört mit dem Nicken nicht auf. Plötzlich bricht ein Lachen aus ihr, dass die anderen am Tisch die Augen aufreißen.
„Gift!, überall ihr Gift! Hier!“ Sie streicht über die Adern auf ihrem Handrücken, „da hinein ist ihr Gift gedrungen.“
Von etwas anderem reden, wovon? Harry rutscht an die Stuhlkante, steht auf.
„Ich muss es zu Ende bringen. Lass es mich einmal zu Ende bringen, Harry! Bitte!
Wisst ihr, wonach es im Knast gerochen hat?“ Sie presst eine Hand auf den Mund, sieht sich um. „Das ist es! Ich wollte euch schonen, wollte euch nicht hineinziehen. Deshalb hab ich all die Jahre geschwiegen, nicht nur, weil ich es bei meiner Entlassung unterschreiben musste.“ Sie versucht zu lächeln, plötzlich springt sie auf. „Was starrt ihr mich so an, he?“

Nächtelang haben wir in Bergkirch zusammengehockt, getanzt, geweint und gelacht, Mira krümmt sich unter Lors Blick.
„Verdammt! Wieso hab ich so lange geschwiegen? Euch hätte ich vertrauen können. Was haben *die* aus mir gemacht?"
„Und wir haben das nicht gewusst! Wir haben es nicht gewusst, Lor!" Carl ist aufgestanden, nimmt Lor in den Arm.

Laub unter ihren Füßen. Ein Rabe in einer Birkenspitze, der laut krächzt.
Lor hakt sich bei Mira ein. „Es ist anders geworden in Bergkirch ..." Sie drückt Miras Hand. „Wie anders es ist, seitdem ihr fort seid!"
„Wovon haben wir all die Jahre gesprochen?" Carl stößt Harry an, „Mensch, weißt du das?"
„Diese Stunden hier sind so schnell vorbei, warum Altes hervorkramen, wozu, Carl?"
„Es ist, als hätte mir jemand mit dem Hammer auf den Kopf geschlagen, Menschenskind, Harry!"
„Soll ich dir was sagen, Carl? Die Antwort ist, es nützt nichts! Nützt niemandem. Ja, ja, ich weiß, du siehst das anders. Ach, lassen wir das doch, sag lieber, ob du inzwischen Arbeit hast."

Der zweite Tag
Hinter hohen geschnitzten Stühlen Seidentapete in Goldstickerei auf karminrotem Grund. Über ihren Köpfen elektrische Kerzen.

Harry lacht, als er vom WC kommt. „Was glaubt ihr, was es da alles zu kaufen gibt!“ Er hält sich den Bauch, lacht mit offenem Mund.
Carl legt einen Arm um Miras Schultern, „wie lange waren wir nicht mehr in Prag? Seit Achtundsechzig?“
Damen, die in einer Fensternische sitzen, summen die Melodie mit, die ein schwarz gekleideter Herr auf dem Klavier spielt.
Lor nimmt Carls Fotoapparat, hält ihn an die Augen. „Verdammt, es geht nicht!“ Sie lässt die Arme sinken, ihre Schultern beben, als sie das Restaurant verlassen und den Wenzelsplatz hinaufgehen.
*Vetscherni Praha!* schreit ein Junge, der einen Packen Zeitungen im Arm hält.
Harry winkt ihn heran, „gib mir eine Zeitung, bitte!“

Zurück in Franzensbad
„Wein und Käse aus Westberlin. Kuchen aus Bergkirch!“ Harry gießt die Gläser voll. „Ich trinke das hier alles aus, ich will an der Grenze nicht gefragt werden, *mit wem haben Sie sich getroffen?* Und Stunde um Stunde festgehalten werden, ich will das nicht mehr!“
„Harry hat recht. Es war grässlich an der Grenze. In winzige, fensterlose Kabinen wurden wir geführt. Den Rest brauche ich euch nicht zu erzählen. Stunden später saß ich im Auto neben Harry, ich weinte, bis wir euch sahen.“
„Aufs Leben!“, sagt Harry heiser. „Na sdravi!“
Mira ist hinausgegangen. Jemand kommt ihr entgegen: „Guten Abend! Schön heute!“ Sie geht in ihr Zimmer, setzt

sich im Dunkeln auf einen Hocker. Hinter den dünnen Wänden Musik, Stöhnen und Lachen.
Sie öffnet die Tür, geht langsam den holprigen Weg zurück. Die Nachtluft ist feucht und schwer. Jemand ruft herüber: „Guten Abend! Schön heute!"
Als sie zurückkommt, fragt Carl „wo warst du so lange?"
In der Ecke Rotweinflaschen. Auf dem Tisch ein angeschnittener Kuchen. Und eine leere Schachtel Konfekt.

Der letzte Tag
Carl brüht Kaffee auf, während Mira ins Badehaus geht. Sie spuckt ins Waschbecken, spült die Augen aus. Den Schlüssel für die Dusche muss man an der Rezeption holen, das hat sie vergessen.
„Von wo kommen Sie?"
Mira trocknet das Gesicht ab, als sie zum zweiten Mal hört: „Und woher kommen Sie?" Eine Frau an der Tür, die die Klinke in der Hand hält, grüßt mit einem Kopfnicken.
„Aus Berlin".
„Das habe ich verstanden, aber aus welchem Berlin?"
„Aus Westberlin."
„Dann wissen Sie nichts! Wissen nicht, wie es bei uns zugeht!"

Auf dem Frühstückstisch Tomaten, Käse und weißes Brot. Kaffee in der Thermoskanne.
Das Tuch ist Lor von der Schulter gerutscht. Harry legt es ihr wieder um, gießt seiner Frau heißen Kaffee ein. „Der tut jetzt gut, danke, Harry!"
Lor hält das Gesicht in die Sonne. „Was für ein Tag!" Sie schlägt sich an die Brust. „Und ich rede und rede!"

„Die Mauer ist pervers!“ Harry wedelt mit den Armen. „Pervers“, flüstert er.
„Wie recht du hast, Harry! Die Mauer ist pervers! Und was tun wir dagegen, kannst du mir das sagen? Sie zeigt auf den Kackfleck, den ein Spatz auf der Tischdecke zurückgelassen hat. „Ja“, lacht sie gequält, „frech werden, wie ein Spatz!“ Langsam erhebt sie sich, zieht Mira vom Stuhl. Die Männer sehen, wie Lor auf Mira einspricht, wie Mira eine Hand auf ihre Lippen presst, einen Schritt zurückweicht, sie sehen, wie sich die Frauen umarmen.
„Kommt!“ Lor winkt die Männer heran, „gehen wir ein Stück, dann hört ihr auch, was ich vorhabe.“
Harry schüttelt den Kopf, unwillig geht er den anderen nach. Doch was er dann hört, kann er nicht fassen. Lor will an Miras Stelle mit Carl mitfahren, keinen Augenblick mehr warten. Die Chance nutzen, endlich aus dem Dampfkessel herauszukommen. In knappen Sätzen erklärt Lor ihren Plan. Ohne auf Harrys Bedenken einzugehen, sagt sie: „Schluss jetzt! Carl ist einverstanden, und Mira auch. Also, kommt, packen wir unsre Sachen!“
Mira folgt der Freundin wie betäubt, ist das wirklich eine gute Idee? Und was wird aus mir? Was hat Lor vorhin gesagt? „Du fährst unverzüglich zur Bundesdeutschen Botschaft nach Prag, besorgst dir dort neue Papiere, und eh du begreifst, was geschehen ist, bist du wieder bei deinem Carl in Westberlin!“ Ob das wirklich so ausgehen wird, wie Lor sich das vorstellt?
Harry schüttelt sich. Ist Lor jetzt übergeschnappt, will sie es wirklich ausreizen? Und dann? Sitzt sie wieder im Knast!

„Lass!", sagt Lor, „ich weiß, was du denkst, Harry, aber ich muss es tun! Wenn ich dort bin, kommst du nach. Versprich mir das!"
Er will sie festhalten, erwischt nur den Rock, den Mira trug. Überhaupt, wie sieht sie aus! Man könnte tatsächlich meinen, sie wäre Mira. Aha, deshalb waren die Frauen gestern beim Frisör! Er dreht sich um, wo ist Carl überhaupt?
Ruhig, als wäre die Katastrophe nicht programmiert, verstaut Carl das Gepäck im Auto.
Die Frauen flüstern miteinander.
Lor geht auf Harry zu. „Wir fahren jetzt! Du weißt, was du tun musst!" Sie küsst ihren Mann, spürt, wie kalt die Hände sind, die sie festhalten wollen.
Die Dame im dunklen Kostüm und rotem Hut, die allein vor einem Bungalow sitzt, winkt herüber. „Warten Sie, bitte! Ich möchte Sie fotografieren, wenn Sie erlauben?" Schon hält sie einen Fotoapparat vors Gesicht. „Bleiben Sie so, ja, bleiben Sie so stehen. In diesem Licht."

## Der Stachel des Skorpions

Auf den Ausbruch hatte sie nicht gewartet. Es gab Vorzeichen, die sie nicht deuten wollte. Nun war es geschehen. Eingetreten.

Eva steht vor dem Tümpel, hört die Kraniche, versucht zu begreifen, was geschehen ist. Ein Unfall? Ein Mord? Ich, die Mörderin?
Ein Skorpion fällt ihr ein, der in dunkler Erde lebt; eine Existenz ohne Öffentlichkeit. Plötzlich schießt er nach oben ins Licht, mit einer einzigen Bewegung fährt er seinen messerscharfen, giftigen Stachel heraus und schneidet dir die Kehle durch.
Da rollt der Kopf, der den Skorpion nicht mehr interessiert. Interessant ist nur dieser eine Augenblick, das Herausfahren des tödlichen Stachels. Auf diesen einen Augenblick hin hat er gelebt, aber das weiß der Skorpion nicht. Doch etwas ist geschehen, ohne Stachel ist der Skorpion so gut wie tot, denn seine stärkste Waffe ist der tödliche Stachel.
Und was geschieht danach? Der Stachel im Kopf beginnt ein Eigenleben, gebärdet sich wie der Samen in der Eizelle. Er befruchtet den Schädel mit dem tödlichen Gift.
Doch wer ist der Skorpion, dem wir nur den Namen geliehen haben? Von dem wir annehmen, der Name passe auf das Ereignis, das zu beschreiben sein wird?
Es hat alles zwei Seiten, sagen wir. Auch der Stachel des Skorpions, in dem das Gift sitzt, das er abfeuert wie einen

Speer. Gleichzeitig ist es ein Bumerang. Er tötet den, dem der Stachel gehört.
Wem möchten wir jetzt unsere Aufmerksamkeit schenken?
Dem, aus dem der giftige Pfeil schoss?
Oder dem, der von dem Stachel getötet wurde?
Aber, verehrte Leserinnen, es ist auch eine Liebesgeschichte, oder ist es ein Märchen, das Sie gleich hören werden?

Ein Paar lebte mit seinen Kindern in Frieden und Freuden. Die Kinder verließen das elterliche Zusammenleben, als sie erwachsen waren. Für das Paar würde nun beginnen, was sie noch nicht kannten: ein Leben zu zweit. Für die beiden, um die es hier gehen wird, ist es bezeichnend, dass sie das Unbekannte immer suchten wie einen schwer auffindbaren Schatz.
Am Tag gingen sie ihrer Arbeit nach. Die Abende verliefen unterschiedlich. Manchmal lasen sie sich aus anderen Lebensläufen vor, manchmal saßen sie sich gegenüber, und Eva, so werden wir die Frau nennen, breitete eine Landschaft vor Adam aus, die ihn faszinierte.
So vergingen die Jahre.
Es gab keine Dritten, die sich in das harmonische Leben eingeschlichen hätten, keine Affären, nichts Störendes. Vielleicht war es genau das, das unsichtbare Leiden an der Harmonie, das zunehmend unerträglich wurde. Der Daimon, der Skorpion, schlich heran, zog seinen giftigen Pfeil und feuerte ihn ab.

Es war Eva, die der Harmonie ein Ende setzte. Sie zerstörte den Frieden, der über dem Sonntag lag. Immer sind es die Zaungäste, die Lügen weitertragen, die berichten, was ihre Augen gesehen haben wollen. Was aber sehen unsere Augen, was nehmen sie wahr?

Doch beginnen wir von vorn.
Adam steht auf, wenn Eva noch schläft. Er macht sich seinen Morgenkaffee, trinkt ihn genussvoll, raucht. Irgendwann erscheint Eva. Sie schwankt ein wenig, denn sie ist nicht mehr jung, vielleicht sechzig Jahre alt. Sie putzt ihre Zähne, wäscht Augen und Lippen.
Jetzt ist es acht oder neun Uhr. Im Bademantel, mit ungekämmtem Haar, sucht sie Adam, läuft den Flur entlang zu seinem Zimmer. Die Tür ist angelehnt. Sie sieht ihn am Schreibtisch sitzen. Wenn er fortgeht, legt er ihr einen Zettel hin. Das hat sie Adam abgetrotzt, denkt Eva, die ihren Kopf durch die Tür schiebt. Sie kriegt mit, wie Adam zusammenzuckt, als er ein Geräusch hört, das ihn stört. Spätestens jetzt wird Eva hellwach. Sie beobachtet genau, was geschehen wird; manchmal übersieht sie bewusst, was sie sehen, riechen und was sie fühlen kann.
Sie steht hinter Adam und fragt: Trinkst du eine Tasse Tee mit mir? Ich komme gleich!, die Antwort, die sie kennt. Nun kommt es darauf an, ob sie sich in den Ledersessel fallen lässt, ob sie das Zimmer verlässt oder ob sie auf ihn zugeht, ihm ihren Mund hinhält, und er sie küsst.
In den feinen Schichtungen einer Person lauert eine Hyäne auf ihren Auftritt, schlummert eine Schlange; urplötzlich

reißen sie das Maul auf und erinnern uns an den Anfang der Geschichte, an den Stachel des Skorpions.

Ein anderer Tag

Adam und Eva werden das Wochenende im Grünen verbringen.

Das Arbeitszimmer ist heute nicht der Schauplatz. Das Drama geschieht in der freien Natur, unter offenem Himmel. Wer aber will wissen, ob der Himmel offen und die Natur frei ist?

Vielleicht hat sich die Tragödie nur deshalb so abspielen können, weil der Himmel nicht offen war? Doch spazieren wir ruhig hinein in einen Sonntagmorgen im Mai. Der Nachrichtensprecher hat 27 Grad vorhergesagt.

Es ist nicht schwierig, Eva ins Bad zu folgen, mit ihr vor dem Waschbecken zu stehen und wegzusehen, wenn sie das Zahnwasser ausspuckt.

Sie trägt einen weißen Bademantel, als sie hinausgeht, um Adam zu suchen. Heute wässert er die Bäume und Sträucher, die er im vergangenen Jahr gesetzt hat. Von Weitem sieht sie, wie Adam seine Pfeife in die Hosentasche steckt, eine Hacke nimmt und damit die Erde lockert.

Jetzt steht sie vor ihm. Sie muss nichts sagen, er macht die Handbewegung, die sie kennt, die sie verletzt, nein, die sie wütend macht, anders als an anderen Tagen.

Adam! Nein, sie spricht ihn nicht an, wendet sich um und geht zurück zum Haus, nimmt die Teekanne, setzt sich in die Veranda. Als sie die erste Tasse Tee getrunken hat, wirft sie die Decke von den Füßen, zieht den Bademantel-

gürtel enger und geht wieder hinaus. Sie will nicht allein Tee trinken, nicht an einem Sonntagmorgen im Mai!
Adam zeigt auf die trockene Erde, sagt: Ich will nur noch schnell ...
Etwas in Evas Haltung bedeutet ihm aber, die Erde Erde sein zu lassen und mit seiner Frau den Morgentee im Garten zu trinken.
Mit der Teetasse setzt er sich zu Eva unter den Apfelbaum. Ab und zu sagen sie etwas. Die Sonne scheint auf Evas Haar, das unbedeckt ist. Ein Grünfink sitzt auf dem Zaun, ein anderer Vogel trillert hoch in der Luft, in der Ferne sind Kraniche zu hören.
Was für ein Morgen!, denkt der Nachbar, der am Zaun vorbeigeht und hinübersieht.
Womit kann ein solcher Morgen vernichtet werden?
Eva hat das Wissen in sich vergraben, es bis heute nicht hochkommen lassen: Adams Abwehr, seine Hände, die Stopp! sagen.
Das war es, wird Eva später sagen. Das wird es gewesen sein.

Komm! Adam ist aufgestanden. Ich will dir etwas zeigen, Eva!
Es folgt ein Rundgang durch den Garten. Bei jeder Knospe, die sich nach dem langen, strengen Winter wieder bildet, bleibt Eva stehen.
Sieh mal! Sie beugt sich zu einem Rosenstrauch hinunter. Er treibt wieder! Das Rosenbeet betreut Eva. Er sieht, wie sie sich freut.
Das Frühstück ist mit dem Rundgang beendet.

Adam will jetzt zum Nachbarn gehen, Mist aufladen, Dung, den die Beete, die er angelegt hat, brauchen. Eva zeigt Verständnis, wird sich anziehen, wird altes Laub harken oder in einem Buch lesen, das sie interessiert.

Spanne uns nicht auf die Folter! Höre ich die verehrte Leserschaft sagen.
Aber ich taste mich an das Drama heran. Eigentlich möchte ich diesen Morgen in seiner Schönheit erhalten, und ihn nicht durch eine Handbewegung zerstören lassen.

Eva geht mit dem Frühstückstablett ins Haus, stellt es in der Küche ab, beginnt in einem Buch zu lesen: durchwandert Landschaften, streift über Märkte, fährt auf fremden Gewässern, begegnet dem Unbekannten.
Was genau war es, das sie aufspringen ließ, dass das Buch auf den Boden fiel und sie zu Adam lief? Der Pfeil muss aus einer Tiefe hervorgeschnellt sein, vor der ihr graute. Sie besaß nichts, um ihn zu stoppen. Jetzt muss sie handeln.

Nach dem Vorfall sucht sie das Weite, läuft wie gehetzt über grün gewordene Felder, an Tümpeln vorbei, weiter, nur weiter, weg von Adam, von einem Sonntag, an dem die Sonne erbarmungslos scheint. Sie fühlt die Strahlen auf dem ungeschützten Kopf. In weiten Sprüngen hastet sie weiter, das Haus verschwindet, wie Adam, den sie nie mehr sehen will.
Doch was war geschehen?
Keuchend stand sie vor Adam, da brach es aus ihr heraus: Es ist Sonntag und du schuftest, als müsstest du einen Weltrekord erringen! Du zerstörst alles!

Sie wendet sich um, am Tor macht es Stopp! Das ist nicht genug! Gib es ihm, gib es ihm gründlich! Ihre Füße laufen wie von allein zu Adam zurück, der Verstand versucht mit zaghafter Stimme zu stoppen, was sich längst verselbstständigt hat.
Wie das Gottesgericht steht sie vor Adam, schreit, dass es die Vorbeigehenden hören: Es ist unerträglich! Du kannst nur malochen!
Abrupt dreht sie sich um, läuft zum Tor, am Zaun entlang, sieht Adam bei den Johannisbeeren.
Da zerreißt etwas, der Skorpion schnellt heraus, sie kann ihn nicht stoppen. Sie fuchtelt mit den Armen, brüllt: Schieß dir doch eine Kugel durch den Kopf, Adam! Dann findet ein Arbeitstier wie du endlich Ruhe!
Noch etwas wird ihr Mund gerufen haben, den sie nicht schließen kann.
Als sie die Kraniche vor dem Tümpel stehen sieht, hört sie den Schuss.

Hinzuzufügen ist, dass Eva, nachdem sie den Schauplatz des Geschehens verlassen hatte, noch einmal zurückgegangen war, um die Pistole, die ihrem Vater gehört hatte, zu suchen und sie auf den Küchentisch zu legen.

Eva ist vor dem Tümpel stehen geblieben, hört den Kranichruf, sieht, wie die Vögel mit ihren langen Beinen einen Tanz aufführen, um sich danach einer nach dem anderen in die Lüfte zu schwingen. Plötzlich wird ihr bewusst, was sie angerichtet hat. Sie sieht Adam im Gras liegen, mit einer Kugel im Kopf oder im Herzen. Sie sieht, wie das Blut allmählich verkrustet, wie die Hand, die die Waffe geführt hat, sich lockert, wie die Gesichtszüge sich verändern durch die Entspannung, die einsetzt, wenn die Stille endlos wird. Adam befreit von der Last, die ihm immer im Genick saß.

Deshalb, Geliebter, flüstert sie, hab ich von Erschießen gesprochen.

Ich weiß doch, ich weiß, Eva!

Unentschlossen, ob sie zurückgehen soll oder ob sie weitergeht, dem Kranichruf folgt, bleibt sie stehen. Langsam dreht sie sich um, lauscht. Ihr war, als käme jemand angelaufen, als hätte sie gehört: Adam ist tot.

Sie verharrt, doch niemand kommt näher. In der Ferne sind die Kraniche zu hören.

## Der Mund ist rot, aus dem es lacht

*Pommernland ist abgebrannt ...*
Nein! Es liegt vor dir, wenn du mit dem Auto an den Feldern vorbeifährst, den Gehöften, die rote Dächer tragen. Polen. Das Schlagen der aufschäumenden Wellen. Zurückrollen. Wiederkehren. Das Krachen der Steine am Ufer, die rollen und rollen.
„Wo sind die Möwen heute?", fragt ihr Begleiter.
Sie muss nicht antworten. Möchte sich fallen lassen. In den Dünensand sinken.
„Schön ist es hier, wenn der Strand leer ist", sagt er.
Sie sieht ihn an, den Mann mit den wachen, graublauen Augen.

Breit, gluckenartig die Marktkirche. Auf schwarz-weißen Fotos flattert der bodenlange Schleier. Der Vater führt ihre Mutter am Arm, viele, viele Stufen hinab. Alle Männer tragen dunkle Anzüge oder Gehröcke, wie der Pfarrer. Der Bräutigam hält einen Zylinder in der Hand.
*Geboren in der Klinik von Dr. Möhle.* Diesen Satz in den Ohren, als sie ihrem Begleiter ihre Geburtsstadt zeigt.
„Hier!" Sie deutet auf eine Bank vor einem Rosenrondell im Stadtpark, „können sie sich geküsst haben."
„Wirklich?", fragt er und will sie in den Arm nehmen.
„Komm weiter! Schau dir die Marienkirche an. Die geschmückten Seitenaltäre, vor denen vor allem Frauen knien."
Sie sitzen in der Kirchenbank, reden leise.

„Wie alt warst du, als ihr von hier fliehen musstet?"
Sie hebt die Schultern.
„Aber ..." Er sieht sie an, „du willst doch darüber schreiben, willst du, oder?"
Es gab einen ersten und einen zweiten Fluchtversuch, weiß sie, aber ob sie darüber schreiben wird, das weiß sie nicht.
„Das erste Mal kamen wir bis Kolberg. Dort mussten wir umkehren. Aber das Haus meiner Großeltern, in dem Mutter mit uns Kindern wohnte, war inzwischen von russischen Soldaten besetzt worden, die aus den Fenstern schauten, als wir vorbeikamen.
„Hör zu!" Sie wird laut, als sie sagt: „Ich will mich nicht erinnern, verstehst du? Nicht hineinbegeben!"
„Du bist doch mittendrin, Marie."
„Jede Nacht mussten sich die Deutschen, die plötzlich im Niemandsland lebten, auf der russischen Kommandantur melden. Mutter wurde schwerkrank. Sie konnte sich auf einmal nicht mehr bewegen, konnte nicht gehen, war gelähmt. Deshalb wurde sie im Handwagen, und ich im Kinderwagen, dorthin gefahren.
Das weiß ich nur aus Erzählungen, und doch spüre ich eine würgende, kalte Angst, als geschähe es heute. Ein halbes Jahr später gelang die Flucht. Der Kinderwagen, in dem ich lag, wurde auf dem Perron festgebunden. Im Zug gab es keinen Platz."
Sie zeigt auf den Marktplatz. „Auch diese Stadt hat der Krieg, den Hitler begann, zerstört. Die Polen haben sie wieder aufgebaut."
Der Park, durch den sie schlendern. Apfelsinenfarbige Blüten. Flieder, weiß und violett. Sperlinge säubern ihr

Gefieder im Straßenstaub. Die Reste der alten Stadtmauer.
Da küsst er sie. Hält sie im Arm.
„Hier bin ich nicht gezeugt worden." Sie möchte ihrer Stimme Farbe geben, die zittert, wie das Herz, das sie hören kann. Er hält sie noch immer im Arm, auch er ein Fronturlaubskind.
„Fahren wir zurück ans Meer!", sagt er.

Die Strandpromenade. Buden. Glitzerkram. In einer Seitenstraße Honig, Blaubeeren und Pfifferlinge, die Frauen, die auf der Erde sitzen, auf einem Tuch anbieten.

„Hier bist du geboren!", sagt ihr Begleiter, seine Hand streicht über den Bart, den ein polnischer Frisör gestutzt hat. Er ist schwarz. Die Lippen schmal. Das Haar an einigen Stellen grau.
„Ja", sie sieht ihn an, „hier bin ich geboren.
Es war Krieg. Panzer. Soldaten. Offiziere.
Details beschreiben? Hörst du die Schreie der Frauen? Ihr Kreischen und Flehen?
Eine Soldatenhand zieht den Säugling aus dem Wagen, will mich aus dem fahrenden Zug werfen."
„Daher dein Grauen, wenn du Uniformen siehst", sagt ihr Begleiter.
Das Kriegsende im zerbombten Berlin. Was haben Gehirn und Zellen gespeichert? Was wurde erzählt?
Die Zinkwanne im Keller. Der gestreifte, weinrote Bademantel des Vaters. Wie dünn der Stoff war, zerschlissen. Aber widerstandsfähig, wie der Vater, der desertierte.

Unten, im Mietshaus, ein großes Mädchen, mit dem sie spielen möchte. Die Familie wohlhabende Leute. Keine Flüchtlinge. Der schwere, dunkle Bücherschrank. Dem Mädchen einen Namen geben. Sie hört keinen Namen.
Hunger. Kälte. Enge. Kein eigenes Bett. Mehr als zwanzig Flüchtlinge in der Dachwohnung.
Die Tasche mit den Briketts, die die Mutter gegen Porzellan eintauschen wird in Neukölln. Die Tasche wird ihr in der unbeleuchteten S-Bahn gestohlen. Geschrei. Angstschweiß. Nicht nur auf der Stirn.
„Und du dazwischen?"
Sie nickt.
Das Funkeln in den Augen, wenn die großen Kinder von den Mörderinnen erzählen, die ihr Unwesen in den Ruinen treiben, in denen sie tagein, tagaus herumtoben.
Berlin, o Berlin!
Der älteste Bruder wird schwerkrank. Er soll verschickt werden. In die Schweiz. Ämter. Treppen. Anstehen. Warten. Schließlich fährt er ab. Als er zurückkommt, erkennt sie ihn nicht. Er steht da im weichen, hellen Mantel und verteilt Geschenke. Aus Genf.
„Darüber solltest du schreiben", sagt ihr Begleiter.
Mehltau. Mehlgrau. Kinderlachen? Auf diese Fläche *Kindheit* schreiben. Ins *Totenhaus* treten.
Was hast du im Totenhaus zu suchen?, fragen seine dunkel glänzenden Augen.
„Das Schlimmste habe ich ausgespart. Ich will dich doch nicht erschrecken!" Ihr Blick gleitet über Kiefern, von Wind und Sturm gebeugt. Wandert über den hellen Abendhimmel.

Der Vater trug eine graue deutsche Uniform. Die wird er ausgezogen haben, als er seine Frau umarmte, sie liebte. Urlaub von der Front.
Wäsche weht über ihren Köpfen. Sie sitzen im Gras. Ein Mann und eine Frau, vielleicht dreißig Jahre alt, vielleicht jünger. Wurde sie hier, in diesem Garten, gezeugt? Zwischen zirpenden, fliegenden Insekten? Inmitten blühender Margeriten? Oder in einem weißen Bett? Den Rhythmus kennen, die Bewegung der Körper.
*Endlich eine Tochter*, schreibt die Frau an ihren Mann ins Feld. Ins Schlachtfeld. Der Soldat ist Sanitäter, verbindet Wunden und verbrannte Körperteile.

„Kann man im Mutterleib denken?“, fragt sie ihren Begleiter. „Das ganze Universum in diesem Kopf?“ Plötzlich lacht sie, dass er erschrocken die Hände hebt.
„Was geschieht mit den Keimlingen, die während des Krieges entstehen? Wer sorgt für sie? Wer beschützt und behütet sie, kannst du das sagen?“
Er raucht. Sieht geradeaus.
Es gibt eine Fotografie. Der Säugling auf einer Decke am Ostseestrand, den kantigen Kopf gehoben. Rechts und links die Brüder.
„Mein Dickschädel!“, lacht ihr Begleiter.
„Das ganze Universum unter dieser harten Schale?“ Sie tastet über die Schädeldecke. „Und nur ein Teil davon beginnt sein Eigenleben in jedem Geschöpf? Ein winziges Teilchen, das alle Merkmale der Vergangenheit in sich trägt? Das aufbewahrt, was du von den Vorfahren geahnt,

gewusst und gehört hast? Auf diese Erde geworfen. Blut und Feuermale."
Güte, wie entsteht sie? Aber danach fragt sie jetzt nicht.

„Wir wissen nichts", sagt er am späten Abend, als er den Rotwein öffnet. Noch später, in der Nacht, wird er sie in seinen Armen halten.
Über die Flucht werde ich nicht schreiben können, weiß sie, während sie ihm das Weinglas abnimmt und gegen das Lampenlicht hält. Über *das Ding* über meinem Kopf auch nicht.
„Welches Ding denn?"
„Ich war ein Baby. Jede Nacht wurde ich in diesen Raum geschoben, in dem es knallte und krachte."
„Wovon sprichst du, Marie?"
„Und dann, urplötzlich, *etwas über mir*."
„Was war das?"
„Ein Soldat soll sein Gewehr in den Kinderwagen gehalten und auf mich gezielt haben.
Können die Zellen Auskunft geben, oder die Augen, die es gesehen haben?"
„Versuch es!"
„Wozu? Was hast du davon, wenn du es hörst?"
„Es geht nicht um mich."
„Ich stelle mir vor … Ich begegne ihm jetzt, dem Soldaten. Und frage ihn: *Wieso zielst du auf ein Kind?* Und er, was wird er antworten, was meinst du? Wird er die Achseln heben und sagen, das ist doch viel zu lange her? Nein! Er wird sagen: *Ich habe nur einem Befehl gehorcht. Ausgeführt.*

Ich verrenne mich. Bleibe im Gestrüpp hängen. Es geht nicht um den Soldaten XY. Es geht um das Kind. Diese Szenen werden sich immer und immer wiederholen."

„Bis?"

„Bis er redet."

„Was sagt er?"

„Plötzlich erinnert er sich, wird lebhaft, sagt, ich war noch ein Junge, wurde eingezogen, man drückte mir ein Schießeisen in den Arm …"

„Und dann?"

„Die Uniform, sagt er, hat mich verändert, das Anlegen der Uniform. Auf einmal war ich nicht mehr der Junge aus unserm Dorf. Auf einmal war ich ein anderer. Ein Soldat.

Würden Sie mit mir zurückkehren in die Stadt, in das Land, in dem das geschehen ist? Können wir von vorn beginnen? Nein, das geht nicht, sagt er, und sieht mich mit diesen Augen an."

„Mit welchen Augen?"

„Plötzlich gibt er mir seine Hand."

„Hast du dir das gerade ausgedacht, Marie?"

Am nächsten Morgen regnet es.

„Kein Strandwetter!", sagt ihr Begleiter. „Wollen wir nach dem Frühstück einen Ausflug machen? Die gute, polnische Sahne müssen wir auch probieren. Und Pfifferlinge kaufen, was meinst du, Marie?"

„Ich möchte, dass einmal ..."

„Sprich doch, Marie!"

„… Männer in hellen oder dunklen Uniformen das Schießeisen zerbrechen, Hände küssen und *witam*! Willkommen! sagen.
Frauen mit Kopftüchern und bunten Schürzen, in langen oder kurzen schwingenden Röcken, singen und tanzen und nie mehr vergewaltigt werden."
Er ist aufgestanden, umarmt sie, „danke, Marie!"

„Wollen wir nachher Karussell fahren?" Diesmal ist sie es, die ihn fragt und dabei auf rot-blau-weiße Gondeln zeigt, die sich in der Luft drehen.

Sie sieht, wie er mit den Händen winkt. Wir haben noch diesen Tag, sagen seine Hände. Diesen Tag in deinem Land.

Tief hängende graue Wolken. Im Nu sind sie wieder weiß, schweben über der Wasserfläche.
Die Sandalen ausziehen, barfuß über die Dünen springen. Bis an den Horizont.
Wasser. Wasser.
Sie ist weitergegangen. Die Sandalen in der Hand. Das wehende, dunkelblonde Haar. Sie dreht sich, weicher, bunter Stoff an nackten Beinen.
Der Mund ist rot, aus dem es lacht.

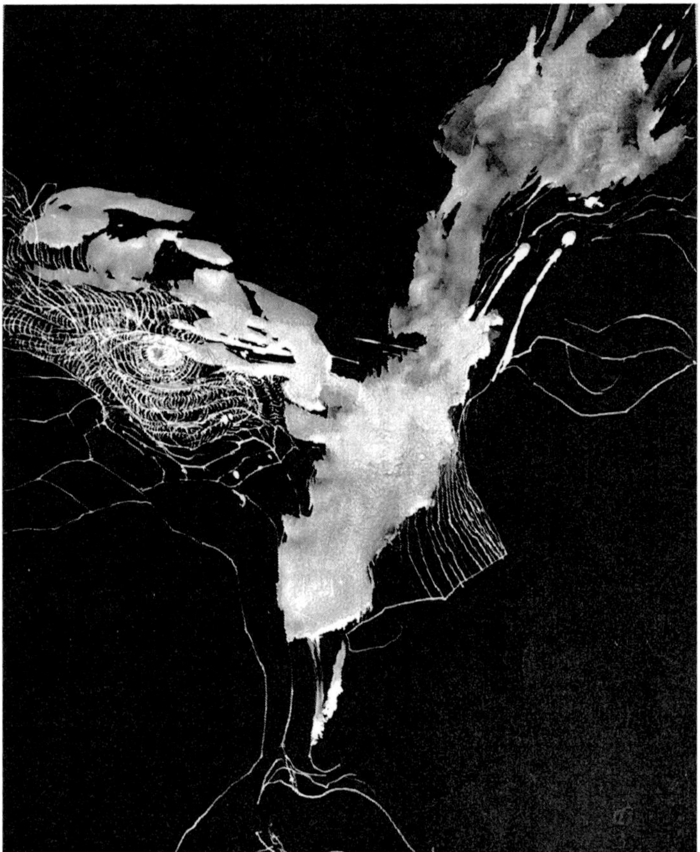

Flügelschlag der Gedanken
Weiße Tusche auf schwarzem Karton
2019
90 x 70 cm

## Kennen Sie die Taubensprache?

I

Tauwasser sucht sich einen Weg in die Gullys. Tannen liegen am Straßenrand. Weihnachtsbäume, die nach dem Fest sofort entsorgt wurden. Mathilde wundert sich darüber. Als sie ein Kind war, blieb der Baum bis zu ihrem Geburtstag im Januar stehen.
Sie überquert einen kleinen Platz, ein kurzer Lauf ist jetzt dran, den halben Tag hat sie am Rechner gesessen. Um in den Forst zu kommen, ihrer Laufstrecke, muss sie über den Friedhof gehen.
Sie bleibt stehen, reckt sich, um genauer zu sehen. Eine weiße Taube hinter der Scheibe? Aber da sind ja so viele Tauben in der Hütte hinter dem Friedhofszaun.
Sie tritt dicht an den Zaun heran, späht hinüber. Ein weißhaariger Schopf bückt sich über ein grünes Heft, das auf einer rohen Tischplatte liegt und von einer Lampe angestrahlt wird.
Was geht mich das an! Mathilde schaut aufs Handy, ob Frieder sich gemeldet hat. Er will heute zurückkommen. Ausgerechnet über Weihnachten musste er fort sein!
Sie ist neugierig geworden, reckt sich, möchte wissen, wem die Tauben gehören. Da ist auch eine Luke, also können die Vögel rein- und rausfliegen.
Entschlossen geht Mathilde zum Ausgang. Tauwasser spritzt an ihre Hosen. Sie pendelt mit den Armen, wie steif sie in den Gelenken ist, auch der Rücken tut ihr weh.

*Brieftaubenhandel* steht an der Tür, durch die Mathilde eingetreten ist. Eine Frau mit kurz geschnittenem weißen Haar sitzt mit dem Rücken zu ihr an einem Tisch. Jetzt hebt sie den Kopf, dreht sich um. Tauben fliegen hin und her, wirbeln Staub auf.
„Guten Abend!"
Die Frau scheint sich über den späten Besuch nicht zu wundern, winkt Mathilde heran.
„Sie kommen wegen der Post, nicht wahr? Ich weiß, ich weiß, mein Mann hat mir alles geschildert. Sie sind ärgerlich, denn bisher hat unser Service immer funktioniert. Ausgerechnet zu Weihnachten muss das passieren!"
Mathilde weiß nicht, wovon die Frau spricht, die sich erhoben hat. Nein!, nein, will sie gerade sagen, da fährt die andere fort. „Zu dumm, das ist noch nie vorgekommen, dass unsere Post nicht rechtzeitig ankam. Wollen Sie es trotzdem wieder versuchen?"
„Ja", antwortet Mathilde, die sich die Augen reibt und sich wundert, wovon die Frau spricht. Mit wem verwechselt sie mich?
„Was ist das Problem?", schaltet sich eine Männerstimme ein, die aus dem Nebenraum kommt.
„Mein Mann", erklärt die alte Dame. „Er sitzt im Rollstuhl, seit vielen Jahren. Also", sie schlägt das grüne Heft auf, „soll Ihre Nachricht wieder an dieselbe Adresse in Florenz gehen?"
So weit fliegen ihre Tauben? Mathilde blickt sich um. „Ja!", sagt sie, weil sie mehr erfahren möchte. „Bitte an dieselbe Adresse."

„Nehmen Sie wieder Fillipino? Oder Roberto, wie im Mai?“
„Ich möchte eine weibliche Taube.“
„O ja, ja, nur ist zurzeit keine frei.“
„Dann warte ich.“
„Also ist es nicht eilig! Gut, wie Sie wollen. Möchten Sie, dass ich den Auftrag gleich eintrage?“
Als sich Mathilde über den Tisch beugen will, schlägt die Frau das Heft zu. Plötzlich lacht sie schallend. „Ich hab Sie tatsächlich verwechselt! Wie kann mir das passieren? Na ja, es liegt an meinen Augen. Egal, darauf trinken wir ein Gläschen! Willst du auch einen Calvados, Jonny?“
„Ja“, die Antwort kommt aus dem Nebenraum.
„Also trinken wir auf Ihren Double.“
„Danke, aber bitte nicht für mich!“
„Wie Sie wollen, doch nun sagen Sie schon, weshalb Sie hergekommen sind.“
„Ich habe Sie vom Friedhof aus beobachtet, Sie und die Tauben ...“
„Und?“
„Mich interessiert, was es mit den Tauben auf sich hat. Ob es wirklich noch Brieftauben gibt, die in die Welt hinausfliegen.“ Mathilde unterdrückt ein Lachen, das in ihr aufsteigt, die Situation ist auch zu komisch. Frieder wird sich amüsieren, wenn sie ihm davon erzählt. Ob es ein Spiel ist, das die beiden Alten treiben?
„Hörst du es? Sie interessiert sich für unsere Tauben, Jonny.“ Und zu Mathilde gewandt sagt die Taubenzüchterin: „Probieren Sie es aus, dann wissen Sie es.“

Sie füllt zwei Gläser mit Calvados, geht damit nach nebenan. Mathilde nutzt die Gelegenheit, tritt an den Tisch, schlägt das grüne Heft auf, möchte wissen, mit wem sie verwechselt wird.

„O ja, das dachte ich mir, das interessiert Sie!“ Die Frau steht plötzlich hinter Mathilde.

„Dann haben Sie es von Anfang an gewusst, dass ich es nicht bin?“

„Aber ja!“ Die weißhaarige Dame sieht Mathilde an. „Wissen Sie, wie trist das Leben sein kann? Nein! Sie haben keine Ahnung, das sehe ich. Sie arbeiten für ein Unternehmen, Ihr Gehalt kommt pünktlich jeden Monat, ist es so?“ Sie hustet in ein Taschentuch.

„Länger als dreißig Jahre führte ich den Modesalon *Dame von Welt*, vielleicht kennen Sie das Geschäft in der Tauentzienstraße. Vor genau zwei Jahren, kurz nach Weihnachten, ging das Geschäft in Konkurs. Jeden kann es treffen, nur wenn du gemeint bist, wenn du von heut auf morgen erledigt bist, was ist dann? Können Sie mir das sagen, junge Frau? Ich weiß, ich weiß, in Ihren Augen bin ich alt. Doch Sie kennen mein Alter nicht! Das weiße Haar täuscht. Ein Schock, urplötzlich wurde mein Haar weiß.“ Sie versucht zu lächeln, als sie sagt: „Wer weiß, vielleicht hat das alles ja einen Sinn. Nie im Leben wär ich sonst auf Brieftauben gekommen, niemals! Nun machen Sie nicht so ein Gesicht! Sie sind jung, es wird Sie nicht treffen.“

Tauben fliegen herum, eine hockt auf dem Tisch. Staubfäden im schräg hereinfließenden Abendlicht. Die Frau knipst das Licht an, bleibt vor Mathilde stehen.

„Aber das ist noch nicht alles! Er“, sie zeigt nach nebenan, „ein Krüppel. Das wäre nicht tragisch, aber auch hier!“ Sie tippt an die Stirn, „auch da!“
Sie gießt sich noch einen Calvados ein, trinkt das Glas leer. „Nie geschah etwas, seitdem ich arbeitslos war, auch meine Freundinnen zogen sich zurück. Können Sie sich vorstellen, nur zu Hause herumzusitzen? Im Internet bot jemand Brieftauben an. Ein paar Tage später hab ich mich mit einer Frau getroffen, die mich in das Taubengewerbe einführte. Jetzt gehöre ich zu dieser Company. Ich gebe zu, es ist eine aus der Zeit gefallene Angelegenheit. Aber ich bin raus aus dem Loch, in das ich immer tiefer sank. Na, was denken Sie jetzt?“
Mathilde kommt es so vor, als wäre sie in einen dichten Wald geraten, in eine Hütte, in der es nur Tauben gibt.
„Nehmen Sie nun unseren Service in Anspruch?“ Die Stimme reißt sie aus ihren Gedanken.
Es riecht nach Rauch, irritiert blickt sich Mathilde um.
„Es ist nichts! Er hat seine Pfeife angebrannt, ohne Tabak wäre er schon tot. Soll ich Ihnen etwas verraten?“ Die Taubenzüchterin wartet keine Antwort ab. „Wissen Sie was? Sie gleichen einer Kundin, die jedesmal hier hereinstürmt, in fuchsrotem Mantel und geschnürten Stiefeln. Immer hat sie es eilig, muss sofort eine Nachricht nach Florenz schicken. Hier! Sehen Sie selbst, da steht der Auftrag, am 13. Dezember. Sie sehen ihr tatsächlich ähnlich!“
Mathilde fühlt sich unwohl, möchte gehen; etwas hält sie in seinem Bann. Es kommt ihr vor, als wäre sie Teil eines Spiels, dessen Sinn sie nicht erfassen kann.

Wieder reißt die weißhaarige Dame sie aus ihren Gedanken. „Möchten Sie nun eine Nachricht nach Florenz schicken?"
„Ich weiß nicht ..."
„Einmal sollten Sie es probieren."
„Hätten Sie eine Karte, auf die ich eine Nachricht schreiben kann?"
„Das wird nicht nötig sein", mischt sich die Männerstimme von nebenan wieder ein.
„Er spricht mit den Tauben!"
„Mit den Tauben?"
„Gehen Sie zu ihm, dann erklärt er es Ihnen."

## II

Verrückte Welt! Mathilde steht wieder vor dem Zaun, stellt sich auf Zehenspitzen, will noch einmal die Tauben betrachten. Da sitzt tatsächlich die Taubenzüchterin, den Kopf über das grüne Heft gebeugt. Dass es so etwas gibt!
Beinahe wäre Mathilde ausgerutscht. Vorsichtig bewegen sich Autos über Eisrillen und Wasserlachen. Im Reformhaus kauft sie das Dinkelbrot, das Frieder mag, und Käse, obwohl er den sicher aus Italien mitbringen wird.
Als sie die Wohnung aufschließt, weiß sie, Frieder ist zurück.
Ein hochgewachsener Mann mit kurz geschnittenem braunem Haar kommt ihr entgegen. „Was ist, Mathilde?" Er streicht über ihre Augenbrauen, „du zitterst ja?"

„Lass uns erst essen, danach erzähle ich dir, was mir heute passiert ist.“ Sie hängt den nassen Mantel auf einen Bügel, zieht die Stiefel aus.

Auf ihrem Schreibtisch ein Tulpenstrauß. Sie blickt sich um, „daran hast du gedacht!“ Klaviermusik ist zu hören. Kerzen spiegeln sich im Fensterglas.

„Ist heute ein Festtag?“

„Wenn du da bist!“ Sie setzt sich ihm gegenüber an den Tisch. Wie durchsichtig sich die Haut über seine Wangenknochen spannt. Sicher war die Fahrt anstrengend. Sie wird ihn später danach fragen. Jetzt wollen sie den Fisch genießen.

Er räumt das Geschirr in die Küche, lässt sich aufs Sofa fallen, zieht sie neben sich.

Beim Frühstücken am nächsten Morgen erinnert Frieder sie: „Du wolltest gestern erzählen, was du erlebt hast, und ich bin eingeschlafen. Verzeih mir, Darling!“

Sie lehnt sich zurück, schlägt die Beine übereinander. „Eine verrückte Geschichte. Du kennst mich, ich halte nichts von Überspanntheiten, doch gestern ist mir etwas passiert …“

Er gießt Kaffee nach, schaut sie an. Nein, müsste er antworten, ich kenne dich nicht, Mathilde. Du täuschst dich.

„Nun mach es nicht so spannend, fang schon an, Darling!“

„Wie jeden Tag wollte ich im Forst meine Strecke laufen, du kennst die Abkürzung über den Friedhof. Weißt du, was ich hinter einem Zaun entdeckt habe? Tauben! Wenige Minuten später stand ich vor der Tür, auf der in dunklen großen Buchstaben *Brieftaubenhandel* stand. Magisch angezogen, öffnete ich die Tür, hinter der Tauben herumflogen.

Eine Frau begrüßte mich. Sie züchtet Tauben, erfuhr ich, und einiges mehr."

„Was ist seltsam daran?"

„Es sind Brieftauben, sie fliegen bis nach Florenz."

Er schaut sie an, versteht nicht, was daran so aufregend sein soll.

„Nebenan saß ein Mann im Rollstuhl ..."

„He, was ist? Wieso redest du nicht weiter?"

Sie sucht krampfhaft eine Erklärung, schüttelt den Kopf. „Ich war neugierig geworden, wollte mehr erfahren. Also schickte mich die Frau nach nebenan. Der Mann im Rollstuhl sah mich an wie einer, der erforschen muss, ob er mir trauen kann. Ich hielt seinem Blick stand. Scheinbar fiel die Prüfung, der er mich Minuten lang unterzog, günstig aus, er streckte mir seine Hand hin, die ich nahm. Mathilde, sagte ich. Und er erwiderte: Ich weiß.

Er war aufgestanden, hielt sich an der Tischkante fest, klappte eine Kiste auf, zog ein in Leder gebundenes, schweres Buch heraus. Danach setzte er sich mit dem Buch auf den Knien wieder in den Rollstuhl. Und winkte mich heran. Mir war mulmig zumute. Auch um die Spannung loszuwerden, die sich im Magen bemerkbar machte, beugte ich mich über das Buch.

Mich interessieren nur die weißen Tauben!, sagte ich.

Die weißen also, erwiderte der Mann. Hier haben wir sie!

Er zeigte auf eine vergilbte Abbildung, die, je länger ich drauf sah, klarer wurde und schließlich Farbe annahm.

Frieder, das hört sich jetzt seltsam an, aber es war so!

Sie können die Tauben wirklich verstehen? Fragte ich und sah den Mann an.

Ihre Sprache zu kennen und sich mit ihnen zu unterhalten, sind zwei verschiedene Dinge. Dinge sagen wir ... Er betrachtete lange die Abbildung, sah nicht auf, bis ich mich räusperte. Leise, fast tonlos fuhr er fort: Wenn wir nicht wissen, wie wir es nennen sollen, sagen wir Dinge, nicht wahr? Plötzlich fiel mir ein, dass seine Frau gesagt hatte, er sei nicht richtig im Kopf.
Das sagt sie immer, antwortete der Mann. Doch um das zu überprüfen, sind Sie nicht zu mir gekommen, nicht wahr? Seine Stimme hatte sich verändert. Mit den Händen unterstrich er jeden Satz. Sie interessieren sich für die Taubensprache, ist das so? Ich nickte.
Dann nehmen Sie bitte hier Platz! Er deutete auf eine Pritsche neben dem Rollstuhl.
Es wird Sie verwundern, vielleicht auch erschrecken, aber ich muss Sie jetzt bitten, das Licht zu löschen, Mathilde.“
Frieder war aufgestanden, verschwand im Bad. Mathilde hörte die Wasserspülung. Gleich war er zurück, stellte sich an den Kachelofen.
„Erzähl weiter, Darling!“
„Also löschte ich das Licht. Sofort wurde es finster, dazu das mühsame Atmen des Mannes, der mir so seltsam vorkam. Ich wollte aufstehen, mich hinausschleichen. Es ging nicht. Als wären wir in eine Form gepresst, aus der es kein Entrinnen gab, so steckte ich fest. Ich konnte seinen Atem auf der Haut spüren. Endlich stieß ich hervor: Hören Sie auf!
Willst du die Taubensprache nun lernen oder nicht? Nur darum geht es!, hörte ich.

Das Lachen, das folgte, werde ich nie vergessen. Es klang jungenhaft, hell. Der lichtlose, düstere Raum wurde taghell. Eine weite grüne Ebene breitete sich vor mir aus. Nichts erinnerte mehr an den schwer atmenden Mann im Rollstuhl. Ein betörender Duft strömte in meine Nase. Ich öffnete meinen Mund, genoss, was ich noch nie eingeatmet hatte. Da hörte ich die Tauben, und ich verstand ihre Sprache. Ich lachte vor Glück, beugte mich hinab, streichelte das weiße Gefieder.
Begreifst du, Frieder, was mir geschah?"
Er schaut auf die Uhr, „ist die Geschichte noch lang?"
„Sie interessiert dich nicht. Ach, ich wusste es, Frieder!"
„Doch schon, erzähl weiter!"
„Ich möchte auch mit den Tauben sprechen!, hörte ich mich sagen. Da verblasste, was ich gesehen, gehört und geschmeckt hatte. Doch der Mann, der neben mir im Rollstuhl saß, röchelte nicht, sein Atem war frisch wie eine Heuwiese."
Frieder ärgert sich über Mathilde, die atemlos spricht. Er möchte seinen Anorak schnappen, die Tür hinter sich zuschlagen. Ob es wahr ist, wovon sie spricht? Wieso tischt sie mir diese Geschichte auf? Er holt tief Luft. Nein! Darum geht es nicht.
Tränen laufen über ihre Nase. „Ich bin total durcheinander, Frieder."
Er versucht sie an sich zu ziehen, sie weicht zurück.
„Wie lange kennen wir uns jetzt?"
„Sei nicht so, Frieder!"
„Ich sag dir was, ich bin es leid! Hörst du? Länger als einen Monat bin ich fort gewesen, jeden Tag hab ich mich

nach dir gesehnt. Hast du dich einmal gefragt, wie es mir geht? Weißt du, wie das ist, wenn das Forschungsprojekt, an dem ich drei Jahre gearbeitet habe, ohne Ankündigung gestoppt wird? Geht das in deinen schönen Kopf?“
Er steht am Fenster, guckt auf die Straße, unvermittelt dreht er sich um. „Ich hab mich nach dir gesehnt!“ Langsam kommt er auf sie zu, legt einen Arm um ihre Schultern, reibt sein Gesicht an ihrem Hals. „Ich ahne ja, wie dir zumute ist, Schatz.“
„Meinst du wirklich, es macht mir nichts aus, wie du dich quälst, Frieder? Glaubst du, ich kriege es nicht mit? Als dein Institut im Mai geschlossen wurde, hast du geschwiegen. Wenn ich versucht habe, mit dir darüber zu reden, hast du geschwiegen. Erinnere dich!“

Es ist Nachmittag geworden. Sie sind aus der Stadt herausgefahren. Laufen um die Wette einen Hügel hinauf, stapfen durch Schneematsch. Halten sich an den Händen. Lachen und weinen. Dann fahren sie zurück.
Sie betrachtet das schlafende Gesicht. Wie fremd er mir vorkommt, obwohl ich jeden Fleck auf seiner Haut kenne. Nur weil er schweigt, nicht über seine Nöte spricht, hab ich kein Recht, mich über ihn zu erheben. Erschrocken presst sie eine Hand auf den Mund, ich darf ihn nicht wach machen, er braucht den Schlaf. Sie lauscht auf seine Atemzüge. Leise steht sie auf.
Frieder hat sie beobachtet. „Komm zu mir! Lehr mich die Taubensprache!“ Er streckt eine Hand aus.
„Glaubst du an Wunder?“

„An Wunder?“ Er zieht eine Grimasse, „warum denn nicht?“

## Die Alleinerbin

Die Stimme kannte ich inzwischen, wenn sie mir auch nie vertraut sein würde, die sagte: Es tut mir leid, aber auf der von Ihnen gewünschten Wolke ist keine Wohnung frei! Nicht einmal eine Kammer.
Haben Sie einen anderen Vorschlag?
Suchen Sie sich bitte auf einer anderen Wolke eine Ihnen entsprechende Wohnung aus. Sie finden sie im Internet unter www. wolkenmakler.de. Treffen Sie danach Ihre Wahl, gern stehe ich Ihnen weiter zur Verfügung. Ich melde mich wieder.
Seltsam war, dass es keinen Namen gab zu der männlichen Stimme, die ausschließlich geschäftlich mit mir sprach.
So hatte es begonnen.
Ein sonniger Tag im April, an dem ich mich endlich entschloss, den Laptop zu schließen und nach draußen zu gehen. Wochenlang hatte ich mich vergraben, kaum Tageslicht gesehen.
Die Geschichte, an der ich seit Wochen kaute, kam und kam nicht in Gang. Ich sah nur Treppen, die im Nirgendwo endeten.
Ich fluchte, ohne die Lippen zu bewegen, knallte die Tür hinter mir zu. Die Menschen, die mir begegneten, sah ich nicht, oder sie sahen mich nicht, stumm gingen wir aneinander vorbei.
Ich glaube, es war in Höhe des KaDeWe, als mir der Einfall kam, mir einen Hut zu kaufen.

Hüte verändern dich! Das war der letzte Satz, den ich von meinem Freund gehört hatte, bevor er ging. Für immer!, stand auf dem Display. Danach sah und hörte ich nichts mehr von ihm.

Ich stand auf dem Kurfürstendamm, sah in einen azurblauen Himmel, auf dem zwei, drei Wolken segelten. Menschen liefen an mir vorbei, ein Hund schnupperte an meinem Bein.
Suchend sah ich mich um, und entdeckte linker Hand ein Hutgeschäft. Als ich eintreten wollte, war die Eingangstür verschlossen, obwohl mir schien, als bewegten sich Leute hinter der Schaufensterscheibe.
Erst als ich mich umdrehte, sah ich das Schild, auf dem deutlich lesbar eine Telefonnummer stand.
Darunter eine Art Graffiti. Oder Kalligrafie?
Ich wollte mich wegwenden, da hörte ich einen Pfiff, der meine Beine nach oben riss. Wie eine Vogelfeder schwebte ich zehn, zwölf Zentimeter über dem Asphalt.
Wie lange das so ging? Wer kann das wissen? Eine ungeheure Anstrengung war nötig, um meine Füße wieder auf die Erde zu setzen. Es war, als würde die Luft, die mich umfing, über eine wie mich kichern.
Ich schüttelte mich und stellte fest, ich stehe vor einem geschlossenen Hutgeschäft. Wie unter Zwang notierte ich die Telefonnummer, die auf dem Schild stand.
Bevor es Nacht wurde an jenem Tag, wählte ich die unbekannte Handynummer. Die Stimme, die mir nie vertraut sein wird, meldete sich sofort: Zu Ihren Diensten!

So kamen wir ins Gespräch, und ich erfuhr von einem Gewerbe, das auf Anhieb mein Interesse weckte. Ich begriff sofort, dass es sich nicht um Hüte handeln würde. Es ging um …

Die Stimme, die mir immer unangenehm bleiben wird, klang, als mache sie Bocksprünge.

Plötzlich war ich hellwach, hatte ich richtig gehört? Phantastisch! In himmlischer Weite leben. Und nebenan wären Menschen, die allein durch ihre Anwesenheit anregend wirkten. Lebenskünstler, Schriftsteller, Vagabunden. Menschen wie ich.

Ich stellte mir vor, Heinrich B., Josef C., auch Ingeborg B. wären zukünftig meine Nachbarn. Ihnen würde ich die Fragen stellen, vor denen mein Freund geflohen war.

So dachte ich. Und so hoffte ich.

Also bestellte ich spontan ein Apartment auf Wolke X. Auf der, wie ich hörte, die Dichterin Ingeborg B. eine Wohnung besaß, ebenso Friedrich W., ein für mein Interessengebiet hoch interessanter Wissenschaftler. Auch der Heilige Franz würde dort sein, erfuhr ich.

Doch alle Vorstellungen zerplatzten, als die unangenehme Stimme sagte: Aber auf dieser Wolke ist keine Wohnung frei.

Der Traum war also passé. Was sollte auch jemand wie ich auf dieser besonderen Wolke? Dennoch gab ich meinen Plan nicht auf.

Als der Wolkenmakler wieder anrief, sagte ich forsch: Wann wird eine Wohnung auf X frei?

Nie!, die entrüstete Antwort. Wo denken Sie hin, die Leute sind doch … Weiter sprach er nicht, ich hörte nur ein ei-

gentümliches Kichern. Schließlich sagte er: Die Herrschaften ziehen nie aus! Sie sind tot!
Aber das wusste ich doch.

Dann, ich hatte meinen Plan fast aufgegeben, rief der Wolkenmakler wieder an.
Hallo! Stellen Sie sich vor, ein Wohnungsinhaber von X möchte seine Wohnung tauschen!
Wer ist es?
Der Interessent will anonym bleiben. Hallo, sind Sie noch dran?
Verstehe!, mehr sagte ich nicht.
Wären Sie daran interessiert?
Aber ja! Ich hielt inne, sagte betont langsam: Und was ist, wenn der Wohnungsinhaber wieder zurückwill? Wo soll ich dann bleiben?
O, daran habe ich noch nicht gedacht.
Ich hörte ihn atmen, als würde er neben mir stehen. Endlich sagte er: Also, da wäre noch …
Ich fiel ihm ins Wort, reden Sie schon!
Da wäre noch eine Wohnung auf Wolke X, die ich für meine Frau reserviert hatte.
Die nehme ich!
Wie viel wären Sie bereit, dafür zu zahlen?
Gibt es keine Festpreise?
Nein! Das hängt von dem jeweiligen Interessenten ab.
Und wenn Ihre Frau die Wohnung beziehen möchte?
Die stirbt nicht! Das ist ja der ganze Jammer.
Also, wie wollen wir verbleiben?

Sie kennen die Abmachungen, die im Vertrag stehen? Nein? Dann nenne ich sie Ihnen: Tausend für jedes Telefonat. 100 Tausend nach der Übersiedlung. Und für Sie, weil es eine absolute Ausnahme ist, kämen einmalig 30 Tausend dazu.
Wohin soll das Geld überwiesen werden?
Im Vertrag, den Sie bitte unterzeichnet zurücksenden wollen, finden Sie eine Kontonummer. Sowie das Geld eingegangen ist, können Sie …
An dieser Stelle lachte der Wolkenmakler so, dass ich schon auflegen wollte. Hastig sagte er: Kommen Sie am Freitag in mein Büro!
Wo befindet sich Ihr Büro?
Sie standen bereits vor der Tür. Erinnern Sie sich an das Hutgeschäft? Aber seien Sie pünktlich! Es gibt noch weitere Interessenten.

In den nächsten Stunden grübelte und grübelte ich. Wo bekomme ich das viele Geld her? Onkel Eduard fiel mir ein, der saß auf seinen Geldsäcken, der ehemalige ... Ja, was hatte er eigentlich gemacht, womit seine Brötchen verdient? Egal. Ich hatte keine Wahl, musste den Gang nach Canossa wagen, denn bei unserer letzten Begegnung, bei der Beerdigungsfeier meiner Mutter, kam es zwischen uns zu einem hässlichen Zerwürfnis.
Dennoch, ich wüsste niemanden sonst, den ich fragen könnte. Ha!, als ob ich das Geld jemals zurückzahlen würde, wenn ich erst dort bin, ha, ha, ha!
Einen Tag später stand ich vor Onkel Eduards Tür. Die Hausdame, wie er seine Frau nennt, öffnete und zog mich hinein, als hätte sie auf mich gewartet.

Er stirbt!, sagte sie mit einer Stimme, die wie ein scharfes Beil die Stille durchschnitt. Mit festem Griff zog sie mich eine gewundene Treppe hinauf.
Da lag Onkel Eduard in einem schmalen, holzgeschnitzten Bett. Es sah aus, als läge er im Sarg.
Was sollte ich jetzt noch hier, wo derjenige, den ich anpumpen wollte, so gut wie tot war? Es fehlen nur noch die flackerriden Kerzen! Und Lilien an jeder Seite, dachte ich, und starrte meinen Onkel an.
He! Eine wachsbleiche Hand winkte mich heran: Komm her, Kleine! Küss mich! Für jeden Kuss bekommst du einen Hunderter!
Er lebt noch! Ich lächelte, obwohl mir mulmig zumute war.
Tausend!, sagte ich entschlossen, dann küsse ich dich so oft du willst. Für jeden Kuss eintausend!
Abgemacht, sagte mein Onkel, und zwinkerte mir zur.
Ich beugte mich über ihn. Es ging nicht. Ich konnte diese Lippen nicht küssen. Gerade wollte ich mich davonschleichen, da holte mich seine Stimme zurück, die gar nicht brüchig klang, eher heiter, als amüsiere sich Onkel Eduard, ja, als genieße er das Fast-tot-sein.
Komm! Hörte ich, komm, du!
Mein Blick streifte den Spiegel über der Bettstatt, auf dem ein Käfer mit dünnen, langen Beinen herumkroch. Ich ging näher heran, nahm das violett schimmernde Tier und setzte es Onkel Eduard auf den Handrücken. Er nickte mir zu, es schien ihm Spaß zu machen, mit dem Käfer zu spielen.

So hatte ich Zeit gewonnen, mich in seinem Zimmer umzusehen. Auf der Kommode, unter einem Tuch verborgen, entdeckte ich eine Mappe. Testament las ich, und fiel fast in Ohnmacht, als ich es aufschlug und las:
*Hiermit erkläre ich meine Patentochter Oda Lichtfuß zur Alleinerbin.*
Das bin ich!
*Der Unterzeichnende: Eduard Lichtfuß*
*Ort, Datum.*

Ich starrte auf das Papier, drehte mich um und sagte Onkel Eduard Adieu!
Seine Frau, die Hausdame, trat zur Seite, als ich vor ihr stand, sie muss vor der Tür gestanden und gelauscht haben.
Zu Hause angekommen, rief ich sofort den Wolkenmakler an: Ich brauche die Wohnung X nicht mehr!
Wieso, was ist denn passiert?
Ich … Weiter kam ich nicht. Ich legte auf. Bin ich dem etwa Rechenschaft schuldig?

Aber alles kam anders. Onkel Eduard erholte sich, und meine Erbschaft war passé.
Doch etwas war seit dem Besuch bei meinem Onkel geschehen. Es fühlte sich an, als wäre eine Schale geplatzt. Die Leute in der Straßenbahn, in die ich stieg, hoben den Blick, nickten, wenn ich sie grüßte.
Die Stadttauben gurrten, als sängen sie mir ein Lied. Es wisperte aus Baumkronen und Sträuchern. Ich fühlte das Herz unter der dünnen Bluse schlagen, als wäre ich verliebt.

Von nun an lebte ich, als wäre ich Alleinerbin eines nie geahnten Vermögens. Ich traf die unterschiedlichsten Leute, mit denen ich mich nicht nur amüsieren konnte, denen ich auch die Fragen stellte, auf die ich keine Antwort wusste.

Ich gönnte mir die feinsten Kuchen, trank den vorzüglichsten Wein, als wäre ich reich wie Onkel Eduard. Doch immer, wenn die Rechnung kam, dachte ich, ich sollte Onkel Eduard vergiften.

Dann, als ich nicht mehr an ihn dachte, klingelte das Telefon. Die Hausdame war dran. Er ist tot, sagte sie.

Ich lachte und lachte, hörte damit nicht auf, bis ich die Hausdame sagen hörte: Ich bin die Alleinerbin! Er hat es so verfügt.

Danach legte sie auf, sagte auch nicht, wann das Begräbnis stattfinden würde.

Na und? Was geht mich das Erbe von Onkel Eduard an?

Es geht mir richtig gut. Die Worte, die ich suche, fallen buchstäblich vom Himmel. Der weißbärtige Mann, der mir in der Straßenbahn gegenübersitzt, lächelt, als würde er meine Gedanken kennen. Ich lächle zurück.

## Rückenwind

Aufgebrachte Stimmen hinter der Tür. Bevor Anna ins Zimmer tritt, ein kurzer Blick in den Flurspiegel. Müde sieht sie aus, spät ist sie wieder nach Hause gekommen, den ganzen Tag hat sie Texte übersetzt. Damit ich mit Bettina leben kann. Sie streicht über die Stirn, ich muss eine Tablette nehmen.

Bettina sitzt vor dem Fernsehapparat, fuchtelt wild mit den Händen: Sieh, Mami, sieh doch!

Anna umarmt Bettina. Ich muss erst etwas trinken!

Mit dem Glas in der Hand bleibt Anna im Türrahmen stehen. Was ist denn da los? Kind, was ist passiert? Die Kleine tanzt um den Tisch. Du hörst es doch, Mami! Die Mauer ist auf! Alle, das Kind zeigt auf den Fernsehschirm, rennen rüber. Bitte, Mami, lass uns auch losfahren! Zu Mari, bitte, Mami. Ich möchte endlich wieder mit ihr spielen.

Anna steht da, als hätte sie in eine offene Stromleitung gefasst. Sie kann keinen einzigen Finger bewegen, das Wasserglas nicht an die Lippen führen. Das blaue Sofa schwebt mit ihr durchs Zimmer. Sie wankt, klammert sich an der Tischkante fest.

Bist du krank, Mami? He, ist dir nicht gut?

Anna lässt sich von Bettina in ihr Zimmer führen, fällt aufs Bett. In der Nacht wird sie von ihrem Schrei wach. Starr sitzt sie im Bett. Bettina schläft neben ihr mit offenem Mund. Beruhigt lässt sich Anna in die Kissen zurückfallen. Bettina lebt, was kann geschehen?

Am nächsten Morgen macht sich Bettina für die Schule fertig, läuft barfuß hin und her, kommt an Annas Bett: Ist dir heute besser, Mami? Sie drängt ihren weichen Körper unters Bettzeug, für einen Moment hält Anna den Atem an. Das Kind gibt ihr einen Kuss, ruft an der Tür: Bis nachher, wir haben nur vier Stunden heute! Noch einmal kommt Bettina herangesprungen, flüstert Anna ins Ohr: Aber dann fahren wir rüber zu Mari!

Anna streckt sich aus, will schlafen, nur schlafen. Gegen neun tappt sie in die Küche, setzt Teewasser auf, läuft ins Bad. Vorher schaltet sie das Radio ein.

*Seit den frühen Abendstunden des 9. November sind die Übergänge in Berlin und die DDR-Grenze zur Bundesrepublik offen. Kurz nach Bekanntwerden der neuen Regelung durch das SED-Politbüromitglied Günter Schabowski gestern um 18 Uhr 55 kommt es an den Berliner Kontrollpunkten zu spontanen Grenzübertritten, die vom Jubel und Beifall der Bevölkerung aus beiden Teilen der Stadt begleitet werden. Tausende Berliner feierten noch in der Nacht zum Freitag gemeinsam die Öffnung der Mauer.*

Hupen. Lachen. Klopfen auf Blech. Lachen. Und Weinen. Der Apparat vibriert auf dem Kühlschrank. *Darf ich Sie fragen, wie Sie diese Stunde erleben?*

Eine Stunde später sitzt Anna auf dem Rad. Der weinrote Schal weht, den ihr Mira zum Geburtstag geschickt hat. Aus dem Westen. Anna schaut auf die Uhr, schleppt das Rad die Treppe hinauf, erwischt die S-Bahn, die gerade eingefahren ist. An der Friedrichstraße steigt sie aus, trägt

das Rad die Treppe hinunter, setzt sich drauf, tastet die Jackentasche ab, den Ausweis hat sie dabei.
Der Himmel ist grau. Es beginnt zu regnen. Ob sie mit dem Fahrrad rüberfahren darf?
Grenzübergang Chausseestraße. Anna stellt sich in die Warteschlange. Junge und Alte, die laut reden, scherzen und lachen.
Blaugraue Uniformen. Ernste Gesichter unter Schirmmützen. Die Ausweise werden kontrolliert, und gestempelt.
Anna reibt die steifen Finger, kann es immer noch nicht fassen, dass sie jetzt hier steht. Sie wartet, wartet, wie alle, die nach Westberlin wollen. Ein junger Mann spricht sie an, fragt, ob sie Feuer hat. Sie schüttelt den Kopf, jemand reicht ihm ein Feuerzeug.
Gib mir auch eine! Sie stehen da, lachen und rauchen, klopfen sich auf die Schulter. Ein Kind im rosa Anorak springt einem Ball hinterher, der über den Grenzstreifen rollt. Eine Dame, die sich schwer auf einen Stock stützt, fragt laut: Wieso geht das hier so langsam? Muss das denn noch sein? Plötzlich der Ruf: Macht das Tor auf, wir wollen rüber!
Der Ausweis wird gestempelt. Anna schiebt das Rad durchs Grenzgebiet. Es hat aufgehört zu regnen.
Ich bin in Westberlin! Die Adresse hat sie im Kopf. Unbekannte winken, werfen Blumen, klopfen auf Kühlerhauben. Eine Frau mit langem, wehendem Haar, neben ihr zwei herumspringende Kinder, geht mit gefüllten Sektgläsern auf die Ankommenden zu.
Stoßen wir an!, sagt sie mit leuchtendem Blick.

Tränen und Lachen. Anna wischt übers Gesicht, ich bin hier!
Auf einem Kaufhausdach riesige rote und blaue Luftballons. Der Verkehr ist viel stärker als da, wo sie herkommt. Sie fährt geradeaus, hält an der ersten, an der zweiten Ampel. An der nächsten biegt sie nach links, schaut zu den Häusern hinauf. Engel mit und ohne Schwerter auf Simsen.
Plötzlich möchte sie kehrtmachen. Ihr ist heiß, obwohl ein leichter Wind weht. Sie schwitzt. Kann nichts anderes denken als, ich muss auf die Toilette. Vor einem Hauseingang spricht Anna eine Frau an, die einen Dackel an der Leine führt.
Heute, lacht die Frau, und wirft dabei das Haar nach hinten, ist alles erlaubt. Kommen Sie hier entlang! Sie will Anna unbedingt eine Tasse Kaffee anbieten. Die Frauen sitzen in weichen, tiefen Sesseln, lächeln sich an.
Der Kaffee tut gut! Haben Sie vielen Dank! Anna ist aufgestanden. Da fragt die andere: Und Sie kommen tatsächlich auf dem Rad aus dem Osten? Sie reißt eine Mon Cheri-Schachtel auf: Bitte, nehmen Sie!
Auf dem Fernsehschirm Menschen, die auf der Mauer herumturnen.
Das gibt es doch nicht!, sagt die Frau, die Anna einen Geldschein in die Hand drückt. Ja, Sie müssen weiter, zu Ihren Freunden, das versteh ich. Freunde sind wichtig, sind das Wichtigste im Leben. Sie tritt einen Schritt zurück, was sagen Sie? Sie haben Ihre Freunde nicht wiedergesehen, seitdem sie aus der DDR ausgewiesen wurden

vor sechs Jahren? Ihre Freunde wurden einfach vor die Tür gesetzt? Haben Ihrem Staat nicht gepasst, diese Leute.
Ja, ja, das kenn ich noch aus anderen Zeiten, mein Mann war auch so einer, der sich widersetzt hat. Damals, Sie wissen schon, als die Nazis an die Macht kamen. Und wo ist er gelandet? Sie wissen es, ich seh es Ihnen an.
Eine Katze mit silbergrauem Wuschelschwanz kommt ins Zimmer, scheint hier die Herrin zu sein, zielgerichtet nimmt sie ihren Platz auf dem Sofa ein.
Als mein Mann aus Sachsenhausen zurückkam, war er ein anderer geworden, einer, der mir fremd war. Nie konnte er über das, was er im Lager erlitten hatte, mit mir reden. Nie mehr haben wir zusammen geschlafen. Nie mehr!
Die Frau presst eine Hand vor den Mund, geht aus dem Zimmer, nach wenigen Minuten ist sie wieder zurück.
Anna ist unschlüssig, ob sie jetzt gehen kann. Sie hört, wie die Frau sich die Nase putzt, sieht, wie sie sich die Katze auf den Schoß setzt.
Manches hat ja in der Zeitung gestanden, murmelt die Frau. Oder ich hab's im Fernsehen gesehen, was drüben los war. Die Montagsdemos in Leipzig! Mein Gott, da wusste man doch nicht ... Ist ja alles in der *Tagesschau* gekommen.
Anna nickt. Sie kennt die Bilder, weiß, wovon die Frau spricht.
Diese Szene hat sich Anna tief eingeprägt: Der 1. September, der Weltfriedenstag. Zwanzig oder waren es dreißig Leute stehen vor der US-amerikanischen Botschaft mit Kerzen in den Händen. Sie wollen eine Menschenkette

bilden von der US-amerikanischen Botschaft bis zur Sowjetischen Botschaft in Ostberlin.
Wir müssen ein Zeichen setzen gegen das Wettrüsten in Ost und West. Carl und Mira sprachen fast gleichzeitig, als sie am Vorabend an Annas Fenster klopften, um der Freundin eine Vollmacht für ihre Kinder zu geben, falls sie inhaftiert würden.
Anna war bei der Demo nicht dabei gewesen, auch später nicht. Sie durfte nicht riskieren, verhaftet zu werden. Was sollte aus Bettina werden? Immer hat sie zuerst an Bettina gedacht.
Die Frau auf dem Sofa räuspert sich, beginnt wieder zu sprechen: Endlich!, hab ich gedacht, als ich die Leute auf der Straße sah, endlich stehen sie in der DDR auf. Dabei wusste ich doch, wie gefährlich das war. Sie fährt mit beiden Händen durchs Haar. Ja, ja, alles wussten wir hier nicht, oder wir wollten es nicht wissen, genau wie damals im Hitlerreich.
Ich muss los! Anna ist aufgestanden. Die Frauen umarmen sich wie Freundinnen.

Ein Mann in grüner Schürze, vor einem Obstgeschäft, wedelt mit einem Tuch, als Anna vorbeifährt. Er ruft, als sollten es alle hören: Daran hat doch keiner mehr geglaubt, dass die Mauer aufgehen wird!
Anna winkt zurück.
Durch ein Tor gehen, in einen schmalen, lang gestreckten Hof treten. Das Rad abstellen. Hinaufschauen. Es sind achtundsiebzig Stufen bis in unsere Wohnung, hatte Mira geschrieben.

Aloe Vera vor dem Flurfenster, an der Korridortür ein Poster. Roth, der Name links neben der Tür.
Anna zieht den Schal vom Hals, als sie den Kopf dreht, erkennt sie im gegenüberliegenden Fenster die Freundin. Da sitzt Mira! Dort im Zimmer. Sie weiß nicht, dass sie beobachtet wird, weiß nicht, dass ich hier bin.
Wann hab ich dich das letzte Mal gesehen?
Zwei Tage vor Weihnachten sind sie ausgereist, wie es amtsdeutsch hieß. Ausgereist, pah! Anna will jetzt nicht an diesen Tag zurückdenken, der sich in ihren Zellen eingebrannt hat.
Da stehen sie, vor dem *Tränenpalast*, auf der Friedrichstraße. Zwei Minuten nach Mitternacht. Höchste Zeit, sonst ... Was sonst? Schreit Carl plötzlich, seine Lippen zucken. Er lässt den Koffer los, möchte wegrennen. Als gäbe sie sich einen Befehl, nimmt Mira ihre Tochter an die Hand, mit der anderen Hand stößt sie die Tür auf. Aufrecht, mit geradem Rücken, gehen sie die steile Treppe hinab.
Irgendwann in dieser Nacht klingelte bei Annas Freundin das Telefon, und Anna hörte: Wir sind drüben.

Anna wischt über die Augen. Es geht nicht! Sie kann den Klingelknopf nicht drücken. Ich hätte auf Bettina warten, mit ihr hierherfahren sollen.
Nach der Ausreise haben sie sich Briefe geschrieben. Anna besaß kein Telefon. Mira rief bei Annas Freundin in der Praxis an. Dann haben sie gelacht und geweint. Und geschwiegen. Vor allem haben sie geschwiegen.

Ich hätte Blumen mitbringen sollen. Wie gehetzt springt Anna die Treppen hinunter, sieht sich nicht um. Läuft und läuft. Stutzt, als sie sich in einem Park befindet. Was mache ich hier? Langsam geht sie zurück. In einem Blumengeschäft sucht sie weiße und blaue Blüten aus. Womit bezahlen? Mit DDR-Mark? In der Jackentasche befindet sich der Geldschein der freundlichen Frau. Die Blumenhändlerin schüttelt lächelnd den Kopf: Nein, nein! Heute verschenke ich meine Blumen!

Was? Du bist vorhin schon einmal hier gewesen? Und wieso hast du nicht geklingelt? Anna, ach Anna, du wirst dich nie ändern! Mira starrt der Freundin ins Gesicht, die einen Schritt zurückweicht. Dann reißt sie Anna an sich, dreht sich mit ihr. Jemand kommt die Treppe herauf. Es ist Carl.

Anna möchte alles wissen, vor allem das, was nicht in den Briefen stand.

Mira sieht Carl an, wie die ersten Jahre hier beschreiben? Du sprichst die Sprache, aber du verstehst nicht, was sie sagen.

Wie kommt das? Möchte Anna wissen.

Der Dämmerzustand, in dem du gefangen bist. Am Anfang. Schreiben hätten wir das nicht können, murmelt Carl, der auf den Balkon hinaustritt.

Auch nicht wollen, ergänzt Mira, die ihm mit Anna folgt. Die ersten Tage im Aufnahmelager Marienfelde ... Und wie der französische Beamte fragt: Wie ist es jetzt für Sie in der freien Welt, Frau Roth?

Und, was hast du geantwortet?

Ich fühle nichts, hab ich gesagt, und gespürt, der mir gegenübersitzt, versteht mich nicht. Da bin ich aufgestanden, in den Flur gerannt, hab zu Carl gesagt: Es reicht! Hand in Hand sind wir zur Bushaltestelle gelaufen. Plötzlich musste ich schallend lachen, konnte nicht aufhören. Die Menschen im Bus drehten sich nach uns um. Ein Herr mit Aktentasche und Backenbart schüttelte den Kopf.

Und dann der erste Einkauf. Ich stand vor einem Blumenladen. Vor der Blütenpracht. Und konnte es nicht fassen. Diese Fülle. Dieser Überfluss. Ich fragte die Blumenhändlerin, was machen Sie mit all den Blumen? Auch den türkischen Obsthändler fragte ich. Verkaufen, die Antwort.

Sie sitzen in der Küche, die Fenster gehen zum Hof. Hier ist es nicht so laut wie auf dem Balkon. Die Kaffeemaschine dampft. Mira schneidet ein Baguette auf. Der Käse!, sagt Carl, den französischen Käse musst du probieren, Anna.

Komm!, sagt Mira, die das Geschirr in die Spüle stellt, ich zeig dir mein Zimmer. Sie hocken nebeneinander auf der Matratze, auf der sie zusammen in Kirchberg saßen. Anna möchte wissen, wie die Kinder zurechtkommen.

Wichtig war, das neue Schulsystem zu begreifen. Das war am Anfang schwierig. In der DDR gibt es ein einheitliches sozialistisches Bildungssystem.

Hier mussten wir uns mit unterschiedlichen Schulmodellen auseinandersetzen. Wofür sollten wir uns entscheiden? Auf Anraten einer Freundin gingen die Jungen in eine Gesamtschule. Es war ein Fehler, die Jungen kamen mit diesem Schulsystem nicht klar. Inzwischen hat jeder eine Schule gefunden, die ihm entspricht.

Anna nickt. Doch es bleibt ihr unbegreiflich, wie ihre Freunde leben, die keine feste Arbeit haben. Von Honoraraufträgen leben, geht denn das? Die Kinder haben doch Wünsche, wollen in den Ferien verreisen, wie macht ihr das?
Es geht, sagt Carl, der hereingekommen ist. In den Sommerferien hab ich einen Freund vertreten. Wir konnten in seiner Wohnung wohnen, sind in die Berge gefahren. Auch an den Gardasee. Eine spannende Zeit, immer triffst du interessante, liebenswerte Menschen.
Nicht nur! Mira ist aufgesprungen, kniet vor ihrer Plattensammlung. Hier, sie hält eine Schallplatte hoch, Wolf Biermann! So hat er, nach seiner Ausbürgerung, die erste Zeit im Westen beschrieben: *Hier wie dort habe ich Freunde und Schweinehunde gefunden.*
Weißt du, was ich begriffen habe seitdem ich hier bin, Anna? Es gibt niemanden, der für dich denkt, der dir sagt, so musst du das machen, halte dich daran, dann geht's dir gut. Hier musst du die Verantwortung für dein Leben übernehmen.
Das ist anstrengend, oder?
Weißt du, was unser jüdischer Freund Wander antworten würde? *Wie kommst du nur darauf, dass das Leben einfach sein soll.*
Der gravierende Unterschied zwischen den beiden Deutschländern ist …
Na, sag schon, Carl!
In der DDR war alles vorprogrammiert. Es ging den Menschen gut, die nicht ihren Mund aufmachten, sich nicht rührten, geschweige denn protestierten.

Vierzig Jahre wurden mir die Flügel gestutzt, Mira hebt die Arme. Ahnst du, wie mir hier am Anfang zumute war? Das ist sechs Jahre her!, weiß Anna, die weglaufen möchte. Weg! Und wohin? Zu Bettina. Zu meinem Kind. Sie versucht zu begreifen, wovon gesprochen wird. Hier gibt es doch alles im Überfluss. Das hat sie auf der kurzen Strecke hierher feststellen können. Oder nicht? Täuscht das Bild? Sie sieht Mira, dann Carl an. Sie sind arbeitslos, wie kommen sie damit zurecht?
Als hätte Carl Annas Gedanken gehört, sagt er: Klar würde ich lieber in meinem Beruf arbeiten. Was soll's! Du wirst es nicht glauben, Anna, aber ich entdecke Möglichkeiten … Oder, er zögert, sie entdecken mich. Er ist aufgestanden, reckt sich. Aber jetzt wollen wir etwas Richtiges essen! Das Lachen wirkt befreiend. Der Bann ist gebrochen. Anna atmet auf. Was für ein Tag! Sie geht Carl nach, bleibt im Flur vor einer Zeichnung stehen.
Von Leon! Du kennst ihn auch.
Anna nickt, lässt sich von Carl in die Küche führen.
Mein Gott, wie hab ich euch vermisst! Bis ich es mir verboten habe. Es funktioniert!, dachte ich. Dann bekam ich diese Halsentzündung, die mich schließlich in die Klinik brachte. Na ja, auch die hab ich überstanden.
Mira weiß, wovon Anna spricht. Es war viel mehr als eine Halsentzündung. Es war eine Krise, in die Anna nach ihrem Weggang gefallen war. Anna hat sie, wie den Tod ihres Mannes, überwunden. Oder nicht? Mira versucht in Annas Gesicht zu lesen. Sie möchte die Freundin nicht traurig machen, aber sie kriegt doch mit, wie es in Anna

brodelt, wie sie das Gehörte, das Fremde, den ganzen Wahnsinn nicht aufnehmen kann.
Schade, dass Mari heute mit ihrer Klasse unterwegs ist. Auch die Jungen kommen später. Du musst so schnell es geht mit Bettina wiederkommen, Anna!
Es klingelt an der Tür. Carl steht auf, bevor er geht, sagt er: Du bleibst doch noch?
Anna schüttelt den Kopf: Bettina wartet. Ich hab ihr heute Morgen nur einen Zettel hingelegt.

Auf den Bahnsteigen drängen sich die Menschen. In Mahlsdorf steigt Anna aus. Die letzte Strecke will sie auf dem Rad fahren.
Unterwegs trifft sie Jörg, der sie anhält und sagt: Du kommst von Roths? Sie nickt. Menschenskind, Anna! Die haben uns doch im Stich gelassen, hast du das vergessen! Sind einfach rüber! Und wir? He? Was war mit uns?
Anna möchte Jörg abschütteln. Was will er von ihr? Er hat doch nie seinen Hintern hochgekriegt. Damals nicht, und heute auch nicht.
Es stimmt, die Hintergründe, wieso Roths weg waren, von einem Tag auf den anderen, sind nur wenigen bekannt. Genau das war der Plan der Stasi. Rufmord verbreiten vor und nach ihrer Ausreise.
Anna tritt in die Pedalen, ist froh, Jörg los zu sein.
In Birkengrund hält sie an. Sie braucht eine Pause, bevor sie bei Bettina ist. Suchend blickt sie sich um, hockt sich auf einen Baumstamm. Sie will die Vergangenheit verscheuchen. Die Bilder sind stärker, drängen heraus.

Sie sieht Carl und Mira aus dem *Wartburg* steigen.
Stimmt es?, fragt sie. Carl nickt.
Mit schleppendem Schritt geht Mira in die Wohnung hinauf. Anna ist in der Diele stehen geblieben. Mira könnte so, wie sie jetzt aussieht, auf einem Fahndungsfoto stehen. Carl gibt Anna ein Zeichen. Hilf Mira!, soll es heißen. Sie schafft es nicht allein. Morgen früh kommt der Zoll, dann muss alles fertig sein.
Übereinandergestapelte Kartons, auf denen Zahlen stehen. Vor dem Fenster, auf dem Bücherschrank Grünpflanzen. Der Weihnachtskaktus blüht.
Weißt du, was man uns im Rat des Kreises gesagt hat, Anna? Gehen Sie! Gehen Sie schnell, in 24 Stunden haben Sie die DDR zu verlassen!
Und ihr habt nicht widersprochen?
Haben wir.
Und?
Sie gehen! Mehr haben sie nicht gesagt.
Ein Hund werden, groß und stark sein, niemand herein- und niemand hinauslassen! Ich bin nicht stark, bin nicht der Hund vor der Tür!, möchte Anna schreien.
*Anstelle von Heimat halte ich die Verwandlungen der Welt* ... Mira dreht einen Zettel in den Händen, den sie von der Wand abgenommen hat, lässt sich auf die Matratze fallen: Ta tám Ta tám. Der Kopf ist nach hinten gefallen, der Mund aufgerissen, aus dem Ta tám Ta tám dröhnt.
Mühsam richtet sich Mira auf, starrt Anna an: Was tun wir hier? Kannst du mir das sagen? Plötzlich springt sie auf, dreht sich wie eine Marketenderin: Ta tám Ta tám.

Hör auf, Mira! Morgen früh um 7 Uhr muss alles gepackt sein. Sonst bekommt ihr Probleme.
Probleme? Dass ich nicht lache. Mira wiegt sich in den Hüften. Probleme haben wir schon lange, sonst würden sie uns doch nicht verjagen, oder?
Plötzlich schüttelt es Mira, sie schluchzt, ihre Schultern beben. Eine Bodenvase kippt um.
Carl kniet neben Mira: Nur noch diese Nacht, hörst du? Denk an die Kinder! Wir müssen das schaffen!
Ja, sagt Mira und richtet sich gerade auf. Wir schaffen das, Carl! Anna ist ja da. Und mein Bruder! Sie gibt Carl einen Kuss. Gehen! Weitergehen, mehr ist es doch nicht?
Anna presst die Lippen aufeinander, ihre Arme hängen schlaff herab. Was für ein Irrsinn! Sie gehen, und ich bleibe mit Bettina zurück. Wut steigt in ihr auf, weißglühende Wut.
Eine Stunde vor Mitternacht. Die weiß gedeckte Tafel, an der die Freunde sitzen. Die Kinder zünden Kerzen an.
Leon setzt sich neben Mira: Ich bin sofort losgefahren. Hab es erst vor einer Stunde erfahren, was hier los ist!
Carl hält ein Glas hoch, will etwas sagen. Da fällt ihm Mira ins Wort: Leg erst die Platte auf, bitte!
*come with me my people*
*let us break their bonds asunder*
*everybody, everybody, happy exultant*

Anna reibt übers Gesicht, springt auf. Wo bin ich? Sie schwingt sich aufs Rad, tritt in die Pedalen. Bettina kommt ihr entgegengelaufen, ruft: Du warst drüben! Ich seh es dir an.

## Das Altarbild

Das Korn ist reif. Auch die Äpfel, die wir aufsammeln. Probier mal! Die schmecken!, ruft mein Begleiter und wirft mir einen Apfel zu.

Dörfer, hingehockt in grüner Landschaft. Eine Kirche auf Rügen aus dem 13. Jahrhundert.
Der Altar, auf den ich zugehe, aus dem 17. Jahrhundert. Auffallend das breite Ostfenster im Chorraum, das viel Licht in den Raum lässt. Unter dem Fußboden befindet sich die Gruft der Familie Putbus. In die Gruft werde ich nicht absteigen.

Ich betrachte das Abendmahlsrelief über dem Altar. Eine Abendgesellschaft, man unterhält sich angeregt; es wird gegessen und getrunken. Es geht feuchtfröhlich zu, ein Weinkrug steht auf der Erde. Ein zweiter befindet sich rechts von Jesus, der eine Hand hebt, die linke ruht auf der Schulter einer Frau mit lang gewelltem Haar, die ihren Kopf an seine Brust legt. Auch Jesus hat lang gewelltes, nach hinten fallendes Haar. Sie sind ein Paar. Oder sind sie es nicht?
*Ist das wichtig?*
Beinahe wäre ich über die Altarstufen gestolpert, als ich die Frage vernahm, die die Frau auf dem Relief geflüstert haben wird. Ich möchte ihr antworten. Und kann es nicht.
Nicht nur Zärtlichkeit, auch Trauer spricht aus der Haltung der Frau, die neben Jesus sitzt. Sie weiß Bescheid, kennt

die Wegstrecke, die vor ihm liegt. Niemand, auch nicht sie, kann Jesus zurückhalten.

Hier, vor dem Altar, fällt mir das apokryphe Evangelium nach Maria Magdalena ein, das nicht ins Neue Testament aufgenommen wurde. Auch daran erinnere ich mich. In diesem Evangelium wird das Erlebnis der Seele geschildert. Auf einmal fällt es mir wie Schuppen von den Augen; der Künstler drückt durch die weibliche Figur aus, was ihm widerfahren ist. Wer er auch war, Holzschnitzer, berühmter Maler oder Bildhauer, er hat etwas erlebt, das er mitteilen muss. Der Künstler nimmt sich die Freiheit, Jesus an der Seite einer zärtlich blickenden Frau darzustellen. Das Relief ist ein Kleinod. Eine Kostbarkeit.
Erst später fiel mir ein, dass die Kirche Maria Magdalena gewidmet ist. Maria aus Magdala, eine Frau, die Haus und Hof verlässt, um mit Jesus zu gehen. Hingabe drückt das Relief aus.
Und Jesus? Hebt die rechte Hand, er weiß, was kommt, ahnt, was ihm blüht. Alle anderen am Tisch sind mit sich beschäftigt, das zeigen ihre Gesichter, das drückt ihre Haltung aus. Doch der Bildhauer erzählt noch mehr. Über dem Abendmahlsrelief und einer Rundbogenöffnung, in der die Kreuzigung Jesu dargestellt ist, ein quadratisches, blau eingefasstes Relief, das Maria Magdalena zeigt, die Jesus nach seiner Auferstehung trifft.

Wir verlassen die Kirche, fahren durch alte Alleen. Kühe auf einer Weide. Hühner hinter einem Zaun. Mein Begleiter fährt mit konzentriertem Gesicht.

*Noli me tangere*, wie können wir das verstehen?
Ein Geheimnis, wir müssen es nicht begreifen, Judith!, antwortet mein Begleiter.
Ich schaue ihn an, staune, denn zum ersten Mal fühle ich mich von ihm verstanden. Ich möchte mich an ihn schmiegen, wie die unbekannte Schöne auf dem Relief. Er lächelt, kennt er meine Gedanken?

Ein Gesicht, eine Landschaft
Naturpapierrelief
2019
153 x 60 cm

## Der Pianist Rosenkreuz

Es schien, als höre er Töne, bevor er sie dem Instrument zu entlocken verstand. Keinerlei Anstrengungen wurden sichtbar. Es war Lust, wenn nicht Gier, die Rosenkreuz zu immer intensiverem Spiel antrieb.
Ich sollte über sein Konzert eine Kritik in der *Wiener Zeitung* schreiben. Das war vor einem Jahr. Inzwischen hat Hitler auch in Österreich das Sagen.

Ich hatte ihn sofort wiedererkannt. „Darf ich eintreten?", fragte er. Ich machte eine Handbewegung und Rosenkreuz kam herein.
Ich erfuhr, was ich ahnte. Von einem Tag auf den anderen hatte Herr Rosenkreuz, Pianist an der Staatsoper in Wien, seine Anstellung verloren.
Der Flügel stand am Fenster. Er sah hinüber in den Salon. Nachdem ich seinem Blick gefolgt war, sagte ich, „Sie können ihn spielen, wann immer Sie wollen."
„Auch nachts?"
Wieder sah ich ihn an und stellte fest, dass er sehr alt war, der Blick, der mich aus einer Tiefe traf, die mich sprachlos machte, bis ich antworten konnte: „Auch nachts."
Ich nahm ihm den Mantel ab, hängte ihn und seinen Hut in die Garderobe.
„Bitte, kommen Sie weiter! Trinken Sie etwas?"
Das Haar wehte um den Kopf, als blase der Wind hinein, unter dem Scheitel schimmerte es hell.
„Vielleicht haben Sie einen Schnaps?"

Ich zuckte zusammen, ging an die Bar und goss zwei Gläser ein.
„Auf Ihr Wohl!“
Die Stimme klang wie eine Kantate zum Totenfest.
Wir tranken, saßen am Feuer, sahen, wie die Flammen erst rot, dann hell wurden. Er zeigte auf die hin- und herspringenden Feuerzungen. „Sie fressen das Holz, bis nichts mehr übrig ist.“
Nachdem lange nur das Knistern des Feuers zu hören war, sagte er, „ich kann ohne das Spiel nicht sein.“ Die schmalen Lippen hatten sich kaum bewegt, nur seine Hände spielten in der Luft. Er sah zum Flügel, hatte die Schultern gehoben.
„Wir werden ihn ins hintere Zimmer schieben, in den kleinen Salon. Zum Glück hat er Räder.“ Ich versuchte zu lächeln, sah, wie es um seinen Mund zuckte. Wir krempelten die Ärmel auf und schoben den Flügel nach nebenan. „Schade“, sagte er, „dass ich nicht im Hellen spielen kann.“ Ich nickte und wusste, dass es noch nicht das Schlimmste war.

Er kam regelmäßig. Ich hatte mich an ihn gewöhnt. Es war angenehm, Herrn Rosenkreuz in der Wohnung zu wissen. Doch ich merkte bald, dass er allein sein wollte. Er mochte nicht, wenn ich ihm zuhörte. Nur durch die Wand konnte ich dem virtuosen Spiel folgen.
Heute frage ich mich, wieso ich Rosenkreuz nie danach gefragt habe, wo er sich am Tag aufhielt. Wahrscheinlich hatte ich Angst vor der Antwort. Als Musikkritiker lebte ich angenehm und ohne Sorgen. Diese Position wollte ich nicht gefährden, nicht durch Herrn Rosenkreuz.

Er hatte einen Hausschlüssel bekommen. Auch ein Schlafsofa stand zu seiner Verfügung. Herr Rosenkreuz hat es nie benutzt. Überhaupt war er schweigsam. So erfuhr ich aus seinem Leben so gut wie nichts. Ich wusste nicht, ob er verheiratet war, und ob er Kinder hatte. Doch wie es um ihn bestellt war, erlebte ich jeden Tag, wenn ich auf die Straße trat. Dazu musste ich nicht erst das Radio einschalten oder im Kino die Wochenschau sehen.

Zwei Jahre spielte Herr Rosenkreuz nachts Klavier in meinem Haus, während ich nebenan saß und seinem Spiel lauschte und mich jeden Tag mehr den Gegebenheiten beugte, die mit der Machtergreifung Hitlers, auch in Wien, Angst und Schrecken erzeugten.

An jenem Vormittag hatte ich einen Termin bei meinem Zahnarzt. Ich war zeitig auf, spürte, dass etwas nicht stimmte im Haus. Ich hetzte die Treppen hinunter in die Diele, stieß die Tür zum kleinen Salon auf, sah den Kopf auf den Tasten liegen. Er wird eingeschlafen sein, wollte ich mir einreden, und wusste doch, was geschehen war. Ich musste keinen Spiegel an seine Lippen halten. Wie lange ich vor dem Toten kniete, kann ich nicht mehr sagen. Plötzlich wurde mir die Tragweite dessen bewusst, in die ich verwickelt war. Ich zitterte und schrie: „Schuft! Wieso bist du tot? Und in meinem Haus gestorben!“ Ich schüttelte Rosenkreuz an den Schultern, wollte ihn wieder lebendig machen. Der dunkel gekleidete Körper sackte in meinen Armen zusammen. So verharrten wir, bis ich die Uhr vom Rathausplatz schlagen hörte. Der Zahnarzttermin! Ach was, ächzte ich, der ist jetzt Nebensache. Wie komme ich aus der scheußlichen Lage heraus, in die mich der Pianist gebracht hat? Wen könnte ich um Hilfe bitten? Da seine Augen offen standen, wollte ich sie schließen. Plötzlich hörte ich: *Verzeihen Sie mir*. Das war der Moment, dass ich ihn wieder auf den Klavierhocker setzte, in mein Zimmer lief und einen doppelten Kognak trank. Wohler wurde mir nicht, doch meine Knie zitterten nicht mehr.

Mit dem Glas in der Hand schaute ich auf die Straße hinab, die von blutroten Fahnen gesäumt war. Es mochte inzwischen zwölf oder eins geworden sein, als ich die Türglocke hörte. Wie in Trance lief ich zur Haustür. Vor mir standen zwei Männer in glatten, dunklen Mänteln.

„Regnet es denn?“, fragte ich und sah auf ihre Schuhspitzen.

„Ist der Jude Rosenkreuz hier?“

Wie kommen Sie denn darauf?, wollte ich sagen, doch mein Mund bewegte sich nicht.

„Was ist? Ist der Jude bei Ihnen?“

Ich machte eine Geste, als wollte ich sie wegjagen, hielt in der Bewegung inne. „Wer sind Sie überhaupt?“, schnauzte ich und schloss die Tür, meine Knie zitterten, als ich in den kleinen Salon ging und mich neben Herrn Rosenkreuz an den Flügel setzte.

„Bitte“, bat ich, „spiel!“

## Ein Tag. Und eine Nacht

Auch in dieser Nacht kann sie wenig schlafen. Gegen drei Uhr steht sie auf, wankt in die Küche, um sich eine Tasse Milch warm zu machen. Zuletzt nimmt sie doch wieder ein Schlafmittel.

Es ist vorbei!, sagt sie laut, als sie am Morgen in den Spiegel sieht. Das ist doch lange vorbei, Lene! Ja, ja! Und wieso hängt die Zeichnung, die Maurice durch den Stacheldrahtzaun schob, immer noch in deinem Zimmer? Marlene zwingt sich an etwas anderes zu denken, nimmt eine Vase, lässt frisches Wasser hinein, bevor sie die Rosenstiele kürzt.

Es klopft. Vor ihr ein Mann mit einem kinnumschließenden grauen Bart, auf dem Kopf eine Baskenmütze.

„Ja?" Sie blickt dem Fremden ins Gesicht. Was will der von mir?

„Ich hab dich gefunden!" Das zerfurchte Gesicht hellt sich auf, die Augen strahlen, die auf sie gerichtet sind. Sie will die Tür schnell schließen, hält in der Bewegung inne, wer ist der Mann, der mich kennen will?

„Bitte!" Sie zeigt in die Wohnung. Beim Weitergehen fragt sie: „Möchten Sie eine Tasse Kaffee?" Er folgt ihr, sie hört seinen Schritt. Wohin soll sie sich mit dem Fremden setzen, der sie auf unerklärliche Weise anzieht? Ins Wohnzimmer? In die Veranda? Und wenn er dann nicht mehr geht?

„S c h ö n", sagt er, und ist stehen geblieben. „S c h ö n ist es bei dir!"

Als ihr Blick den Fremden streift, sagt sie: „Bitte, nehmen Sie Platz!“ Sie stellt zwei Tassen hin, gießt Kaffee ein, setzt sich ihm gegenüber.
„Ich bin hierhergekommen …“ Die Stimme bricht ab. Schweißperlen auf der weißen Stirn.
O, mein Gott, kann das sein? Marlene atmet stoßweise, wischt über die Augen.
Sie war siebzehn. Er acht Jahre älter. Sie trugen, wie alle anderen, die gestreifte, abgewetzte Lagerkleidung. Männer und Frauen, durch Stacheldraht getrennt.
Marlene ist aufgestanden, steht vor der Glastür, die in den Garten führt. Sie kann ihn jetzt nicht ansehen, sie würde sich verraten. Auch der Mann senkt seinen Blick, zieht ein weißes Taschentuch heraus. „Ich wollte dich sehen, nachdem ich dich endlich im Netz entdeckt habe.“ Er setzt sich gerade auf, will aufstehen, sich neben sie stellen, ihre Hand nehmen. Als hätte er sich zu sehr angestrengt, sackt er zurück in den Sessel. Nachdem sie lange nichts gesagt haben, fragt er: „Darf man hier rauchen?“
„Gewiss! Ich rauche ja auch.“ Sie zieht ein Zigarillo heraus, schiebt ihm die Schachtel hin.
„Darf ich noch ein wenig hierbleiben?“
Ihre Hände beginnen zu zittern. „Ja!“, sagt sie und versucht das Zittern zu verbergen. „Ja, wenn Sie wollen.“
„Und Sie? Was wollen Sie?“
Ruhe, hätte sie antworten können. Da durchzuckt es sie, hier sitzt der, auf den ich immer gewartet habe, in Tante Elses olivgrünem Sessel. Ohne Vorwarnung ist die Vergangenheit wieder präsent. Vergessen wollte sie die Hölle, die Schreckensjahre. Auch ihn? Ja! Auch den Mann, der

sie unter Lebensgefahr umarmte. Nachdem sie befreit war, wollte sie neu beginnen. Ohne Kommandorufe. Ohne Schüsse. Marlene versucht die Tränen hinunterzupressen. Hab ich den Mann geliebt, der in Tante Elses Sessel sitzt, der Worte fand, wenn ich verzweifelt war? Der mich getröstet hat, wenn ich nicht mehr leben wollte, keinen einzigen Tag.

Sie steht auf, trägt das Geschirr in die Küche. Und was ist jetzt? Sie hebt die Schultern, schaut hinaus, betrachtet die Lärche, die herüberleuchtet. Wie oft sie hier steht, noch immer nicht fassen kann, ich bin frei. Sie hört seine Schritte, dreht sich langsam um. Sein Blick trifft sie, als wäre sie nackt. Was kann sie tun? Ein Sturzbach, nein, ein Vulkan, der jeden Moment ausbrechen kann. Und er? Sie schaut ihn an. „Wie lange? Wie lange möchtest du bleiben?“

„Einen Tag. Und eine Nacht.“

Es ist Maurice! Unverkennbar.

„Seit zwei Jahren lebe ich in deiner Nähe, und ich wusste es nicht! Jahrzehntelang hab ich dich gesucht, Nachforschungen angestellt ...“ Er schüttelt den Kopf, „wie kann das sein, dass wir uns hier nie über den Weg gelaufen sind? In der ersten Zeit, du weißt schon, nach der Befreiung, trieb ich mich herum, lebte hier und da, vor allem in Frankreich. Doch es ging mir schlecht. Dann, ich weiß nicht wieso, zog es mich hierher, in die Bergwelt, in die klare Luft.“ Er öffnet die Arme, dreht seine Hände. „Stell dir vor, Lene, seitdem ich hier bin, male ich wieder! Und spiele Klavier ...“

Ist das möglich, ist Maurice wirklich hier? Ihre Hände zittern noch immer, sie zeigt auf den Flügel. „Möchtest du?“ Er spielt, spielt, während sie in der Küche steht und seinem Spiel lauscht. Etwas geschieht. Etwas Unerwartetes. Es kommt auf sie zu. Ein weiches, wildes Tier.
Das Wasser sprudelt. Sie öffnet den Topfdeckel. Lauscht. Er darf nicht aufhören! Nie mehr. Sie wischt über die Augen, geht ins Bad, zieht die Lippen nach, will schön sein. Für dich, Maurice!
In der Nacht liegt er wach. Sie hat ihm ein Bett auf der Couch gemacht. Lene, meine Lene!
Sie späht durch die Tür, sieht, wie er auf der Bettkante hockt. Es ist zwei Uhr nachts.
„Komm!“, flüstert er, „komm zu mir, Lene!“ Er sucht ihren Blick, wundert sich noch immer, dass er sie gefunden hat.
Sie streicht mit einem Finger über seine Augen. Ja, er ist es! Maurice, der Geliebte aus dem Lager IV, den sie nie vergessen hat.
„Ich schick dir meinen Ausstellungskatalog“, sagt er, als sie in der Sonne sitzen und frühstücken.
„Bleib!“, sagt sie, „bitte bleib!“
„Einen Tag und eine Nacht?“
Lachen bestimmt diesen Tag.

## Brunnenstraße

*Ein Telefongespräch*

Mein Name ist Dora Damm. Es geht um die BVG-Marke für Oktober, die Sie inseriert haben.

Ja, die ist noch zu haben.

Wie ist der Preis?

Was stand denn im Internet?

Ich würde sie nehmen. Wo wohnen Sie?

In der Brunnenstraße 43. Sie fahren am besten bis zum Nordbahnhof oder mit der U-Bahn bis zum Rosenthaler Platz, von dort sind es circa zwei Minuten bis zu mir.

Ist es Ihnen recht, wenn ich morgen Vormittag komme?

Ja, das ist gut. Doch nach elf bin ich nicht mehr da, da bin ich in der Synagoge, dort singt ein ukrainischer Kinderchor, den ich hören will.

Ich komme morgen vor elf. Wie ist Ihr Name?

Stein. Ach ja, die Klingel geht nicht, Sie müssen laut klopfen. Ich wohne im Hinterhof, links, erster Stock.

Einen schönen Abend, Frau Stein!

Ebenso.

Sonntagvormittag. Eine Straßenbahn biegt quietschend um die Ecke, hält gegenüber der Apotheke. Dora Damm steigt aus, läuft über die Straße, schiebt eine schwere Haustür auf, betritt einen dämmrigen Flur, drückt ein Holztor auf und steht in einem Hinterhof. Links, typische Berliner Mietwohnungen, geradeaus ein Backsteingebäude, das Dach in einem verwaschenen Rot, aus dem eine

Birke wächst. Es könnte eine Werkstatt oder eine Bäckerei gewesen sein, vermutet Dora Damm, die sich nach links wendet. Auf den Namensschildern kann sie Frau Stein nicht entdecken. Sie will gerade gehen, als ihr zwei Frauen entgegenkommen.
Sie sind sicher Frau Damm? Eine Dame in beigefarbenem Wintermantel und dunklen Locken unter einer in die Stirn gezogenen Kappe zeigt auf das Mietshaus: Kommen Sie mit hinauf! Ich bin seit fünf Uhr auf, bin zeitig fort, habe nicht aufgeräumt. Beim Gehen knöpft sie den Mantel auf.
Hinter der Wohnungstür eine schmale Küche, durch die die Frauen ins angrenzende Zimmer gehen.
Ich habe nicht geheizt. Das Licht geht auch nicht. Die BVG-Marke ist aus einem Jahresabonnement. Ich verdiene nicht viel daran, nicht genug, um all die Päckchen und Briefe wegzuschicken.
Frau Stein zeigt auf herumliegende Pakete und Papiere. Sie können auch noch die Marke für November haben, Frau Damm.
Aber womit fahren Sie dann, Frau Stein?
Machen Sie sich darüber keine Sorgen. Es gibt andere Not! Sie kennen sie? Wenn es Sie beruhigt, ich hab ein Rad, und noch ist kein Schnee gefallen.
Es soll kälter werden.
Auf einem Tischchen ein blau besticktes Seidentuch, eine halb volle Tasse, Teeblätter in einem Sieb, ein Korb, in dem eine Brotscheibe liegt. Rechts neben der Tür eine gepackte Reisetasche. Auf dem Sofa aufgeschlagene Bücher und Zettel. Briefumschläge mit kyrillischen Buchstaben.

Frau Stein nimmt eine Tasche von einem Stuhl: Bitte, nehmen Sie Platz!
Sie spricht tastend, so, als wäre sie in der deutschen Sprache nicht zu Hause. Ein Schal in dunklem Rot bedeckt den Hals.
Wo hab ich dieses Gesicht schon gesehen? Dora Damm spürt etwas Kaltes herankriechen, möchte schnell wieder gehen, steckt die BVG-Marke ins Portemonnaie.
Brauchen Sie eine Quittung?
Die andere schüttelt den Kopf, zeigt auf die Briefe: Sie können Russisch?
Ich hab Russisch als Kind gelernt. Frau Stein macht eine Handbewegung, die andeutet, ich möchte darüber nicht reden. Sie zeigt auf die herumliegenden Pakete. Wenn Sie einmal Gelegenheit haben, etwas in die Ukraine mitzugeben, würden Sie mich dann anrufen?
Frau Stein steht am Fenster, der Mantel ist ihr von der Schulter gerutscht. Es sind Kinder aus Tschernobyl, murmelt sie. Der Kinderchor, von dem ich am Telefon sprach. Ich komme gerade aus dem Jüdischen Gemeindehaus. Die Kinder üben noch, um 12 Uhr ist die Aufführung.
Als sich Dora Damm verabschieden will, sagt Frau Stein: Es gibt gerade kein Wasser in der Wohnung, sonst hätte ich uns einen Tee gekocht.
Wovon leben Sie?, möchte Dora Damm fragen, sie unterdrückt die Frage, will nur noch weg.
Ich bin Eurythmielehrerin, Frau Stein spricht jetzt mit klarer Stimme, lächelt zum ersten Mal. Ich bin arbeitslos. Sie sehen ja, wie ich lebe! Plötzlich reckt sie sich: Gehen Sie an der Elisabethkirche vorbei, es ist ein Schinkelbau, es

lohnt sich! An der Tür reicht sie Dora Damm die Hand: Ich wünsche Ihnen alles Gute! Und bitte vergessen Sie nicht, falls Sie einmal Gelegenheit haben, etwas in die Ukraine mitzuschicken, rufen Sie mich an.

Eine Woche ist vergangen. Wieder steht Dora Damm vor der Tür, hinter der Frau Stein lebt. Niemand öffnet, auch als sie laut klopft.
Zu wem wollen Sie denn? Eine Stimme im Treppenhaus.
Zu Frau Stein!
Die wohnt doch schon lange nicht mehr hier!
Wissen Sie, wo ich Frau Stein erreichen kann?
Nein.

Im Hof begegnen sich die beiden Frauen.
Guten Tag, ich wollte nach Ihnen sehen! Dora Damm reicht Frau Stein die Hand.
Kommen Sie, kommen Sie hier fort! Frau Stein zieht Dora Damm mit einer Kraft aus dem Hof, die die andere ihr nicht zugetraut hätte.
Es ist zu Ende!
Wovon sprechen Sie, Frau Stein?
Nirgends. Niemals mehr.
Was meinen Sie, Frau Stein?
Woher kennen Sie mich?
Bitte?
Ich frage Sie, woher Sie meinen Namen kennen?
Am vorigen Sonntag war ich bei Ihnen wegen der BVG-Marke. Ich musste heute wiederkommen!
Gehen Sie!
Frau Stein, ich möchte ...

Nichts. Hören Sie! Nichts!
Dora Damm versucht Frau Stein behutsam über die Straße zu führen. Ich kenne hier in der Nähe ein Café, trinken Sie etwas mit mir, bitte!
Sie sind von der Zeitung, ich habe es gleich gewusst!
Die Kappe ist Frau Stein über das rechte Auge gerutscht. Die Stimme klingt gehetzt, die sagt: Sie interessiert doch nur, wie man hier so hausen kann, nicht wahr?
Ich hab mir Gedanken gemacht, war in Sorge um Sie, Frau Stein.
Wenigstens ehrlich sind Sie. Hören Sie, Sie müssen wissen, ich lebe nicht hier! Seit Längerem wohne ich bei meinem Freund, er ist Trompeter an der Komischen Oper. Frau Steins Gesichtszüge entspannen sich. Dort, ihre Hand zeigt über die Straße zum Hinterhof, dort ist nur die Ablage!
Ablage, wofür?
Sie haben doch gesehen, wie es da oben aussieht. Päckchen. Pakete. Briefe. Halb volle Taschen. Eine Ablage eben. Frau Stein lächelt, tänzelt auf einem Bein.

Klaviermusik in einem abgedunkelten Raum. Es duftet nach frisch gemahlenem Kaffee und nach warmem Brot. Dora Damm beugt sich über den Tisch: Und wo wohnen Sie jetzt, darf ich das erfahren, Frau Stein?
Wozu? Frau Stein schiebt die Kappe nach hinten. Wieso wollen Sie das wissen? Das geht niemanden etwas an. Bin ich rechenschaftspflichtig?
Nein, nein! Beruhigen Sie sich, Frau Stein!
Zwei Stunden sind vergangen. Die Frauen trinken süßen Espresso, stecken ihre Köpfe zusammen, gestikulieren;

plötzlich lachen sie, dass es durch den Raum schallt. Eine Kellnerin kommt an ihren Tisch, nimmt eine weitere Bestellung auf.
Untergehakt, mit roten Flecken im Gesicht, verlassen die Frauen am späten Nachmittag das Café. Beim Verabschieden küssen sie sich auf den Mund.
Das hätte ich nie geahnt! Frau Stein umarmt Dora Damm: Du bist es wirklich! Ich erkenne dich, in diesem Licht.
Ja, antwortet Dora, die ein Schluchzen unterdrückt, ich hab dich ja auch nicht gleich wiedererkannt, erst zu Hause, als ich im Bett lag … Nie im Himmel wär ich drauf gekommen, dass du es bist, Ruth!
Aber du warst es doch, du hast die Narbe unter meinem Auge entdeckt, Dora! Und heute bist du wiedergekommen!
Nach der Befreiung … Du erinnerst dich doch, wie ein Soldat, ich glaube, es war ein Amerikaner, uns aufgesammelt hat? Ich wollte mich an dir festkrallen, dich nie verlassen. Nie verlasse ich dich!, das habe ich mir in den kalten Nächten, als ich neben dir lag, geschworen. Nacht für Nacht hast du mich in deine Arme genommen, mich getröstet, wenn ich vor Hunger und vor Kälte schrie. Etwas ging von dir aus, ich wurde ruhig und schlief endlich ein, bis mich ein Traum aufschreckte. Nein! Es war kein Traum. Es war unsere Realität in diesem verdammten Lager.
Dora bückt sich, hebt ein Ahornblatt auf, streicht mit dem Finger drüber. Weißt du noch, Ruth, wie der Baum, an dem wir jeden Morgen zum Arbeiten vorbeigingen, wie er uns getröstet hat?

Es war eine Birke … Jetzt, wo du davon sprichst, sehe ich sie vor mir.
Arm in Arm laufen die Frauen die Brunnenstraße hinauf. Und wieder zurück. Hinauf. Und wieder zurück.
Ruth! Dora fasst die andere an den Schultern: Eine Woche lang hab ich gegrübelt und gegrübelt und versucht zu verdrängen! Dein Gesicht …, mein Gott!, wie konnte ich die Narben in deinem Gesicht vergessen, die Wunden, die dir dieser Arzt ins Gesicht geschnitten hat! Gestern Nacht fiel es mir urplötzlich ein, das kann nur Ruth sein! Das Mädchen mit den kohlschwarzen Locken, die Kleine, die neben mir lag im Block IV. Schweißnass saß ich im Bett, spürte nur einen Wunsch, ich muss, so schnell es geht, zu dir. Es war noch dunkel draußen, so gegen vier, da war wieder der stickige Barackengeruch, die harte, enge Pritsche, da war nur Stöhnen, Wimmern und Klagen. Dann muss ich doch noch einmal eingeschlafen sein, durch einen Schrei wurde ich wach. Der Arzt mit dem Feuerblick! Seine Experimente! Ich zitterte, als ich meine Zähne putzte. Ich wusste nur eins, ich muss zu dir, Ruth!
Die Erinnerung bringt mich um! Mit der Schuhspitze schiebt Ruth Stein eine Kastanie vor sich her. Quietschend biegt die Straßenbahn um die Ecke, hält vor der Apotheke. Ein Herr im Trenchcoat und weißem Haar steigt aus, in der Hand eine braune Aktentasche.
Er könnte es sein! Der Arzt mit dem Feuerblick, der dich verstümmelt hat.

Es dunkelt. Ruth nimmt Doras Hände, dreht sich mit ihr im Kreis. Dass ich dich wiedergefunden habe, was für ein

Tag! Sie reckt sich, strafft den schmalen Oberkörper: Komm mit zu uns, Dora! Dann lernst du Bolek gleich kennen, heute hat er frei! Er kocht so gern! Ohne Bolek wär ich schon tot. Und jetzt hab ich ja auch noch dich!
Schweigend fahren die Frauen durch die hell erleuchtete Stadt.

**Jakov**
**Ein russischer Dichter**

Eine Stunde bis Mitternacht. Jana zieht den Kopf in den Kragen, blickt zu einer Häuserfassade, auf der drei Fenster leuchten. Hinter dem Gleis, auf einer Werbefläche, ein glattes, strahlendes Männergesicht. Jana reibt den Hals am Jackenfutter, es ist kalt auf dem Bahnsteig im April.
Wo bleibt die Stadtbahn? Sie beugt sich vor, beginnt die Regentropfen auf den Steinen zu zählen. Als sie sich umdreht, streift ihr Blick ihn zum ersten Mal, während die Bahnhofsuhr in ihrem Rücken laut klackt.
Er steht nur ein paar Schritte entfernt, mit aufgestelltem Mantelkragen, und schreibt in ein Heft. Sie spürt einen Zwang, näher hinzugehen. Ob er es wirklich ist?

So hat er dagestanden, den Kopf zur Seite gelegt, wache Augen im schmalen Gesicht, als sie sich zum ersten Mal begegnet waren. Auch damals hielt er ein Heft in der Hand.
Es könnte Jakov sein. Die Bahnhofsuhr hat ein schwarzes Zifferblatt, wieder ist der Zeiger klackend weitergerückt. Würde er in ihre Richtung fahren? Oder würde er stehen bleiben und weiter in sein Heft schreiben? Ansprechen wird sie ihn nicht.

Damals hieß St. Petersburg noch Leningrad. Jakov wohnte in einer der trostlosen Gassen, in denen Hunde und alte Frauen das Sagen hatten. Das einzig Erquickliche an seinem Quartier war ein quadratischer, winziger Austritt, den

er *meinen Garten* nannte. Dürres, hochgeschossenes Gras, dazwischen eine Klatschmohnblüte, am nächsten Tag waren es zwei, später vier Blüten. Rote Hüte im Wind. Mit den Fingern grub Jakov Wassergräben, goss Brennnesseljauche hinein.
Damals, als sie für zwei Wochen zu ihm gezogen war.
Jana reibt die kalten Finger, späht die Schienen entlang, kein einziges Licht ist zu sehen. Die S-Bahn lässt sich Zeit, als wollte sie ihr Gelegenheit geben, zu ihm zu gehen und Hallo Jakov! zu sagen. Was machst du hier? Sie geht ein paar Schritte auf die Gestalt zu, starrt in die Dunkelheit. Hör mal!, möchte sie rufen, den Fremden aufschrecken, nur um bestätigt zu bekommen, das ist Jakov nicht.

Bleib!, hatte Jakov auf einen Bierdeckel geschrieben, seine Augen glitten über ihr Gesicht, als suchten sie Halt. Ohne dass er sie dazu aufgefordert hätte, begann sie von sich zu sprechen, zuletzt sagte sie: Ich bin in Leningrad, um für eine Zeitschrift zu recherchieren und zu fotografieren. Sie hatte auf die Tür gezeigt in dem mit Rauch gefüllten Lokal. Plötzlich zog er ihren Kopf herüber und küsste sie. Die Lippen waren hart, seine Zunge mochte sie sofort. Rauchschwaden waberten über dem Tisch, der aus rohen Kiefernbrettern gezimmert war, wie die Bank, auf der sie saßen.
Er trug einen Packen Bücher unterm Arm, sein Mantel schleifte den Fußboden, auf der Straße fasste er sie unter, zündete sich beim Gehen eine Zigarette an. Wind war aufgekommen, er stülpte ihr seine Wollmütze auf den Kopf. Sie bogen um eine Ecke, auf einer Holzbrücke blieben sie

stehen. Niemand sagte etwas. Ab und zu, um sich zu vergewissern, dass er neben ihr ging, drückte sie seinen Arm. Unter seiner Dusche, die einer Gießkanne glich, küsste sie ihn.
Tage waren vergangen. Sie hatten die Wohnung nicht verlassen. Wieder und wieder wunderte sie sich, wie spindeldünn der Körper war, auf dem ihre Finger spielten. Seine Hände spielten in ihrem Haar.
Dann, an einem Morgen, sprang Jakov aus dem Bett, lief mehrmals um den Tisch herum, gähnte mit offenem Mund bevor er sie anschrie: „Was machst du hier! Was geht dich mein Leben an, Jana? Du willst doch nur eine Story daraus machen, die du im Westen verkaufen kannst."
Sie wollte ihn beruhigen, ihm ihre Hand hinstrecken. „Ja, es stimmt, ich bin Journalistin", stotterte sie und versuchte sich aus dem Bett aufzurichten.
Er fasste sie unter, schob ihr einen Stuhl hin. „Verzeih mir, Jana!", flüsterte er, als er Tee in ihre Tasse goss. Wie in Trance wusch sie sich, zog Hemd und Pullover an. Mit hängenden Armen starrte er sie an. „Ich hol uns etwas zum Essen, sonst verhungern wir noch. Es kann länger dauern, warte so lange, bitte!"
Der Kaffee duftete, das Brot war noch warm. Jakov kaute und beobachtete sie. Es war, als wäre alle Anspannung von ihm gewichen. Nach dem Frühstücken fuhren sie mit der Straßenbahn weit hinaus, sprangen und liefen über gepflügte Ackerflächen. Jakov blieb stehen, umarmte sie. Sie hatte beschlossen, eine Woche länger in Leningrad zu bleiben, telefonierte mit ihrer Redaktion. Aber davon wusste Jakov nichts, der nachts arbeiten ging.

Wie schutzlos er aussieht!, durchfuhr es sie, als er vor ihr stand auf seinen großen weißen Füßen. Er zog sie in seinen Garten. „Siehst du das Eichhörnchen? Sieh doch, da ist es wieder, Janakind!“ Er zeigte auf einen Nussbaum, der hinter einem Zaun stand. „Guck dir den Burschen an, wie er seine Beute transportiert!“ Er schnitt eine Grimasse, dann küsste er sie.
Jakov studierte Philosophie und Geschichte. Nachts, und manchmal auch am Wochenende, arbeitete er in einer Brotfabrik, so viel hatte sie inzwischen von ihm erfahren. Doch was er in der Brotfabrik verdiente, reichte vorne und hinten nicht, wie sie mitbekam. Ohne dass er es aussprach, hörte sie: Was geht dich mein Leben an! *Lieb mich, meine Schöne!,* summte er, wenn er sie in seine Arme nahm.
Ein sonniger Morgen. Jakov war zeitig wach, goss die Mohnblumen, düngte seinen Garten. Langsam drehte er sich um, kam auf sie zu, blieb stehen, ohne Ankündigung schnauzte er los: „Es reicht, hörst du, es reicht, Jana! Hau endlich ab!“
Ruhig zog sie sich an, auf die Dusche verzichtete sie.
„Hier kannst du nicht bleiben, hier doch nicht!“ Jakov wedelte mit einem Papier. „Sie haben mich in *Die Zentrale* bestellt, haben mich schon länger im Visier.“ Er lief hin und her, blieb vor ihr stehen, „seitdem ich Texte schreibe, die im Untergrund kreisen, beobachten sie mich.“ Wieder lief er durchs Zimmer, atmete stoßweise. „Schon morgen können sie kommen und mich holen.“ Er packte sie am Arm: „Du weißt, wovon ich rede, Jana? Kennst du die Filme über den Gulag? Sicher hast auch du Solschenizyn gelesen. Ich sag dir jetzt was! Das hier ist kein Film! Es ist mein Leben.“

Sie zündete sich eine Zigarette an, behielt ihn im Blick. Er taumelte, eine Hand vor dem Mund, stieß er heraus: „Ich muss hier weg!“ Er wedelte mit dem Papier. „Lies!, wenn du aufnahmefähig bist, lies es, Jana!“ Er hielt in der Bewegung inne. „O, Pardon! Ich hab dich erschreckt!“ Ohne sie anzusehen, ging er an den Brotkasten, schnitt eine Scheibe Brot nach der anderen ab, belegte die Scheiben mit hauchdünnen Knoblauchschnitzeln, die er in einer Eisenpfanne briet. Es roch köstlich in dem engen Zimmer. „Speisen wir!“ Jakov zog eine weiße Serviette unter einem Bücherstapel hervor, strich sie glatt, legte sie in die Tischmitte, goss Kaffee ein. Eine Hand auf ihrer Hand, blickte er sie an: „Ich hab dich erschreckt, es tut mir wirklich leid. Trink doch! Den Kaffee hab ich erbeutet, wie das Eichhörnchen seine Nuss.“ Er stand vor ihr, wie ein Schuljunge, versuchte zu lächeln.

Auch daran erinnert sich Jana, die unschlüssig auf dem Bahnsteig hin- und hergeht, wie Jakov sie an einem Morgen ansah, als er annahm, sie schliefe fest; ein verletztes, einsames Tier. Einen Bücherstapel unterm Arm, kam er auf sie zu, blieb stehen, musterte sie. Sie sah, wie er schwankte, sah, wie fertig er war. Kurze Zeit später schlief sie wieder ein, schreckte durch ein Geräusch auf. Jakov saß neben ihr auf der Bettkante. Sie rutschte zur Seite, um ihm Platz zu machen.
„Ich kann nicht mehr!“ Seine Hand krallte sich ins Betttuch, „was kann ich tun, weißt du es?“ Wankend stand er auf, ging zur Tür.

Sie war zu müde, um ihm nachzugehen, den ganzen Tag hatte sie Leningrads Paläste fotografiert und sich am späten Abend mit einem Kollegen im *Savoy* getroffen.
Zwei Tage wartete sie auf Jakov. Danach reiste sie ab.

Wo bleibt die S-Bahn? Jana schaut auf die Uhr. In diesem Moment packt sie eine harte Hand an den Schultern. Sie will sich umdrehen, schreien, ein maskierter Mann presst ihr einen Lederhandschuh auf den Mund. „Hör zu", zischt die kehlig klingende Stimme, „du gehst jetzt vor mir her, bis zu dem da!" Die Lederhand zeigt auf den Mann, der an der Bahnsteigkante steht und in ein Heft schreibt. „Mach keine Sperenzchen, hörst du!" Die Lederhand stößt sie so in den Rücken, dass sie vorwärts stolpert. Als sie vor Jakov, oder wer immer es ist, zum Stehen kommt, befiehlt die Stimme in ihrem Rücken: „Stoß zu!"
Dunkle Gestalten zerren sie die Treppen hinab, treten ihr in den Bauch. Nach unendlich langer Zeit richtet sie sich auf, versucht klar zu denken, der Kopf sticht, die Brille liegt zertreten auf den Stufen. Als sie wieder gehen kann, stürzt sie die Treppe hinauf. Auf dem menschenleeren Bahnsteig tropft Wasser vom Dach. In der Ferne ist das Summen einer S-Bahn zu hören.

Ohne Titel
Federzeichnung auf Karton
1985
60 x 40 cm

## Die Stadt unter der Stadt

Gegen sechs Uhr am Abend. Ein anstrengender Arbeitstag lag hinter Bart, als er sich spontan entschloss, in die Ausstellung zu gehen, von der Änne in der zurückliegenden Woche immer wieder gesprochen hatte. *Realität ins Virtuelle geführt,* mal sehen, was es damit auf sich hat.
Bart schaut aus dem U-Bahnfenster. Wieso war Änne von dieser Ausstellung so fasziniert? Im Katalog, den sie ihm heute Morgen in die Tasche schob, mathematische Zeichen, die sich in einem bläulich schimmernden Licht verlieren.
Später an diesem Abend, als er Änne berichten will, was ihm in der U-Bahn widerfahren war, ist es, als hätte sein Gedächtnis einen Sprung bekommen.
Zögernd beginnt er. Änne setzt sich ihm gegenüber, schaut ihn aufmerksam an.
Bart schüttelt den Kopf, steht auf, trinkt einen Schluck Whisky, lässt sich mit dem Glas in der Hand in den Sessel zurückfallen, spricht stockend.

Es wird am Bahnhof *Gesundbrunnen* gewesen sein. Sie stand da – wie ein gemaltes Bild. Die Frau mit der Geige am Kinn, schwarzes Fransenhaar, dunkle Haut. Und mit einem Blick, als schaue sie übers Meer. Auf ihrer Stirn lief ein Schriftband von links nach rechts. Ich reckte mich, um es lesen zu können.
In diesem Moment wurde ich mit einer Gewalt hochgeschleudert, dass ich die Besinnung verlor. Ein seltsames

Pfeifen drang an mein Ohr. Ich sah, wie mein Körper auf ein helles Quadrat zuschoss und wie der Körper das Quadrat durchschnitt. Ich wollte schreien, mich bemerkbar machen, meine Stimme gehorchte mir nicht. Ohne Widerstand flog mein Körper in enge Röhren hinein und wieder hinaus. Jagt der Geist dem Körper hinterher, oder umgekehrt? Der Gedanke verfolgte mich. Aber ist das überhaupt mein Körper, die dahinfliegende hellgraue Masse? Während ich mich das fragte, spürte ich Tränen auf meinem Gesicht. Urplötzlich waren Körper und Geist wieder vereint, so kam es mir jedenfalls vor. Es wurde still. Kein Pfeifton, kein Sausen in der Luft.

Erleichtert lehnte ich mich an die Wand, vor der ich stand, während meine Augen einem irisierenden Licht folgten. Doch sofort wurde ich wieder fortgerissen, in einer Geschwindigkeit, die schneller als das Augenlicht war. Ich wollte den Überfall stoppen, es gelang mir nicht. Immer wieder versuchte ich klar zu denken. Gibt es die Erde überhaupt? Wo sind die Leute, die mit mir zusammen in der U-Bahn saßen? Wo ist der Foxterrier, der vor der Abteiltür lag?

Wie auf einen Befehl hin war der Spuk vorbei. Und ich stand wieder auf meinen Füßen, streckte die Arme aus, gähnte laut.

Endlich! Hörte ich mich sagen. Als ich die ersten Schritte gegangen war, wusste ich, hier bin ich nie gewesen!

*Die Stadt unter der Stadt* stand auf einer Bretterwand. Aha! Nun weiß ich wenigstens, wo ich bin. Inzwischen befand ich mich auf einem Boulevard, der mich an die

Frankfurter Allee erinnerte. Also würde ich gleich zu Hause sein! Bei Änne!
Überglücklich machte ich einen Sprung, dabei stieß ich mit dem Kopf an die Bretterwand, auf der stand *Die Stadt unter der Stadt*.
Verflixt! Ob es in der U-Bahn einen Crash gegeben hat? Und ich bin jetzt unterwegs ins Himmelreich? Trotz der misslichen Lage, in der ich mich befand, musste ich über die Vorstellung lachen.
Ein Kleintransporter hupte anhaltend. Langsam, als sollte ich die Aufschrift lesen, fuhr das Fahrzeug an mir vorbei. Eine Uhr schlug siebenmal. Aufatmend stellte ich fest, ich befinde mich nicht im Himmelreich! Denn dort würde es bestimmt keine Uhr geben. Mit lautem Getöse fuhr der Kleintransporter wieder an mir vorbei. *Schau hin!*, rief jemand, den ich nicht sehen konnte. *Wir sind die Diamantenschleifer*!
Schlagartig wurde mir bewusst, das, was ich erlebe, ist kein Scherz, auch kein Spuk. Was ist es dann? Fieberhaft suchte ich eine Erklärung. Unter der Stadt, so hatte ich immer angenommen, hausen Ratten und anderes Getier. Aber vielleicht hat die Senatsverwaltung für Katastrophenschutz dort auch eine Dependance. Für den Geheimdienst wäre eine *Stadt unter der Stadt* allerdings d i e Lösung gewesen, um mit ihren unbequem gewordenen BürgerInnen kurzen Prozess zu machen. Der Gedanke war nicht lustig. Ich ballte die Fäuste, wollte nicht an Vergangenes erinnert werden. Verdammt, wo bin ich hingeraten?
Schreiend und wild gestikulierend kam ein Händler auf mich zu. He du! Ja, du! Er tippte mir auf die Schulter, grinste seltsam.

Ich hab Hunger! Gibt es hier kein Restaurant?, fuhr ich den Händler an. Oder wenigstens eine Imbissbude? Der Mann gab keine Antwort. Also ging ich weiter, durch glitzernde Einkaufspassagen, überquerte Plätze, bog in eine Gasse ein, die mich an die Prager Altstadt erinnerte.

In der wir uns kennengelernt haben, Änne! Erinnerst du dich, wie ich dir in einem winzigen Laden einen Ring mit einem blutroten Stein gekauft habe, und wie wir uns auf der Apostelbrücke umarmten und küssten?

Vor solch einem Geschäft stand ich nun und betrachtete gierig einen Diamanten, der auf weißem Damast auffordernd prangte. Ohne nachzudenken sprang ich zwei, drei Stufen hinab, stieß die Tür auf, wollte gerade den Stein packen, als eine markante Männerstimme in meinem Rücken sagte: Halt! Was tun Sie hier? Was haben Sie vor?
Was? Wie bitte?
Sie waren im Begriff, meinen größten und schönsten Diamanten zu stehlen, mein Herr!
Ich hab Hunger!
Das sah aber eben ganz anders aus!
Sorry, stotterte ich. Verzeihen Sie, bitte!
Legen Sie Ihren Mantel ab, und dann folgen Sie mir!
Als wir das Restaurant betraten, sah ich sie wieder, die Frau mit der Geige am Kinn. Sie schaute zur Tür, als erwarte sie mich.
Wieso spielt sie nicht?, wollte ich wissen.
Seien Sie nicht vorwitzig, mein Herr!

Der Diamantenbesitzer, ich ging davon aus, dass ihm das Geschäft gehörte, zeigte auf einen festlich gedeckten Tisch. Setzen wir uns! Und dann speisen Sie!
Schwarz gekleidete Kellner stellten verführerisch duftende Gerichte auf den Tisch. Ein Herr im Frack goss Wein in hohe, geschliffene Gläser. Ich versuchte im Gesicht des Mannes, der mir gegenüber Platz genommen hatte, zu lesen, hob mein Glas, trank und verschluckte mich. Als ich wieder sprechen konnte, sagte ich: Es war wie ein Zwang über mich gekommen, normalerweise stehle ich nicht, das müssen Sie mir glauben!
Einen Diamanten müssen Sie sich verdienen, wussten Sie das nicht? Solch einen Stein bekommen Sie nicht gratis, mein Herr!
Verdienen? Wie denn?
O, ich sehe, Sie erkennen die Geigerin wieder.
Die Augen des Diamantenbesitzers strahlten. Ja, Beatrice hat Sie hierhergeführt! Doch jetzt speisen Sie, danach wird Beatrice für Sie spielen! Er nickte der schönen Geigerin zu, stand auf, verbeugte sich. Und verschwand.

In diesem Moment hielt die U-Bahn. Benommen stand ich auf, ging zur Tür, vor der der Foxterrier lag. Auf dem Bahnsteig drehte ich mir eine Zigarette und freute mich auf den Augenblick, wenn ich dir diese Geschichte erzählen würde. Bei einem Glas guten Weins, Änne.
Salute, aufs Leben!
Die Geschichte geht aber noch weiter, Bart!
Ach ja?
Du weißt es.

## Die Sängerin

Es war an einem Abend im Februar, als die Temperaturen auf minus 10 Grad gesunken waren und Z. mit geheimnisvoller Stimme von der Sängerin sprach.
Z. oder Zafir, wie ich meine Freundin nenne, wollte mich hartnäckig überzeugen, Sirena, die Sängerin, unbedingt an diesem Abend zu hören.
Nie und nimmer würde ich um diese Zeit meine vier Wände verlassen.
Es gibt nur noch dies eine Konzert in Berlin! Z.s eindringliche Stimme. Du musst kommen, Simon!
Ich bin todmüde nach Hause gekommen.
Ich weiß, aber du musst sie hören, Simon!
Weißt du, wie kalt es draußen ist?
Nimm einen Schal und ein Taxi!, lachte sie ins Telefon und hängte auf.
Hätte Z. nicht so gedrängt, wäre ich um 23 Uhr niemals mehr aus dem Haus gegangen, auf eine kalte, trübe Straße, in einen leeren U-Bahnschacht, denn aus Geiz hatte ich kein Taxi bestellt. Doch alles kam anders. Ich sollte Sirena nicht singen hören.

Wann kamen Sie auf dem Bahnsteig an? (ein Kriminalbeamter)
Wieso spielt die Uhrzeit eine Rolle? (wollte ich wissen)
Sprechen Sie! Was haben Sie gesehen? (der Beamte)
Was ich gesehen habe?
Ja, Sie!

Also, ich komme von der trüb beleuchteten Kastanienallee in den U-Bahnschacht …
Ja.
Unterbrechen Sie mich nicht, bitte, ich habe es eilig, ich muss in ein Konzert!
Fahren Sie in Ihren Beobachtungen fort.
Das will ich ja …, aber Sie …
Also?
Ich gehe die Treppen in den Schacht hinunter …
Und?
Ich bitte Sie das letzte Mal.
Hier geben nicht Sie den Ton an!
Das war's. Ich bin aufgestanden und gegangen. Nein, ich wurde an der Tür festgehalten von einem zweiten Beamten in ähnlicher Kleidung (grau/grün, vielleicht auch blau?), der breitbeinig die Tür einnahm.
Bitte, ich machte eine Handbewegung, doch der Kerl rührte sich nicht.
Da schrie ich: Ich muss ins Konzert, Zafir wartet auf mich.
Als wäre das das Stichwort gewesen, klammerte sich der Beamte an meinen Arm und schrie: Wer ist Zafir?
Bitte, wieder machte ich eine vage Handbewegung, lassen Sie mich gehen!
Nein! Dies war die Stimme des Beamten am Tisch, der noch immer dort saß. So einfach kommen Sie nicht davon!
Und wieso nicht? Meine Stimme war kratzig, als hätte ich zu viele Zigaretten geraucht. Dabei rauche ich seit der Magenoperation nicht mehr. Ich drehte mich ins Amtszimmer zurück. Also, worum geht es hier überhaupt?

Das fragen Sie uns? Genau das wollen wir von Ihnen wissen!
Zu dumm, antwortete ich mit meiner zweiten Stimme, die ich, wie ein Taschenmesser, auf- und zuklappen kann, und mit der ich nach Belieben spiele.
Sie werden doch nicht unverschämt werden? Sie haben doch um Hilfe gerufen? Sie waren das doch, mein Herr?
Niemals! Sie müssen sich irren. Für den letzten Satz gebrauchte ich wieder die erste Stimme, die verführen kann und siehe, es wirkte. Die Beamten schliefen wie im Märchen ein.
Ich konnte meinen Weg fortsetzen. So glaubte ich, bis ich auf die Uhr sah.

Zwischen drei und vier Uhr war ich wieder in meinem Zimmer, da klingelte das Telefon.
He?, hörte ich, du bist ja nicht ins A Trane gekommen!
Nein, Zafir!
Und wieso nicht?
Du, sagte ich drohend, frag mich jetzt nichts!
Was ist mit dir? Soll ich rumkommen? (Zafir wohnt zwei Straßen weiter.)
Lass!, sagte ich mühsam, lass mich schlafen gehen, Zafir.
Wie du willst! Z. machte eine Pause und sagte dann betont langsam: Übrigens singt Sirena erst am Freitag, heute fiel das Konzert aus. Du kommst doch dann?
Ich wusste, dass heute beziehungsweise gestern Dienstag gewesen war, also sagte ich, bis Freitag ist noch viel Zeit, und, fügte ich hinzu (und wunderte mich darüber): Ich werde Sirena besuchen!

Du spinnst ja total, Simon!
Dann hörte ich lange nichts mehr, vielleicht war mir vor Erschöpfung der Hörer aus der Hand gefallen, vielleicht hatte Z. aufgelegt.
Am nächsten Morgen wurde ich mühsam wach. Ich stutzte, denn ich lag neben dem Telefon auf dem Teppich. Das Erste, was ich tat, war, ich rief die Sängerin an und bat um ein Interview.
Eine Stunde, ließ sie sagen, ich habe eine Stunde Zeit.

Diesmal halten mich nicht irgendwelche Beamte im U-Bahnschacht auf, diesmal geht alles reibungslos, das sagte ich wie eine Litanei auf, bis ich vor ihrer Tür stand. Als ich geklopft hatte (es gab einen uralten vergoldeten Türklopfer), kam ein Männchen mit etwas wirrem und dünnem Haar heraus, gab mir eine Visitenkarte mit ihrer Unterschrift. Dabei grinste das Männchen so, dass ich es anfuhr: Was soll das? Ich habe mit Frau Sirena ein Interview verabredet. Und als er sich nicht rührte, sagte ich laut, sie hat mir eine Stunde versprochen.
Haben Sie das schriftlich, mein Herr?
Wie blöd! Ich stieß das Männchen in den Bauch, dass es wie ein Käfer umfiel. So ein Affentheater! Mit diesen Worten ging ich an dem Käfer-Männchen vorbei, sprang die Stufen hinauf. Die schwere Tür schlug hinter mir zu. Der Diener ist draußen, der Mann von der Presse drinnen. Ich grinste und strich das borstige Haar aus dem Gesicht.
Sirena stand ganz oben auf der Treppe, das blauschwarze Haar umstand ihren Kopf wie eine Trophäe. Ausgelassen rief sie herab: Du hast es geschafft!

Was? Wie bitte?
Sie hüpfte auf einem Bein alle Stufen herunter, zog mich am Hosengürtel in eine helle und große Küche und sagte, du bist der Neue, stimmt's?
Ja, stammelte ich, denn ich wollte auf keinen Fall hinausgeworfen werden, ohne mit ihr gesprochen zu haben, mit einer Künstlerin, von der man in der Hauptstadt sprach.
Na dann, sagte sie, und zeigte auf ein großes Tranchiermesser, dann zeig mal, was du kannst!
Erst jetzt sah ich, dass in einer Wanne drei Karpfen schwammen, das Wasser blubberte, wenn sich ihre Kiemen öffneten. Ich griff hinein, als hätte sie mich dazu aufgefordert, und sagte, gnädige Frau müssen dazu aber verschwinden.
Ihr schien der Ton zu gefallen. Sie stand schon an der Tür und sagte, mit dem Vertrag sind Sie hoffentlich einverstanden?
Ja, ja doch, stöhnte ich, denn ich mühte mich, einen der glitschigen Fische zu fassen.
Also dann, sie zwinkerte mir zu, und war fort.
Da stand ich, der Mann von der Tageszeitung, der unbedingt mit der berühmten Sängerin ein Interview führen wollte.
Die Karpfen blubberten im dunklen Wasser. Ich wischte meine Hände an einem Leinentuch ab, griff die Tasche mit dem Aufnahmegerät und ging dahin, wo ich Sirena singen hörte.
Ich hörte sie, doch ich konnte die Sängerin im ganzen Haus und auch im Garten nicht finden. Ich ging, nein ich lief durch alle Räume, durch die Kellergewölbe, auch auf

dem Dachgarten sah ich nach, nirgends konnte ich die Sängerin entdecken, von der die ganze Stadt sprach.
Als ich zurückkam in die weiß gekachelte Küche, weil ich meinen Schal suchte, sprach sie leise zu den Fischen, beugte sich zu ihnen, spielte mit ihnen. Und dann entkleidete sie sich. Mit ruhiger Hand griff sie ins Wasser, zog einen der sich windenden Körper heraus, biss sich auf die Lippen, dann nahm sie das Messer in die rechte Hand.
Als ich nichts sagte, mich nicht rührte, wie gebannt auf den größer werdenden Fleck auf meinem Jackett starrte, schob sie mich durch die offene Tür in den Garten hinaus, zeigte mit dem Messer zum Ausgang. Sie lächelte, als sie mit dunkel rollender Stimme sagte: Die Stunde ist um, mein Herr!
Ich drehte mich um, packte sie an den nackten Schultern: Bitte!, stöhnte ich, und presste eine Hand auf die blutende Wunde: So gehe ich nicht!

## Ist er’s oder ist er’s nicht?

Die breite Fensterfront bietet einen phantastischen Blick auf Kuppeln und Dächer der Stadt. Manchmal fliegt ein Schwarm grau blitzender Tauben vom gegenüberliegenden Dach auf.
Fallen die Strahlen der Abendsonne schräg auf den Schreibtisch, springt Susen auf. „Feierabend, Franka!“ Sie schnippt mit den Fingern, lachend läuft sie ins Bad, lässt die Tür auf.
Sie lacht wie ein Vogel! Franka sieht Susen nach, fährt den Computer herunter, reckt sich. „Weißt du“, ruft sie, „dass ein Elektron gleichzeitig durch zwei Öffnungen dringen kann? Kannst du dir das vorstellen?“
„Womit du dich auch befasst! Pass auf, dass du nicht gleichzeitig bei dir zu Hause und bei deinem Liebhaber erscheinst, Franka!“
Ich sollte Susen ins Vertrauen ziehen, ihr die vertrackte Geschichte erzählen, ihr sagen, Clement ist verschollen, und der, der an seiner Stelle aufgetaucht ist, gleicht Clement aufs Haar. Nein, das geht nicht, ich würde mich lächerlich machen. Susen würde hartnäckig fragen, würde wissen wollen, wo Clement steckt.
Franka nimmt ihre Tasche, sieht sich suchend um. „Hast du meine Sonnenbrille gesehen?“
„Sie steckt in deinem Haar!“

Es ist kurz nach fünf, als die Frauen das Hochhaus aus Glas und dunkel glänzendem Granit verlassen.

„Fährst du gleich nach Hause?“
„Ich weiß nicht …“
„Wenn du es nicht eilig hast, könnten wir in die Ausstellung gehen, in der ich am Wochenende mit Mike war. Ich hab dir davon erzählt.“ Susen nimmt Frankas Arm. „Aus Marmor gemeißelte Körper. Träume! Was sag ich? Stellungen, zum Ausprobieren! He, was ist los mit dir? Du hörst ja überhaupt nicht zu! Hier, nimm den Katalog mit, vielleicht überzeugen dich die Abbildungen und du gehst mit Clement hin. Tschüss! Da kommt mein Bus!“
Nachdenklich geht Franka den Boulevard hinunter bis zur Münzstraße. Sie freut sich auf den Augenblick, wenn sie zu Hause ist und Clement auf sie zukommt. Zuerst schnuppert er am Rosinenbrot, danach küsst er sie.
Aber ist das Clement überhaupt, der in der Diele steht und genussvoll am Rosinenkuchen riechen wird? Ist das Clement, mit dem sie aus den Dänemark-Ferien zurückgekommen ist?
Sie geht jetzt schneller. Passanten mit Beuteln und Rucksäcken kommen ihr entgegen. Die Luft ist staubig und riecht nach Metall.
Die Bäckersfrau legt das Rosinenbrot auf den Ladentisch.
„Wie immer?“
Franka nickt, bezahlt und sagt danke! An der Tür dreht sie sich um, „bis nächste Woche!“

Fährt die S-Bahn in die Halle, wird Franka an einen Mitschüler erinnert, der mit ihr tagtäglich dieselbe Strecke fuhr.

Wenn du drei bis vier Schritte vom einfahrenden Zug entfernt stehst, kannst du erkennen, wo die Tür sein wird, grinste er. Garantiert findest du dann einen Platz!
Tatsächlich, es hat geklappt. Franka streckt die Beine aus, lehnt den Kopf ans Polster, schließt die Augen.
Schafe tauchen auf, die mit gesenktem Kopf auf dem Deich stehen. Neben dem Deich das graue, wellige Watt. Hinter dem Watt, inmitten der Heide, ihr Ferienhaus. Domizil für die Seele, hatte es Clement genannt. Nur nicht an jenem Abend, an dem er verschwand.

„Tu das nie wieder. Nie wieder!"
„Du bist ja eifersüchtig!" Sie versucht zu lachen, um die Spannung, die plötzlich im Raum steht, abzubauen.
„Ich verbiete es dir!" Clement schiebt die Zähne vor, kommt auf sie zu. Ein Stuhl fällt um. Mit einer Hand dreht er sie herum: „Tu das nie wieder, Franka! Hörst du?"
„Ich bin doch nicht taub! Was ist denn los mit dir?"
Die Schultern eingezogen, geht er an ihr vorbei, am Kühlschrank bleibt er stehen. Es sieht aus, als drohe er ihr. „Ich geh in den Club!" Er spricht abgehackt, zieht die Nase hoch. An der Terrassentür dreht er sich um. Und sie erschrickt über sein Gesicht. „Denk drüber nach, sonst …!"
Sie ahnt, was ihn aufgebracht hat. Die Strandparty gestern Nacht. Der Typ mit dem schulterlangen Haar, der nur mit ihr tanzen wollte, der sie an die Bar zog, redete und redete, bis er vor ihr auf die Knie gefallen war. Urkomisch!, hatte sie gerufen, als Clements Blick sie traf.
Die Terrassentür, durch die Clement grußlos gegangen ist, schlägt auf und zu. Franka stellt den Stuhl auf, kämmt sich,

zieht ein anderes T-Shirt an, nimmt das Rad und fährt in Harrys Bar.
In dieser Nacht ist sie nicht nach Hause gekommen. Erst am Morgen, gegen zehn, fuhr sie singend durch die Heide. Clements Bett war unberührt. Clement? Nichts rührte sich. Sie ging durch die Räume, lief mit nackten Füßen hinaus. Eine Hand über den Augen, blickte sie in alle Himmelsrichtungen. Wo konnte Clement sein?
Dann sah sie ihn. Denn wer sollte es sonst sein, der mit dem Gesicht zum Watt im Gras saß und rauchte. Stopp! Clement raucht nicht! Wellenartig drang die Gewissheit heran, das ist Clement nicht.
*Clement ist fort. Er kehrt nicht zurück.*
So plötzlich, wie der Vogelzug aufgetaucht war, ist er weitergeflogen. Auf dem Deich Schafe, dunkle und helle.
Wo bist du gewesen? Will sie rufen. Doch sie besinnt sich, geht langsam auf die Gestalt zu. Clement?, will sie fragen, etwas verschließt ihr den Mund.
„Du lernst rasch", sagt der Mann, der aufgestanden ist und einen hellblauen Pullover über die Schulter wirft.
„Komm frühstücken, Liebling! Oder bist du von der Liebe satt?"
Vielleicht sollte sie ihn jetzt nach Clement fragen.
„Ich weiß, woran du denkst", sagt der, der ihr den Brötchenkorb hinhält.
Ich denke an Clement!, will sie sagen, doch das Summen des kochenden Wassers stört sie. Sie steht auf, gießt das Wasser aufs Kaffeepulver. Während sie in die brodelnde Flüssigkeit starrt, hört sie sich sagen: „Ich kenne dich nicht."

Er schiebt seine Hand über den Tisch, lächelt. „Es wird sich so viel nicht ändern."
Oh doch!, möchte sie rufen. Denn plötzlich will sie, dass alle es wissen, das ist Clement nicht, der Mann, der mit mir am Frühstückstisch sitzt.
Clement, der ohne seine Morgenzeitung nie den Tag begann. Die Tageszeitung, die er sich an jeden Ferienort nachschicken ließ. Clement, der ausgeglichene, selbstlose Mann.
Stopp! So war er, bis zu jenem Abend, als er sich über eine Bagatelle aufregte und sie grußlos verließ.

Ob du auch eifersüchtig und zornig werden kannst? Franka sieht den an, der so tut, als wäre er ihr Mann. Sie dreht den Kopf, späht den Feldweg hinauf.
„Erwartest du jemanden?"
Jetzt muss ich ihm sagen, dass ich auf Clement warte, dass ich zur Polizei gehen werde, um ihn als vermisst zu melden.
Er nimmt ihre Hand, „iss noch etwas, Liebling!" Er träufelt goldgelben Honig auf ein Brötchen, schiebt ihr einen Bissen in den Mund.

Die S-Bahn hält. Nur wenige Schritte und Franka ist zu Hause.
Heute Abend will Clement in den Tai Chi-Kurs, den er seit dem Dänemark-Urlaub belegt hat.
„Du bist ja pünktlich, Franka!"

Als sie das Rosinenbrot aus der Tasche zieht, er seine Nase darauf drückt, fragt sie: „Wie verhalten sich Elektronen, Clement, weißt du das?“
Sie trinken Tee, den er aufgebrüht hat. Dazu gibt es das köstliche Rosinenbrot und Honig aus Dänemark.
Er stopft seine Pfeife, schaut sie an. „Wie kommst du auf Elektronen? Seit wann interessierst du dich für Quantenphysik?“
„Ich möchte es wissen!“
„Wenn ich aus dem Club zurück bin, reden wir, einverstanden? Jetzt muss ich los!“
Sie folgt ihm mit den Augen, geht ihm nach, versucht sich jede Bewegung einzuprägen.

Tor
Tuschmalerei, Collage auf Aluminiumblech
2015
60 x 40 cm

## Ein Stein für Bea

Immer wieder gleitet der Blick zu dem gelben Zettel, der heute Morgen unter ihrer Teetasse klemmte. Ihr Sohn hat die Nachricht aufgeschrieben: Name, Adresse. Sie soll zurückrufen, hätte ein Mann am Telefon gesagt.
Laut schlägt das Herz gegen den Rippenbogen. Marianne versucht die Erregung niederzudrücken, die sie überfallen hat, seitdem sie seinen Namen las. Wieder streift ihr Blick den Zettel.
Ach, lass mich doch in Ruhe! Mit beiden Händen versucht sie Haare aus dem Gesicht zu schieben. Nach Ewigkeiten meldet er sich, ha! Es ist nicht zu fassen!
Sie nimmt die Wäsche vom Ständer, legt sie zusammen. Wie kommt das rot gepunktete Tuch hierher? Spinne ich total? Nachdem Benno sang- und klanglos verschwunden war, hat sie sein Tuch nie wieder umgebunden. Vorsichtig betastet sie den Stoff, seidenweich schmiegt er sich in ihre Hände.

Eine Kleinstadt irgendwo in Ostdeutschland. Sie wird sechzehn oder siebzehn gewesen sein. Die Lehrstelle in der Bibliothek, um die sie sich beworben hatte, bekam Marianne nicht. Nun stand sie im Labor, untersuchte Blut, Urin und andere Proben.
Wann beginnt das sich Fügen, das nicht Aufbegehren?
Die Oberschule durfte sie nicht besuchen, die Tochter des protestierenden Pfarrers. Sie war nie brav, aber sie fügte

sich, brauchte einen Berufsabschluss, um frei zu sein vom Elternhaus. Das war ihr Ziel.

Wasserwellen gleich spülen die Bilder heran.
Ein Tanzsaal in einem Dorf nahe der polnischen Grenze. Sie genoss es, zum Tanzen aufgefordert zu werden. Karen hatte ihr die Haare hochgesteckt und ihr die Lippen angemalt. Wie aus dem Märchenbuch getreten, lehnte er in der Tür. Der Boxer, der sich wie ein Weltenbummler gab. Später hielt er eine Blondine im Arm. Das Paar tanzte an ihr vorbei, er grinste frech. „Das ist meine Schwester", sagte Benno. So hieß er.

Durchs Küchenfenster beobachtet Marianne einen Lastwagen, der gefrostete Lebensmittel anliefert.
Sie kann sich nicht erinnern, mit Benno getanzt zu haben, weder an jenem Abend, als er auf sie zukam, noch später. Sie erinnert seine Hände, die gerade geschnittenen Fingernägel. Doch worüber haben sie gesprochen? Was war ihnen wichtig gewesen?
Samstagnachmittag trafen sie sich, sein Zug kam aus der einen, ihr Zug aus der anderen Richtung. Sie war erschrocken, als sie das verfärbte Auge sah. Vom Boxkampf, sagte er; Ironie in seiner Stimme. Er sprach wenig über sich. Sein Vater war tot, hatte, wie seine Vorfahren, im Forst gearbeitet. An einem Wochenende stellte er sie seiner Mutter vor.
Nach zwei Jahren der letzte Brief, zwei Sätze. „Meine Mutter und meine Schwester sind in den Westen geflohen. Ich kann dich nicht mehr sehen. Benno."
Da wusste sie, ich liebe diesen Jungen mit dem Schlenkerschritt, dem blau geschlagenen Auge.

Irgendwann hörte sie, er lebe irgendwo im Norden der Republik. In einer Sportzeitung entdeckte sie seinen Namen, auch ein Foto war zu sehen. Es zeigte Benno in einer Boxarena.

Marianne hebt das Kinn, wozu? Wozu Altes hervorholen! Bleib wo der Pfeffer wächst, Benno! Meine Tochter hab ich allein großgezogen, oder soll ich unsere Tochter sagen?
Es geht mir gut, dich brauche ich nicht! Irgendwann hab ich dein Foto und deine Briefe verbrannt.

Der Zettel hat Marianne durcheinandergebracht, dabei sollte sie längst am Schreibtisch sitzen. Das Manuskript liegt seit zwei Wochen hier. Sie hat ihrem Verleger zugesichert, bis zum Monatsende das Gutachten geschrieben zu haben. „Der Autor wartet, unser Autor", sagte der Verlagsleiter.
Sie wäscht sich die Hände, schaut in den Spiegel. Noch kann sie sich sehen lassen. Obwohl, der jugendliche Schmelz ist dahin. Und doch, wenn sie das Kinn hebt ... Sie trällert einen Schlager, dreht den Hintern, als sie in ihr Zimmer geht.

„Deine Werkstatt", so hat Trotta den hellen Raum genannt, in dem sie ungestört arbeiten kann.
Trotta hatte das alte Haus an der Spree entdeckt. Er konnte es nicht erwarten, es Marianne zu zeigen. „Du musst am Wasser wohnen, Maren!" So nannte er sie.
In die Arbeit an dem alten Kasten mussten sie viel Zeit investieren. Trotta entrümpelte den Dachboden, ließ neue Balken einziehen.

„Du brauchst viel Platz, den bekommst du jetzt."
Wie er sich freute, wenn sie glücklich war. Trotta ist tot. Sie muss versuchen, ohne ihn weiterzuleben.

Benno war nicht ihr Mann. Er war auch kein Freund. Wer war er dann? Von einem Tag auf den anderen war er aus ihrem Leben verschwunden, so, wie er aufgetaucht war. Seinen letzten Brief hat sie nie verstanden. Tagelang herumgerätselt, wo er sein kann. Ein Jahr darauf, während der Ferien bei ihren Eltern, hat sie seine Briefe verbrannt.

Marianne schließt das Badfenster. Benno, das Standbild! Was für ein Quatsch! Sie fasst sich an die Stirn, aber genau das war er. Einer, der in einem Park steht, und alle bleiben stehen und sehen die Skulptur an. Nein! So war Benno nicht. Gerecht will sie sein. Und doch, etwas ist wahr an diesem Bild.
Und sie? Wer war sie in dieser Zeit?
Ein Mädchen mit flachsblondem Zopf oder Pferdeschwanz. Die Klamotten bekam sie aus dem Westen, von den Verwandten. In den Päckchen Strumpfhosen und Kaffee. Zigaretten und Bücher. Bücher waren das Wichtigste. Böll, Frisch. Gedichte der Bachmann, die sie Benno vorlesen wollte. „Versteh ich nicht!", wehrte Benno ab.
Ob sie ihn erkennen würde? Schluss damit! Ich muss ans Manuskript, sonst verärgere ich mir meinen Brötchengeber.
Das Telefon! Ob er es ist?
„Benno?"
„Du lachst noch genauso, Marianne!"
„Woher hast du meine Telefonnummer?"

„Du warst neulich in einer Talkshow! In der Sendung *Am Tag, als ich einen Ausreiseantrag stellte*. Du bist auch abgehauen, stimmt's? Oder heißt es ausgebürgert worden?"
„Spötter!"
„Als ich dich im Fernsehen sah, Marianne, hab ich gedacht, sie hat sich kaum verändert, ist noch genauso hartnäckig, weiß, was sie will. Und schön ist sie auch."
„Aufschneider!"
„Dein Nachfragen fand ich gut, damit hast du den Stasioffizier, der mit in der Runde saß, ins Schleudern gebracht. Er behauptete tatsächlich, die Zersetzungsmaßnahmen der Stasi gegen aufmüpfige Bürger waren durch die Gesetze legitimiert."
„Du hast genau zugehört, bravo, Benno."
„Hab ich. Ich war ja so aufgeregt, als ich dich da sitzen sah. Das schulterlange Haar, nicht mehr blond ... Das Blitzen in den Augen ... Plötzlich warst du in meinem Zimmer, Marianne!"
Schweigen in der Leitung.
„Wie ich erfuhr, hat dir deine Haltung das Genick gebrochen. Ja, ich hab mich blöd ausgedrückt, verzeih! Bist du immer noch politisch aktiv, Marianne?"
„Darüber reden wir, wenn wir uns sehen."
„Ich fahre Rad, wir könnten zusammen ..."
„Rad fahren?"
„Überleg es dir, Marianne."

Sie wirft das Handy aufs Sofa. Er hat sich überhaupt nicht verändert! Wieso ruft er an? Was will er?

Als Bea geboren war, wollte ich ihm sagen, dass er eine Tochter hat. Jetzt ist es zu spät. Bea wird dreißig in diesem Jahr, sie kennt Benno nicht. Gerade macht sie ein Praktikum in einem renommierten Verlag in New York, ist begeistert von der Stadt, wie ich es war.
Ich weiß noch genau, wie glücklich ich war, als ich das Stipendium für New York bekommen hatte.
Nie hab ich vergessen, wie ich aus dem Hotel auf die Straße trat, nach oben sah ... Oh mein Gott! Plötzlich bekam ich keine Luft, begann zu hecheln, konnte mich weder in die eine noch in die andere Richtung bewegen, starrte nur immer zu den Wolkenkratzern hinauf.
Jemand tippte mich an, nahm meinen Arm, führte mich zum Hotel zurück.
In diesem Hotel bin ich Trotta das erste Mal begegnet. Er ließ mich nicht aus den Augen. Nein, das ist nicht richtig ausgedrückt. Trotta zeigte mir seine Stadt. Er war es, durch den ich die andere Welt kennenlernte, die mir bis dahin verschlossen war.

Marianne zieht den Pullover aus. Das Thermometer zeigt zwanzig Grad, nachdem es in der Nacht auf sieben Grad gesunken war. Trotta wollte immer, dass sie es warm hat. Er sorgte sich um sie.
Und um Bea, ihre Tochter. Von Benno hat sie Trotta nie erzählt. Er hat nicht gefragt.
Bea hat deinen Gang, Benno! Auch das feine, rötliche Haar.
Natürlich hat Bea nach dir gefragt. Ich hab ihr mit knappen Worten zu erklären versucht, wie es damals war. Eigenar-

tig, dass Bea nie wissen wollte, wo du lebst. Aber sie hat immer auf ein Zeichen von dir gewartet, auf ein Geburtstagsgeschenk. Sicher wurde sie durch die Kälte abgeschreckt, die ich ausstrahlte, so wie sie deinen Namen aussprach.
Das kluge Kind ist inzwischen eine selbstbewusste Frau. Ich bin unsicher, ob ich ihr am Telefon von deinem Anruf erzählen soll. Einmal, ich weiß nicht mehr wann, hab ich ihr die vergilbte Sportzeitung geschenkt und auf das Foto gezeigt. „Das ist Benno, dein Vater."

Ein regnerischer Novembertag. Bea war vom Reiten nach Hause gekommen, schaltete sofort den Fernsehapparat ein, blieb wie gebannt stehen. Menschen grölten und lachten, einer schlug mit einem Hammer auf eine graue Wand. „Mama!", schrie sie, „sie schlagen die Mauer ein!" Und dann, als glaubte Bea nicht, was sie sah, rief sie: „Ich glaub, ich hab Benno erkannt!"
Ich war gerade mit einem schwierigen Text befasst, murmelte abwesend: „So?"
Plötzlich überschlug sich Beas Stimme: „Mami!", schrie sie außer sich, „das ist wirklich Benno, der Mann, der da spricht!"

Marianne brennt sich ein Zigarillo an, sieht dem hellen Rauch nach, der aus dem Fenster zieht. Bevor sie mit dem Text beginnt, will sie noch einen Kaffee trinken. Im Glas aufgebrüht, wie ihn Bea mag. Mit dem Kaffeeglas in der der Hand setzt sie sich in den Schaukelstuhl, vorher schaltet sie das Radio ein.

Plötzlich unterbricht eine Männerstimme die Musik, räuspert sich, versucht zu sprechen. „Zwei entführte Flugzeuge rasten innerhalb von achtzehn Minuten ins World Trade Center in New York. Es ist unfassbar, was hier geschieht."
Lautes Atmen ist zu hören, bis die Radiostimme hastig weiterspricht: „Zwei Passagierflugzeuge haben die Türme des World Trade Centers in New York durchschlagen."
Wie in Trance schaltet Marianne das Fernsehgerät ein. Sie kennt die Zwillingstürme. In der zwölften Etage hatte Trotta sein Büro.
Jetzt sieht sie, wie ein Flugzeug heranfliegt, sieht eine Flamme, kann nicht fassen, worum es geht. Ein Mensch guckt zu den brennenden Etagen hinauf, dann springt er in die Tiefe. Flammen. Flammen. Brodelnder, schwarzer Rauch. Die Türme brechen zusammen.
Marianne wankt zum Telefon. Bea ist in New York, sie muss sie sofort erreichen, muss ihre Stimme hören.

„Dort! Da sitzt Marianne Trotta." Der Arzt zeigt auf eine Bank im Klinikpark. Langsam dreht er sich um, sieht dem Mann ins Gesicht, der vor ihm sitzt.
„Sie zeichnet, zeichnet immer dasselbe Gesicht."
„Wen zeichnet sie denn?"
„Gehen Sie zu ihr. Schauen Sie sich die Bilder an, vielleicht redet sie mit Ihnen, mit uns spricht Frau Trotta nicht."

Drei Monate sind vergangen. Heute wird Marianne aus dem Sanatorium entlassen. Benno hat sie an jedem Wochenende besucht.

Sie fahren Rad, auf dem ehemaligen Grenzstreifen, nahe dem Dorf Stolpe.
„Hier ist es heller als anderswo. Damals, als sie hier die Grenze zogen, die Mauer bauten, wurden alle Bäume abgeholzt. Auf freier Fläche konnten Flüchtende sofort gestellt werden."
Oder erschossen werden, weiß Benno, der zu ihr sieht.
Sie sitzen auf einem Feldstein, vor ihnen ein Gerstenfeld, zwischen den Halmen Kornblumen und roter Mohn.
„Das Getreide müsste gemäht werden!" Benno reibt eine Ähre zwischen den Fingern, schaut Marianne an. „Ist das Radfahren nicht zu viel für dich?" Er zieht eine Wasserflasche aus seinem Rucksack. „Möchtest du?"
Marianne nickt, zeigt auf eine breite Sandspur. „Hier ist Bea, nachdem die Grenze offen war, immer geritten!"
Benno legt seinen Kopf an ihre Schulter. Sie blickt in Augen, die sie an ihre Tochter erinnern. Jetzt hebt sie den Blick, starrt in die Wolken.
„Was murmelst du?"
Sie schweigt, sieht hinauf zu den Wolken.
Er ist aufgesprungen, „wollen wir weiterfahren?"
„Warte noch, Benno", sagt Marianne und versucht aufzustehen.
Er sieht, wie sie schwankt, wie sie sich kaum auf den Beinen halten kann.

„Der 11. September", hat der Arzt im Sanatorium zu ihm gesagt, „hat alles verändert. Auch sie!" Schweigend hat er auf die Bank im Klinikpark gezeigt. „Frau Trotta hat ihre Tochter verloren. Davon erholt man sich nie."

Die Männer sahen sich an. Der Arzt, der einen Unterlippenbart trug, hob eine Hand. „Es ist, als hätte Frau Trotta sich selbst verloren.“ Seine Hand hing in der Luft. Plötzlich straffte er seinen Oberkörper. „Aber Sie! Sie sollten Frau Trotta wieder zum Sprechen bewegen.“

„Wollen wir weiter, Marianne?“ Benno reicht ihr eine Hand, mit der anderen hält er das Rad fest. Sie ist ein Mädchen geblieben, sieht er, selbst wenn sie so müde aussieht wie jetzt. Behutsam zieht er sie hoch, wie gern würde er sie in seine Arme nehmen.
Abrupt lässt sie seine Hand los, reißt ihren Mund auf.
„Dein Schrei“, sagt Benno, als sie am Abend in ihrem Zimmer sitzen, „der gellende Schrei hat dich …“ Er legt seine Stirn an ihre Stirn. „Dein Schrei hat uns gerettet.“

## Die Heilige Brücke in Prag

In den Gassen Stille, wie sie Kafka erlebt haben wird, wenn er nachts hier entlangging – mit seinem Freund Max oder allein.
Elsa ist in Prag, um ihre Freundin Bella zu besuchen.
Du wohnst bei mir!, hat Bella am Telefon entschieden. Keine Widerrede! Ich freu mich doch so, dich wiederzusehen.

Heute will Elsa allein die Stadt erkunden. Sie möchte auf die Kleinseite zum Hradschin wandern. Die St.-Georgs-Basilika auf dem Burggelände ist ihr Ziel. Romanische Architektur hat sie immer interessiert. Erst neulich schwärmte ein Kollege von den Freskenmalereien in den Bogenfenstern der Basilika.
Und wer begegnet ihr auf der Karlsbrücke?
Josua, sagte er, würde er heißen, als sie stehen geblieben war und seinem Geigenspiel lauschte. Sie kamen ins Gespräch. Josua erzählte von der Brücke, auf der sie standen, berichtete, dass die Karlsbrücke einmal einen anderen Namen hatte und ganz anders aussah.
„Genau an dieser Stelle überspannte sie den Fluss“, sagte der Junge mit dem hellen gekräuselten Haar, dem offenen Blick. „Damals hieß sie Judith-Brücke, sie wurde im Jahre 1172 gebaut. Es war die erste Steinbrücke über die Moldau.“
Elsa schaute hinunter auf das grünstichige Wasser. Da es ziemlich kalt war, lud sie Josua kurz entschlossen auf einen

Kaffee ein. Behutsam legte er die Geige in den Kasten, schlenderte mit ihr über die Brücke bis zum Ende. Sie durchquerten den nahen Park, bogen nach rechts, und da war es auch schon, das Dunkle Café, das sie vor langer Zeit mit Rex entdeckt hatte. Diese Kellerlokale waren ein Geheimtipp, man fand sie zufällig oder wurde durch Prager Freunde hingeführt. Es gab keine elektrische Beleuchtung, auf den Tischen brannten Kerzen, hundert Lichter, so kam es ihr vor.
„Erzähl von dir“, sagte Josua. Er wippte mit dem rechten Fuß. „Ich kann meine Füße nie stillhalten, stört dich das?“
Sie plauderten, bis Elsa auf die Uhr sah. „Ich muss los, hab mich schon verspätet.“
„Sehen wir uns morgen?“, fragte der Junge, der vielleicht fünfundzwanzig Jahre alt war.
„Hast du eine Handynummer?“ Nein, die hatte er nicht.
„Ich bin da, wo du mich heute getroffen hast. Kann ich mir noch einen Kaffee bestellen?“
Elsa legte einen Schein auf den Tisch, dann war sie fort, winkte einem Taxi, das sich durch den dichten Verkehr quälte, bis sie bei Bella war, die mit hochrotem Gesicht am Herd stand.

„Endlich! Ich dachte schon, dir ist was passiert. Wo bleibst du denn nur!“
„O, es gibt Böhmische Knödel!“
Elsa läuft ins Bad, lächelt, wenn sie an den Jungen denkt.
Die Frauen speisen. Es schmeckt vorzüglich, wie immer bei Bella.

„Und jetzt der Nachtisch, Wiener Leckerli, die du so gern magst, Elsa!"

Josef, Bellas Vater, stammte aus Wien. Vor zwei Jahren ist er gestorben. Bella organisiert Ausstellungen seiner Werke. Ihre Großmutter ist in Theresienstadt umgekommen.
„Gestorben, sagen sie", Bellas Mundwinkel zucken, wenn sie von der Großmutter spricht.
Bella besucht keine Synagoge, aber hier am Tisch zündet sie am Freitagabend die Schabbes Kerzen an. Und sagt den Segensspruch.

„Warum kommst du mich nicht einmal besuchen?", will Elsa wissen, während ihr Blick über den Frühstückstisch schweift. Die gestickte Decke könnte von der Mama sein.
„Ich kann nicht, kann nicht nach Deutschland fahren, das weißt du doch, Elsa! Aber dafür begleite ich dich heute auf deinen Streifzügen durch Prag."
Bella verschwindet im Bad, schlüpft in Hackenschuhe, drückt einen dunklen Hut mit schmaler Krempe aufs gefärbte Haar. „Wie sehe ich aus?"

Sie fahren mit der Straßenbahn, steigen in der Altstadt aus.
„Wohin willst du?"
„Ins Atelier!"
„Das gibt es noch?"
„Ja!, wieso nicht? Wo sollen Josefs Bilder denn hin? In der Wohnung ist kein Platz, das hast du gesehen."
Im Atelier, unmittelbar am Altstädter Ring, sieht es so aus, als wäre der Maler nie weg gewesen. Endgültig, denkt Elsa, Josef ist endgültig fort, nur seine Tochter scheint es nicht zu begreifen. Bin ich deswegen nach Prag gekom-

men, um mich ihrem Vaterkomplex auszusetzen? Aber was wäre Freundschaft, wenn sie Bella nicht auf den Kopf zusagte, wie absurd es ist, das Atelier weiterzuführen und alles so zu belassen, als käme Josef zurück.
Am Haken die Baumwollmütze, die Josef nie abnahm. Auf dem Tisch, genau wie Elsa es in Erinnerung hat, eine angebrochene Flasche Wein, daneben das grüne Glas, aus dem Josef immer trank. Hier haben sie gesessen, Josef und Alma, Rex und Elsa.
Josef gefiel ihr sofort, sie mochte den Wiener Slang. Der hochgewachsene Mann mit den buschigen Augenbrauen sprach wenig, seine Mimik verriet, ob er einverstanden war mit dem, was auf der Leinwand entstand. Josef zog immer ein wenig den Kopf ein, wollte nicht größer sein als die, mit denen er sprach. Über Theresienstadt haben sie nie gesprochen.
Elsa ist weitergegangen, sieht sich um. Bella hat recht, wohin mit den vielen Bildern und Skulpturen? „Interessiert sich die Stadt nicht für seine Künstler?"
Bella tut so, als hätte sie die Frage nicht gehört. „Ich koch uns einen Espresso, wie früher, willst du? Der alte Spirituskocher ist noch intakt."
Er steht in derselben Ecke wie vor zwei Jahren, als Elsa hier war, um Josef wiederzusehen, der schon krank aussah. Bella nippt am Espresso. „Jeden Tag gehe ich hierher, lüfte, reinige die Rahmen, betrachte die Bilder, manchmal wische ich auch den Fußboden."
Wozu tust du das? Elsa stellt die Frage nicht, sie will Bella nicht verletzen. Die Freundin kann aggressiv reagieren, wenn es um den Vater geht.

Elsa versucht in Bellas Gesicht zu lesen, was geht in ihr vor? Hast du jemanden, der dich ins Konzert begleitet? Auch diese Frage stellt Elsa nicht. Obwohl, über Musik konnten sie immer unbefangen reden.
Seit wann tanzt Bella nicht mehr? Wovon lebt sie überhaupt? Sie organisiert Ausstellungen, hat sie gesagt. Bella ist zehn Jahre älter als sie, also bekommt sie eine Rente, doch davon kann sie nicht zwei Wohnungen unterhalten. Warum sag ich nicht laut, was ich wissen möchte, verflixt! Wieso will ich mich immer schützen?, dabei würde es mir guttun, offen mit Bella zu reden.

„Erzähl von dir! Wie lebst du auf dem Land, nachdem du so lange in der Großstadt warst? Woran arbeitest du?"
Elsa stöhnt, und doch ist es gut, wenn sie gefragt wird. So ist sie genötigt, Rede und Antwort zu stehen. Rede und Antwort, pah!
„Ich pirsche mich mal wieder an ein schwieriges Thema heran."
„Ah! Waren deine Projekte nicht alle schwierig?"
„Ach, weißt du, diesmal geht es um etwas total anderes, etwas, das mir nicht im Traum eingefallen wäre. Es geht um Maria Magdalena und Jesus."
„Jesus, du?" Bella lässt sich rücklings aufs Sofa fallen, so lachen muss sie. Die andere wirft sich neben sie. Sie umarmen sich, und Elsa kriegt mit, wie Bella weint. Vorsichtig tupft sie der Freundin Tränen vom Gesicht, die aufsteht, sich reckt.
„Der Jazz-Messias, der passt jetzt, oder? Erinnerst du dich? Die Platte haben wir mit Papa zusammen gehört. Mein Gott, wie wir dazu getanzt haben!"

Bella hebt die Füße, der weite Rock dreht sich, das eng anliegende T-Shirt lässt sie jünger erscheinen. Sie streckt Elsa eine Hand hin, schnippt mit den Fingern. Die Frauen tanzen an den Bildern vorbei, die Schuhe fliegen in die Ecke.
„Wie schön das Leben ist, wenn du hier bist!" Bella umarmt die Freundin. „Heute bekommst du endlich dein Bild! Du weißt doch, dass Papa dich gemalt hat?"
„Klar weiß ich das."
„Josef wollte, dass du das Bild bekommst, aber ich mochte mich von keinem Stück trennen. Du kennst mich ja." Mit schnellen Schritten durchquert Bella den Flur, stößt eine Tür auf. „Hier sind fast alle Bilder, auch dein Bild wird dabei sein. Ja, sieh dich um, Liebes!"
So hat Bella sie noch nie genannt. Es klingt weich und zärtlich. Sie kichern, während Bella ein Bild nach dem anderen herauszieht.
„Hier ist es! Da schau, das bist du!"
Das war ich einmal! Elsa kann sich an die Sitzungen genau erinnern, auch daran, wie sie Josef gefragt hat, wieso malst du mich so? Josef küsste sie auf die Wange. „Darum, Mädchen, darum! Ich könnte ebenso sagen, weil du so traurig aussiehst." Josef lächelte in sich hinein.
Hier, im Atelier, umgeben von Bildern und Skulpturen, fühlte Elsa sich wohl. Josef hörte ihr zu, knurrte ab und zu, nahm die Flasche vom Tisch, trank einen Schluck.

Sie war achtzehn, als sie Josef das erste Mal begegnet war. Rex wollte unbedingt den *Prager Frühling* erleben. Er wollte sich mit einem Kameramann treffen, um mit ihm

über ein Projekt zu sprechen. Über eine Agentur bestellte er ein Hotelzimmer und Konzertkarten. Sie wohnten am Wenzelsplatz, im Hotel Savoy. Vor dem Hotel livrierte Pagen, stumm wie Soldaten, seltsam anmutend in einem sozialistischen Land.
Rex war mit dem Kameramann verabredet, während sie die Stadt durchstreifte. Es gefiel ihr, ohne Ziel loszuziehen.
Die Wände im Frühstückssalon dunkelrot glänzende Seide. Schwere Lüster aus Metall, Edelsteinen und Glas. Weiße, geraffte Perlongardinen, die kaum Tageslicht hereinließen. Die Höflichkeit der Kellner fiel ihr auf. Sie wusste wenig darüber, wie die Menschen hier lebten, wie viel sie verdienten, wusste auch nicht, dass Rex und sie zu den Valuta-Touristen aus dem Westen gezählt wurden.
Sie versuchte mit einem Kellner ins Gespräch zu kommen. Er lächelte scheu, holte seinen Chef. Meine Dame, sagte der, es ist bei uns nicht üblich, mit Gästen zu reden! Dabei deutete er in Richtung des Mannes, der wie angewurzelt an der Tür stand, sich sofort wegdrehte, als sie zu ihm sah. Rex war es, der sie am Abend über den Staatssicherheitsdienst aufklärte.

Bruno, der Kameramann, machte sie und Rex mit Josef bekannt. Sie trug ein ausgeschnittenes Blümchenkleid, Pumps mit Pfennigabsätzen und eine orangerote Tasche über der Schulter. Willkommen, Zigeunerin!, rief Josef, als er sie sah. Wäre Bella nicht an jenem Abend aufgetaucht, hätte sie Josef verführt, oder er sie.
Elsa muss schmunzeln, wenn sie an die erste Begegnung denkt. In dem Augenblick, als Bella die Szene betrat, ein

rundes Brot in den Händen, wusste sie, diese Frau will ich kennenlernen. Sie wollte nichts von ihr, wollte nur wissen, wer ist dieser Mensch. Das war das Einzige, woran Elsa denken konnte, auch in der Nacht, als Rex' Kopf in ihrem Schoß lag.

Für den nächsten Tag war sie mit Bella verabredet. Der Park, durch den sie schlenderten, gehörte einmal einer Prinzessin, erklärte ihr Bella.
„Der Adel wurde nach 1945 vertrieben. Das fanden wir damals richtig. Alles, was den Aufbau des Sozialismus stören könnte, sollte mit der Wurzel ausgerottet werden. Erst viel später hab ich darüber nachgedacht, und manches anders gesehen. Auf diese Weise sind kluge Köpfe in Gefängnissen und Lagern verschwunden."
Sie lagen im Gras neben dem schnell dahinfließenden Fluss. Elsa begriff wenig von dem, worüber Bella an diesem Vormittag sprach.
Bella, die Tänzerin am Nationaltheater, war aufgesprungen, legte einen sagenhaften Spagat hin. „Aber jetzt", schrie sie laut, „kommt eine neue Zeit! Hast du von Dubček gehört? Er hat im Februar die Pressezensur aufgehoben. Weißt du, was das für uns bedeutet? Es wird freie Wahlen geben! Kannst du Rex bewegen, länger hier zu bleiben? Wir müssen es unbedingt dokumentieren, was hier geschieht, auch Interviews müssen wir führen. Frag Rex, bitte! Es geht um einen anderen, um den wahren Sozialismus!"
Es hörte sich an, als würde Bella eine Fahne schwenken. Über ihr ein Himmel in lichtem Blau.

„Du!“ Bella schob Elsa eine Kirsche in den Mund, „wenn ich du wäre! Ich wüsste, was ich täte!“ Sie sprang wieder in die Luft. „Die ganze Welt steht euch offen! Und was tut ihr?“
„Wie meinst du das?“ Elsa blinzelte ins Sonnenlicht.
„Weißt du überhaupt, was du willst, Mädchen? Du scheinst keine Ahnung zu haben von dem, was sich hier gerade abspielt! Wie naiv ihr doch im Westen seid!“
Der Stachel saß, er würde Elsa ein Leben lang begleiten.
Bella schlang die Arme um Elsas Hals. „Du wirst mich vergessen, wenn du wieder zu Hause bist!“ Was sollte sie antworten, da sie weder an morgen noch an übermorgen dachte.
„Komm heute Abend in meine Vorstellung“, sagte Bella, als sie sich vor dem Hotel verabschiedeten. Elsa schwieg, sagte nicht, dass Rex heute noch zurückfahren würde. Sie umarmte Bella, legte ihr die orangefarbene Tasche über die Schulter.
„Da kommt Rex!“, rief sie, und ließ Bella los.

Dreiundzwanzig Jahre später sollten sie sich wiedersehen. Rex stand auf einer Liste, durfte nicht wieder in die ČSSR einreisen. Er verbot Elsa, allein dorthin zu fahren, sagte immer wieder: Es ist viel zu gefährlich für dich!
Zwei, drei Briefe schrieb Bella noch. Hat sie geantwortet? Aus Italien oder Griechenland wird sie eine Karte geschrieben haben.

Der *Prager Frühling* wurde im August 1968 beendet. Sowjetische Panzer machten der Euphorie ein Ende. Auch

Truppen aus dem sozialistischen deutschen Staat warteten an der Grenze auf ihren Einsatz, wie Elsa durch Rex erfuhr. Die politische Situation verschärfte sich in der ČSSR. Künstler und Intellektuelle verließen das Land. Oder saßen im Gefängnis, wie Bella. Das erfuhr Rex von Bruno, dem Kameramann, dem über Jugoslawien die Flucht gelungen war.
Bella war eine der Unterzeichnerinnen der Charta 77, einer Bürgerrechtsbewegung, die trotz staatlicher Verfolgung zu politischen Aktionen aufrief, erklärte ihr Bruno, der dieser Gruppe angehört hatte. In Elsa ging eine Veränderung vor. Sie unterstützte Bruno, der alles versuchte, um Bella aus dem Gefängnis zu holen.

Dann geschah das Unglück, Elsas Tochter Nelli starb. Nur ganz selten noch, wie aus dichtem Nebel, tauchte Bellas Gesicht auf, das gleich wieder verschwand.
Freude, Glück waren seit dem Unfall aus Elsas Leben gestrichen. Rex hatte sich nach Nellis Tod total in seine Arbeit verkrochen. Von da ab lebten sie getrennt.
Bruno hielt den Kontakt, durch ihn erfuhr Elsa, dass Bella aus dem Gefängnis entlassen war. Ruf sie an! Sie wartet darauf, sagte er.

„Und dann klingelte das Telefon“, Bella schaut Elsa an, „und ich hörte deine Stimme, die ich sofort erkannte. Komm her!, bat ich, komm mich in Prag besuchen! Das geht nicht, flüstertest du, als würden andere mithören. Klar würde der Geheimdienst mithören, aber ich war gefeit, hatte meine Zeit abgesessen. Ich zog einen Stuhl heran, setzte mich und wartete, dass du noch etwas sagen würdest.

Es rauschte in der Leitung. Gib mir deine Telefonnummer!, schrie ich, denn ich fürchtete, sie würden uns gleich wieder trennen. Wann kommst du?, rief ich, wann kommst du nach Prag, Elsa?“

Kurze Zeit später kam es in der Tschechoslowakei, wie in den anderen sozialistischen Ländern, zu einer friedlichen und gewaltlosen Revolution, die das kommunistische Regime beendete.
Nun konnte Elsa ohne Komplikationen nach Prag reisen.
Elsa und Bella fielen sich in die Arme, ließen sich nicht los, bis Josef, der hinter Bella aufgetaucht war, in die Hände klatschte.

So war es. Oder? Was erinnerst du, meine Liebe? Nein, Elsa wird Bella jetzt nicht stören, sie nicht danach fragen, sie gehen behutsam miteinander um. Bella spricht nie über die Zeit im Gefängnis.

Josef sagte damals, Bella will es nicht, also respektiere du es auch!
Der alt gewordene Maler, der noch immer aufrecht stand, goss ihr einen Weinbrand ein, reichte ihr das Glas. Es ist so! Bestätigte er noch einmal. Was wissen denn wir? Josefs Stimme bebte. Nichts! Nichts wissen wir, wie es da drinnen zugeht. Lies, was sie aufgeschrieben haben, die das sozialistische Zuchthaus überstanden.
Ist nun eine neue Zeit angebrochen? Was meinst du, Mädchen, glaubst du daran?
Josef nannte sie tatsächlich Mädchen, obwohl sie über vierzig war. Er beugte sich vor, du bist noch immer eine Augenweide, du mit deinem Hexenblick!

Mein Gott! Er schüttelte sein Haupt, ich weiß von deinem Unglück, Bella hat es mir gesagt. Wir werden nicht verschont, wo wir auch leben. Es trifft uns unvermutet, nie sind wir darauf vorbereitet, wie sollten wir? Als ich von Nelli hörte, von dem Unfall ... Josef presste die Hände vors Gesicht. Da wollte ich sofort zu dir fahren. Weißt du auch, was mich daran gehindert hat? Die deutschen Beamten. Ihnen kann ich nie wieder begegnen, in ihnen werde ich immer einen Nazi finden. Die Nazis haben meine Familie umgebracht.
Seine Stimme war nur noch ein Hauch. Josef schluckte, zog ein Taschentuch heraus, ging auf Elsa zu, nahm ihre Hand. Bitte verzeih, ich hätte zu dir fahren müssen, unbedingt! Aber ich konnte es nicht.
Josef bat sie um Verzeihung? Ihr Volk hatte seine Familie ausgerottet. Als sie aufsah, stand Josef vor der Staffelei, schien vergessen zu haben, dass sie hinter ihm auf dem Plüschsofa saß. Leise zog sie ihre Jacke an, wollte unbemerkt die Tür erreichen. Geh jetzt nicht!, bat er. Bleib einfach nur sitzen. Geht das, kannst du das, Elsa? Ich möchte dich malen, wenn du es erlaubst?

Bella schiebt die Tür zu, hinter der Josefs Bilder dicht gedrängt stehen.
„Nimmst du dein Bild nun mit? Oder, warte! Ein Bekannter fährt demnächst mit dem Auto nach Hamburg, dem könnte ich es anvertrauen. Was meinst du, Elsa?"
Elsa nickt, sie weiß schon, wo das Bild hängen wird. „Nur unter einer Bedingung!"
„Keine Bedingungen!"

„Bitte, komm mich besuchen! Es sind mehr als 60 Jahre vergangen! Die meisten Deutschen, die Nazis waren, sind tot."
„Ich überleg es mir."
Hat sie gesagt, sie überlegt es sich? Elsa springt in die Luft, reißt die Freundin hoch, wirbelt sie herum.

Am Nachmittag bummeln sie durch die Altstadt. Gehen über den Jüdischen Friedhof, stehen an Josefs Grab. Die Steine, die sich gegenseitig stützen, werfen Schatten, die sich auflösen, als Elsa näher tritt und versucht, die verwitterten Schriftzeichen zu entziffern.
Der aufkommende Wind wirbelt trockenes Laub auf.
Eine Gruppe nähert sich. Es sind junge Leute, die vor einem Grabstein stehen bleiben. Worte dringen zu den Frauen heran.
„Das Hexagramm, das Davidschild, das auf dem Stein zu sehen ist, wurde in frühester Zeit in verschiedenen Kulturen als Ornament oder magisches Zeichen benutzt. 1354 wird das Davidschild erstmals zu einem jüdischen Symbol. Die Prager Gemeinde nimmt es in ihr offizielles Wappen auf. Im 19. und im 20. Jahrhundert wird das Davidschild zum Symbol für das ganze Judentum."
Eine dunkle Frauenstimme mischt sich ein. „Im Nationalsozialismus wurde der Davidstern als Symbol der Ausgrenzung und Erniedrigung von den Nazis missbraucht."
Die Stimmen entfernen sich, nur Schritte sind noch zu hören.
„Meine Großmutter wurde stigmatisiert. Und ermordet. Sie musste den gelben Stern tragen!"

Abrupt wendet sich Bella zum Ausgang. „Gehen wir!“ Sie zieht Elsa über einen kleinen Platz, vor einem Brunnen bleibt sie stehen. „Nun weißt du, weshalb ich selten hierherkomme.“

Untergehakt gehen die Frauen weiter. Bella zeigt nach vorn. „Gehen wir da hinein! Willst du? Das letzte Mal bin ich mit Josef hier eingekehrt.“
Es geht viele Stufen hinab. Elsa drückt eine schwere Holztür auf. Ein Kellner kommt ihnen entgegen. „Dobrý večer!“ Er nimmt ihnen die Mäntel ab.
Beim Essen fragt Bella wieder nach Elsas Vorhaben. Tastend, nach Worten suchend, versucht Elsa der Freundin das neue Projekt zu erklären.
„Rex will ein Stück über Maria Magdalena und Jesus auf die Bühne bringen. Er möchte, dass ich das Textbuch schreibe.“
Es ist kurz vor Mitternacht, als die Frauen das Lokal verlassen.
„Jesus ist jüdisch, wie ich.“ Bella ist am Jan-Hus-Denkmal stehen geblieben. „Um welchen Jesus geht es dir? Du weißt, dass sich im Laufe der Geschichte jede Gruppierung ihren eigenen Jesus zurechtgezimmert hat!“
„Jesus ist wie eine weiße Fläche für mich.“
„Wie meinst du das?“
Elsa zuckt mit den Schultern, sie hat keine Lust weiterzusprechen. Nicht heute. Nicht jetzt.
„Sind Maria Magdalena und Jesus ein Paar, willst du sie so darstellen?“

Elsa schweigt, betrachtet den Mond, der vorwärtsdrängt, oder sind es die Wolken, die ihn vorwärtsschieben?
„Weißt du auch, dass Josef einen Jesus-Zyklus gemalt hat?“
Nein, das wusste sie nicht.
„Damals, als er an dieser Arbeit war, haben wir das Neue Testament gelesen, ein inspirierendes Buch!“
Inzwischen stehen die Frauen vor Bellas Haus. „Gehst du gleich schlafen? Oder können wir noch einen Wein aus Papas Anbau trinken?“
„Du hast den Weinberg noch?“
„Freunde haben ihn übernommen, mir ist der Weg inzwischen zu weit, aber im Herbst fahre ich mit hinaus. Dann gibt es ein großes Fest, alle sind da, die ich von früher kenne. Du solltest einmal dabei sein, Elsa!“

Am nächsten Morgen fragt Elsa, und ihre Stimme vibriert: „Kennst du den jungen Geiger auf der Karlsbrücke?“
„Ja, ja! Ich ahne, wen du meinst. Wenn es Josua ist … Er spielt hervorragend, nicht wahr?“ Bella sieht Elsa aufmerksam an. „Wieso fragst du? Hast du mit ihm gesprochen?“
„Er ist so jung, so ungeschützt ...“
„O, wie blind ich war, dich hat der Geiger verhext! Ist meine alte Freundin etwa verliebt? Weißt du was, wenn es dir nichts ausmacht, gehen wir heute über die Heilige Brücke, wie Josef sie nannte, erinnerst du dich? Wenn wir Josua treffen, laden wir ihn zum Essen ein, was meinst du?“
Eine geniale Idee, Bella hat wieder einmal ins Schwarze getroffen.

„Elsa, Elsa! Es ist nicht zu fassen, verführ mir den Geiger nicht. Oder ist es genau das, wonach du suchst?"
Bella und ihre Ahnungen! Die Freundinnen lachen, während sie das Geschirr in die Küche tragen.

„Ach, ist das Leben schön!" Elsa hakt sich bei Bella ein. Vor ihnen die Apostelbrücke. Ein Ausflugsdampfer zieht vorüber. Tanzmusik weht über den Fluss.
Josua steht an derselben Stelle, eine Wollmütze in die Stirn gezogen, dicke Socken über Jeans, die Geige am Kinn.
„Du? Du bist wirklich wiedergekommen?"
„Klar", lacht Elsa ausgelassen. „Hab ich doch versprochen. Das ist Bella, meine Freundin, von ihr hab ich dir erzählt."
Seine Augen leuchten, gern nimmt er die Einladung an, die Bella ausspricht. Behutsam legt er die Geige in den Kasten. Dann geht er mit den Frauen mit.

„Kann ich kurz ins Bad?", fragt er, als sie im Flur stehen.
„Aber ja, Handtücher liegen auf dem Sims."
Sie hören, wie er duscht, staunen, wie lange er wegbleibt.
„Hier ist viel Platz!" Josua zeigt auf die Türen im Flur. „Könnte ich vielleicht ... Ich meine, weil es jetzt nachts ziemlich kalt wird."
Bella zieht die Schultern hoch, fühlt sich überrumpelt. „Nein!, das geht nicht. Es sind nur drei Zimmer, in einem wohnt eine Studentin."
Elsa kann den Blick nicht von Josua lösen. Ob er wirklich kein Zuhause hat? Sie wagt nicht, es anzusprechen.
Sie speisen so, wie Elsa es hier immer erlebt hat. Es gibt Forelle blau, dazu eine Soße, die nur Bella so vorzüglich gelingt.

„Wo bist du geboren?“ Bella schaut den Jungen an, während sie Kaffee einschenkt.
„Wo schon, in Prag“, grinst Josua, der zu erzählen beginnt. Und Elsa hört eine Geschichte, die ihr den Atem nimmt. Jetzt erst versteht sie sein Geigenspiel.
„Dann geh ich mal wieder“, sagt Josua, ich muss nach einem Freund sehen. Er greift seinen Geigenkasten, sagt danke! Dann klappt die Tür zu.

Etwas in dieser Stadt zieht Elsa in ihren Bann. So war es schon, als sie mit Rex hier war.
Sie stöbert in Antiquariaten, kommt mit dem Buchhändler ins Gespräch, ist fasziniert von dem, was sie von dem weißhaarigen Mann erfährt.
Ob sie es hinauszögert oder nicht, es zieht sie zur Karlsbrücke, die die Altstadt am rechten Ufer mit der Kleinseite am linken verbindet.

„Wer ist dir denn heute begegnet?“ Bella stemmt die Hände in die Taille, fixiert Elsa von Kopf bis Fuß. „Nun sag schon, wo du warst? Wie bitte, du hast ihn wieder getroffen?“
Bella steht da, als wäre sie Frau Lot aus dem Alten Testament. „Du warst mit Josua zusammen!“
Wasser rauscht, Elsa lugt durch den Duschvorhang, lacht mit großem Mund. „So ist es. Du hast es erraten, Liebes.“
„Aber er ist so jung ...“
„Ja und? Bin ich etwa zu alt? Reich mir bitte das Handtuch!“
Elsa lässt sich abtrocknen, gibt der Freundin einen Kuss.

„Du bist wirklich verrückt. Ein Hexenweib, das wusste Josef schon."
„Ist das nicht mehr erlaubt?"
„Wenn du fertig bist", ruft Bella aus der Küche, „kannst du den Tisch decken. Es gibt Hasenbraten, wie Vater ihn geliebt hat."
„Der Papa! Wie wär's, wenn du auch einmal mit einem jungen ..."
„Hör schon auf, Elsa! Ich bin nicht so begünstigt wie du."
„He, wie meinst du das?" Elsa mustert die Freundin, streicht ihr übers Haar.
„Seitdem Tomáš weg ist, ist alles anders für mich." Bella schaltet den Herd aus, putzt die Nase. Wie ausgelassen Elsa ist, seitdem sie dem Geiger begegnet ist. Wie recht sie hat, das Leben ist viel zu kurz, um Tomáš hinterherzujammern.
„Salute!"
Die Frauen schlürfen Campari mit Eis und Zitrone, zwinkern sich zu.
„Weißt du, dass du ein Segen für mich bist, Elsa? So heißt es in der Schrift. Genau das trifft auf dich zu. Einmal muss ich es dir doch sagen. Teufel auch! Ich möchte einmal, nur ein einziges Mal wie du sein!"
„Du bist die Tänzerin, Bella! Zeigst du mir nach dem Essen, was in dir steckt?"
Sie speisen, trinken dazu einen alten Wein aus Josefs Beständen.
„Josef und sein Weinberg! Das ist eine ganz eigene Geschichte." Bella prostet Elsa zu.
„Erzähl! Oder nein! Erzähl von seinen Schafen, die er mehr als alles liebte."

„Ach du meine Güte, Josefs Schafe! Es stimmt, ich war eifersüchtig auf seine Tiere."
„Ich weiß. Aber jetzt erzähl schon!"
„Jedes Mal, wenn wir zum Weinberg fuhren, hielt Papa vor einer Weide an. Das ging so lange, bis er seine eigenen Schafe hatte. Die Tiere blökten, wenn sie ihn kommen hörten. Josef verstand ihre Sprache, sein ganzes Wissen flog den Tieren zu. Jedes Schaf, es waren nach und nach mindestens vierzehn, bekam einen Namen, den er zärtlich aussprach, während seine Hände in ihrer Wolle spielten. Alle vier bis fünf Monate mussten die Klauen beschnitten werden. Das war nicht einfach, wie du dir denken kannst. Aber auch darin war Papa geschickt." Bella lacht, ihre Augen leuchten.
„Er scherte die Schafe selbst, ließ keinen anderen an seine Tiere heran. Das war ein Zirkus! Josef legte das Schaf auf eine Holztafel, band es vorsichtig fest, sprach beruhigend auf das Tier ein. Dann legte er los.
Von einem Schafzüchterfreund hatte er gehört, dass Schafe Musik lieben. Das musste Josef natürlich ausprobieren. Schließlich besaß er eine Sammlung Schafsmusik, die er im Auto spielte, wenn er zu seinen Schafen unterwegs war. Genug! Ich muss in die Küche."
„Du legst dich hin, Bella! Ich mach den Abwasch!"

Als Bella auch um vier Uhr noch schläft, ruft Elsa Rex an. „Du", sprudelt sie los, „jetzt weiß ich, wie ich das Stück schreibe!"
„Wirklich? Hast du es endlich geschafft?"

„Schrei nicht so! Du machst ja Bella wach!"
„Lass mich brüllen, lass mich dich umarmen! Wo steckst du überhaupt? Was, du bist bei Bella in Prag? Das gibt es doch nicht, und ich warte und warte! Also, wann bekomme ich das Textbuch?"

Bella gähnt, steht im Türrahmen. „War das Rex? Mein Gott, wie der geschrien hat!"
Etwas stößt Elsa auf. Es wird ihr zu eng hier. Sie muss wieder an ihre Arbeit.
„Du", sie versucht es so vorsichtig wie möglich zu sagen, „ich muss zurück!"
„Ich weiß, ich kenn dich doch. Wann willst du fahren?"
„Morgen mit dem Nachtzug."
Elsa überlegt, ob sie Bella um etwas bitten kann. „Würdest du hin und wieder zur Karlsbrücke gehen? Du musst nicht mit Josua reden, nur gucken, wie es ihm geht."
Bella umarmt die Freundin. Sie weiß, es ist die uralte Liebesgeschichte, die sich immer und immer wieder ereignen wird.

Elsa hat es geschafft. Sie hat Josua noch einmal im Hotel Savoy getroffen, und ihm, als er es nicht merkte, ein Handy in die Jacke geschoben.
Elsa betrachtet sein Gesicht. Die Nase ist schief. Er hat ihr erzählt, wie es dazu gekommen ist. Hat von seinen Eltern gesprochen, von einem behinderten Bruder. Und dass er zeitig von zu Hause weggegangen ist.
Als er ging, sagte er nicht, bleib, Elsa! Fahr nicht zurück! Er sagte nichts. Küsste sie immer und immer wieder. Dann ging er. Sie sah, wie er das Handy auf den Tisch legte.

Als sie in die Hotelhalle kam, erstarrte sie. Zwei Polizisten führten Josua gerade durch die Drehtür. Sie sah, wie er in ein Polizeiauto gestoßen wurde. Geistesgegenwärtig stieg sie in das Taxi ein, das gerade vorfuhr. „Fahren Sie dem Polizeiauto hinterher!"
Fast zeitgleich kamen sie am Revier an. Elsa sprang aus dem Taxi, fuhr die Polizisten an. „Wieso verhaften Sie diesen Mann?"
„Dieser Mann", sagte der Polizist, „darf ein 4 Sterne-Hotel nicht betreten! Er ist nicht nur wohnungslos, er ist auch nicht polizeilich gemeldet."
„Wer hat Sie informiert?" Elsa blinzelte Josua zu, der aufrecht dastand.
Die Polizisten beachteten sie nicht weiter, verschwanden mit Josua im Revier. Sie ging ihnen nach, ließ sich nicht zurückdrängen. Dann spielte sich etwas ab, das Elsa noch nicht erlebt hatte. Josua bekam einen Fußtritt und wurde durch eine Tür gestoßen, die hinter ihm zuschlug.
Sie wusste, was zu tun war. Sofort verlangte sie den Vorgesetzten zu sprechen. Es dauerte keine fünf Minuten, dann wurde sie in eine andere Tür gewunken.
„Bitte nehmen Sie Platz!" Sie musste sich ausweisen. Der Beamte trug Zivil, sah durchs Fenster, bevor er ihr den Vorfall zu erklären versuchte.
Elsa erfasste die Situation. Sie tischte dem Beamten eine Geschichte auf, die ihn aufhorchen ließ. „Also, dieser Obdachlose ist Ihr Mann, sagen Sie?"
„Ja! Oder richtiger, in zwei Wochen werden wir heiraten."
Der Beamte sah sie an, dann drückte er einen Knopf. „Ich will hier keine Scherereien haben, müssen Sie wissen. Wir

sind schließlich ein freies Land. Aber denken Sie daran, was Sie ausgesagt haben!“ Er machte eine Pause, rieb wieder übers Kinn. „Sie sind Schriftstellerin, haben Sie gesagt? Sie werden sich doch das Ganze nicht ausgedacht haben?“
Elsa lächelte. „Ah, da kommt er ja!“
Josua wurde durch die Tür geführt, in seiner Haltung keine Spur von Angst.
„Bitte“, sagte der Beamte, „ich entschuldige mich für das Verhalten meiner Mitarbeiter.“
Der Mann übertrieb, aber besser so, als wenn Josua eingesperrt wäre und sie wäre abgefahren.
Der Beamte wollte Josua eine Hand hinstrecken, besann sich, zog sie gleich wieder zurück. „Gehen Sie!“, sagte er in verändertem Ton. „Gehen Sie schon beide!“
„Komm, wir fahren zu mir!“ Elsa winkte einem vorbeifahrenden Taxi.
„Nein!“ Josua nahm ihr Gesicht in seine Hände. „Du fährst heim. Ich bleibe in Prag.“

In knöchellangem, rotem Mantel läuft Bella vor dem Bahnhof hin und her.
„Hallo!“, ruft Elsa von Weitem.
„Du bist spät dran! Wir waren hier verabredet.“
Elsa hängt sich in Bellas Arm. „Verzeih, aber …“
„Josua?“
Atemlos berichtet Elsa, was vorgefallen war, lässt nichts aus, auch nicht, dass sie zusammen im Hotel waren.
„Du willst den Jungen wirklich heiraten?“
„Ach Bella, Liebe!“

Jetzt müsste sie der Freundin reinen Wein einschenken, ihr sagen, wie es um sie steht, dass die Ärzte ihr keine Chance eingeräumt haben. Aber wozu Bella ängstigen!
„Basta!“, sagt sie laut.
„Du bist und bleibst eine Verführerin!“

Elsa winkt, ruft etwas, das die Freundin, die neben dem Zug herläuft, nicht verstehen kann. Es beginnt zu regnen. In Dresden steigt Elsa aus, schläft ein paar Stunden in einem Hotel. Am nächsten Tag ist sie in ihrem Haus. Sie spürt, dass sich etwas verändert hat. Schon während der Bahnfahrt fiel ihr auf, wie sie die Menschen betrachtete, die ein- und ausstiegen, die das Abteil mit ihr teilten. Es war, als könnte sie hören, worüber sie nachdachten, was sie bewegte.

Elsa lässt die Reisetasche fallen, läuft durch den Garten. Die Erde ist feucht, wie die Luft, die sie einatmet. Es wird Frühling!
Bevor es Nacht wird, hört sie die Musik, die Bella ihr in die Tasche geschmuggelt haben muss. Josefs Schallplatte, Händels Messias.

## Der Tod stirbt beim Lieben

Einer Blüte gleich, so stand ER vor mir, verweilte nur für diesen Augenblick.
Ich aber wollte leben.
Geh!, was willst du schon von mir?
ER ging tatsächlich. So wollte ich es. Macht behalten, auch über den Tod. Dabei wäre es interessant gewesen, zu Lebzeiten mit ihm eins zu werden, ihn zu fühlen. Niemand hat ihn entkleidet gesehen, täusche ich mich? So gehe ich nicht von der Bühne, schwor ich mir. Wie kommt es, dass mich die Phantasie, mich mit dem Tod zu vereinen, heiter stimmt wie nie?
Hart würde es werden, knochig und kalt, wahrscheinlich bliebe ER auch in der Ekstase stumm. Nein, auch ihn würde es umbringen, auch ER würde sterben dabei. Wunderbare Aussicht: *Der Tod stirbt beim Lieben.*
Vorher muss ich mich aber schön machen, denn das nächste Mal soll ER nicht vorbeigehen, ohne mich zu begehren. Ob ich das kann, eine ganz und gar andere werden?
Hoffentlich sieht ER nicht das lädierte Bein. Hoffentlich stört ER sich nicht an den trockenen Augen. Hoffentlich findet ER mich attraktiv, aber auch das wäre für das Vorhaben zu wenig.
Was muss ich sein, wer muss ich werden, um den Tod zu lieben?

Ich könnte es versuchen, mich halb nackt an den Straßenrand stellen. Einmal sollte ich auch das ausprobiert haben, vielleicht macht es sogar Vergnügen. Es gibt Dinge, die mir noch unbekannt sind. Das muss ich ändern! Denn auch das, wofür du bezahlst, kann Genuss, kann Wonne bereiten. Was zählt, ist der Augenblick. Vor *Dem Tor* hört jede Konvention auf. Hier ist alles erlaubt.

Wohin treiben mich die Gedanken im Morgengrauen, während die kleine Schwester die Morphiumspritze aufzieht, herabsieht auf eine, die die Augen halb geschlossen hält?
Die Schwester ist gegangen. Die Spritze wirkt nicht mehr. Ich habe nichts gesagt, sie nicht angesehen, damit sie hineingehen kann in den Tag, der sie braucht. Die Meta-stasen sind Tochtergewächse, hat die kleine Schwester noch gesagt.
*Ich habe mir immer eine Tochter gewünscht, einen Menschen, den ich bedingungslos lieben kann.* Da steht es. Ich habe es mit zittriger Hand in mein Tagebuch geschrieben. Ich möchte rauchen, eine Zigarette haben! Seit Langem hab ich das Rauchen aufgegeben.
Wenn Sie vernünftig sind, sagte Professor Großmuth, dann hören Sie mit dem Rauchen auf, Frau Vitá. Es könnte Ihr Leben verlängern. Wieso hat er nicht gefragt, ob ich ein längeres Leben unter diesen Umständen wünsche?

Bruder!
Hast du gerufen, Valera?
Gibst du mir bitte eine Zigarette, Tom?
Was sagst du?

Ich möchte rauchen, Bruderherz.
Warte! Ich gehe an den Automaten an der Ecke, du wartest doch?
Geh langsam, Bruder, nichts ist eilig. Ich warte auf dich!

Ich werde dem Tod deine Gestalt geben. Ich möchte, dass er deine Stimme, deinen Gang annimmt.
Ich bin ja verrückt! Haben die Metastasen jetzt auch das Gehirn erreicht?
Wie lange das so geht? Gibt es eine Todesverbindung von Anfang an und wir tun nur so, als wären wir frei? Dabei ist ER von Anfang an unser Begleiter. Hätte ER einen Namen, dann könnte ich ihn rufen. Welchen Namen würde ER akzeptieren, auf welchen würde der Tod hören?
Gregor? Neptun? Paradies?
*Paradies*!, diesen Namen, hat ER nicht erwartet. Der Name wird ihn überrumpeln, ihn treffen, mitten ins Herz. Ob der Tod ein Herz hat?
*Paradies*! Ich spüre, wie ER die Fühler ausstreckt wie der Maikäfer, der in Hannis Haar geflogen war und den wir in eine Streichholzschachtel sperrten, als wir Kinder waren.

*Paradies*!, hörst du mich?
Zähm dich!
Das kann ER, Gase ausströmen, die dich lähmen sollen.
Ein permanenter Zustand, sagt die kleine Schwester, die einen Zettel aufhebt und fragt: Was ist denn das, Frau Vitá?
Der Tod und sein Gast, antworte ich.
Die kleine Schwester zählt meinen Puls, sieht hoch: Der Tod und sein Gast?

Der Titel für eine Geschichte, antwortete ich und ziehe das Kopftuch glatt.
Da fehlt aber noch etwas, kichert die kleine Schwester.
Was denn?, frage ich.
Liebe!, sagt die kleine Schwester.

Du riefst mich?
Davon weiß ich nichts.
Du hast meinen Namen gerufen!
Niemals! Ich kenne deinen Namen nicht.
Heb mich auf! Weshalb hast du mich sonst geweckt?
*Paradies, Paradies*, das wärst du?
Ich rolle aus dem Bett, über den Fußboden.
Komm!, flüstert ER, komm näher heran!
Insgeheim wünsche ich, ER wäre wirklich gekommen und hätte mir meinen letzten Wunsch erfüllt. Einmal in dir ruhen, und noch nicht gestorben sein.
Komm, ruft ER wieder, komm dichter heran!
Nur eine Handbreit trennt mich von dem, den ich gerufen haben soll. Nur eine Handbreit. Mit großer Anstrengung rolle ich in seine Richtung. ER rollt weiter. So kommen wir nie zueinander!
Ich hänge fest, bin an einen Nagel gestoßen, den mein Bruder in die Dielen schlagen wollte.
Ich klemme fest, *Paradies*, ich kann dir nicht helfen! Lächerlich, es fehlte nur, mein Bruder käme jetzt mit den Zigaretten zurück.

Die Krankenschwester beugt sich über mein Bett. Geht es Ihnen nach der Spritze etwas besser, Frau Vitá?

ER war hier, flüstere ich.
Die kleine Schwester schaut zum Fenster, als sie sagt: Sicher können Sie gleich schlafen, versuchen sollten Sie es wenigstens, Frau Vitá!

Mit großer Anstrengung öffne ich die Augen, um zu erkennen, wer unter der Lampe sitzt. Bist du es, Bruder? Wie grau dein Haar ist, auch dir ist das Leben zu viel. Ich höre Tom etwas sagen, und ich verstehe zum ersten Mal, worum es ihm geht. Ich gebe ihm ein Zeichen, er steht auf, setzt sich neben mich, fasst meine Hand, nimmt einen Tupfer aus einem Glas, betupft die trockene Mundhöhle. Dann zündet er mir eine Zigarette an.
Geh!, bitte ich, geh, Bruder, lass mich allein. Doch vorher reich mir mein Schminktäschchen! Du hast richtig gehört, es liegt dort auf dem Brett. Es ist blutrot, du kannst es nicht übersehen. Danke! Nun geh! Lass mich allein. Nur einen Augenblick, Bruder.

Wie ihm das Purpurrot steht! Es ist wirklich die absolute Farbe.
Siehst du, auch ich habe mich geschmückt, wie du, und ich hoffe, ich gefalle dir so.
Du hast es erraten, ich brauchte ein wenig Farbe. Ich mochte dich nicht erschrecken, nicht totenbleich sein, wenn du kommst.
Was für eine zauberhafte Kappe du trägst! Wo hast du das Samtbarett her?

Ach, wie hab ich dein Lächeln vermisst! Zauberer, du mein König! Zaubere mich zurück ins Leben! Siehst du, ER kann es, ER hat die Kraft und die Liebe dazu.
Du willst mir etwas geben, *Paradies*? Ein Geschenk?
Nein, zieh deinen Mantel nicht aus, ich bitte dich. Ich soll ihn überziehen? Und du? Was wirst du tragen, wenn wir uns lieben? Wie, der Mantel ist doppelt genäht? Dann ist es gut, dann werde ich deinen grünen Mantel tragen.
Wie weich deine Hände sind, weicher als der Stoff, den du um mich legst. Das Samtbarett soll ich auch aufsetzen? Nein, nein, kein Spiegel mehr! Ich will in keinen Spiegel sehn.
Ah, ich verstehe, der Spiegel wirft das Licht zurück, das wir brauchen für das letzte Spiel.
Wie weich du bist, wie zart du mich in deinen Armen trägst. Ja, öffne mich, schenk Wärme mir.
Bleib! Bitte, bleib! Auch du vergehst, bist Rauch, bist Wind?

Wie hell es wird. Heller als Schnee, der zu tauen beginnt.

## Übers Wasser, Milena

„Sieh doch, die Kraniche!“ Milena lässt das Fenster herunter, zeigt aufs Feld, an dem sie vorbeifahren.
„Wo denn? Ich kann sie nicht sehen.“
„Fahr langsam, bitte. Halt mal an!“
Da stehen sie auf dem abgeernteten Maisfeld, die langbeinigen Vögel, die ihre Hälse in die flirrende Luft strecken. Dann, ein Trompetenstoß, „kruh“, „kruh“, sofort schwingt sich der erste Kranich in die Luft, nach und nach folgen alle anderen.
Sie kann seine Erleichterung spüren, mitten in der Natur zu sein. Philipp liebt diese Landschaft, die sanften Hügel, die Seen und die Tümpel, aus denen Unken und Frösche quaken. Seine Augen strahlen, wenn er hierherkommt. Eine anstrengende Woche liegt hinter ihnen.
Sie streckt ihm eine Hand hin, auf die er seine Hand legt. Im Schritttempo fährt er die Dorfstraße hinauf, biegt hinter der Kirche ab. Sie reckt sich, sieht sich um, dann läuft sie ins Haus, betritt die Wohnung, die sie auf Zeit gemietet haben.

Die Holzplanken biegen sich unter ihren Füßen, knarren bei jedem Schritt. Die Wasseroberfläche ist unruhig. „Kommst du?“ Jeden Schritt genießend, läuft sie über den Steg, streift Schuhe und Strümpfe ab, taucht die Füße ins Wasser; maximal zehn Grad. Ihr Blick schweift über den See, verharrt am Toten Baum, wie Philipp den trockenen Baum nennt, der nur noch als Gerippe im Wasser steht.

Einmal ist sie hier einem Förster begegnet, der durchs Fernglas die Seeadler beobachtete. Sie grüßten sich, er nickte mit dem Kopf, auf dem ein grünes Hütchen saß. „Ich beobachte die Adler seit zwanzig Jahren ...“ Als sie weitergehen wollte, sagte er: „Es beunruhigt mich, weil beide dort sitzen.“ Seine Hand zeigte zum Toten Baum. „Der Horst darf während der Brutzeit nicht verlassen werden!“ Sie nickte, ging weiter, um den See zu umrunden.

Langsam dreht sie sich um, ihre Augen suchen den roten Anzug, den Philipp anzog, bevor sie zum See aufbrachen. „Philipp!“ Milena reckt sich, aber sie kann den Freund nirgends entdecken. „Hallo!“, ruft sie laut, „wo steckst du, Philipp?“ Sie streicht eine Haarsträhne aus dem Gesicht, legt eine Hand über die Augen. In kurzen Sprüngen rennt sie eine Anhöhe hinauf. „Philipp!“, ruft sie außer Atem, und noch einmal, „Philipp, wo bist du?“
Entschlossen läuft sie zum See zurück, auf den Steg hinaus, denn sie will, dass Philipp da steht, wo sie ihn verlassen hat, am Seeufer. Als sie sich umdreht, ist niemand da. Das gibt es doch nicht! Beobachtet er sie etwa aus dem Hinterhalt? Wenn sie später vor dem Ofen sitzen werden, wird sie über die absurde Situation lachen. Sie stapft durch schmutzig weißen Schaum, stößt an eine Bierbüchse. Gerade gewachsene Buchenstämme, die rötlich leuchten, wenn ein Sonnenstrahl sie streift. Danach sind sie grau, wie der Himmel, der sich weit über Milena spannt. Sie späht umher, sucht den roten Overall, den sie nirgends entdecken kann. Ob sich Philipp aus dem Staub gemacht hat? Warte, mein Freund, wenn ich zurück bin!

Der Overall stammt von Jochen. Ein Pilotenanzug der Fluglinie KLM, wie Jochen betonte, als er ihn Philipp gab. Jochen, der Masseur mit den goldenen Händen, mit dem sie beide befreundet waren. Milena gefiel, wie Jochen war, gradlinig, unverstellt, der schweigend ihre Schultern massierte, die vom langen Sitzen am PC wehtaten. Jochen sprach aus, was er dachte, redete nie zu viel. Von ihm erfuhren sie, dass es Kunden gab, die die Behandlung nicht bezahlen konnten, die ihm dafür etwas gaben, was sie später, wenn sie wieder zahlen konnten, einlösten. Jochen ließ sich auf dieses Spiel ein. Einmal zeigte er ihnen, was sich in seinen Schubladen alles angesammelt hatte; alte, goldene oder vergoldete Uhren, Schmuck, den er nicht brauchen würde. Krimskrams. „Über deiner Praxis sollte Leihhaus stehen“, grinsend stieß Philipp Jochen in die Seite, der ihm den roten Overall hinhielt. „Hier, wenn er dir passt, kannst du ihn behalten! Hat ein Pilot dagelassen, mit dem ich übers Wochenende segeln war.“
Philipp gefiel der Anzug sofort, er nahm ihn mit in die Uckermark. Die Pistole, mit der sich Jochen erschossen hat, soll von seinem Mieter stammen, wurde nach der Beerdigung erzählt.

Über Ostern waren sie in der Uckermark. Als sie zurück waren, rief eine Freundin von Jochen an. „Weißt du, wo ich herkomme, Milena?“ Die Frauenstimme wartete keine Antwort ab. „Von Jochens Begräbnis.“
„Was sagst du?“
„Du hast richtig gehört, Jochen ist tot, Lena! Ostermontag hat er sich eine Kugel in den Kopf geschossen.“

„Das ist nicht wahr!"
„Doch, es ist wahr! Ich hab ihn auch lange nicht gesehen, du weißt ja, dass wir auseinander sind. Er muss in Schwierigkeiten gewesen sein, finanziell, doch niemand weiß das so genau, auch sein Bruder nicht, dem Jochen Geld geborgt haben soll."
Es blieb still in der Leitung, bis Milena hörte, „ich ruf dich an, sobald ich mehr weiß."
Wie lange sie mit dem Hörer in der Hand dastand, bis sie in den Flur lief und schrie: Du Blödmann! Wieso hast du nichts gesagt! Sie lief den Flur entlang, schrie: Du Blödmann! Wieso hast du nichts gesagt, Jochen? Irgendwann an diesem Tag ist sie in die Schwimmhalle gefahren, vorher legte sie einen Zettel hin: Bin schwimmen, kommst du nach, Philipp? Unter Wasser schrie sie immerzu seinen Namen: Jochen. Jochen.
Abends, Philipp war nicht ins Schwimmbad gekommen, saßen sie nebeneinander, die Stehlampe stand, wo sie immer steht, die Weingläser waren gefüllt. „Auf Jochen!", sagte Philipp und wischte über die Augen. Von da an mied sie den Stadtteil, in dem Jochen gelebt hat. Erstaunt war sie, wie rasch er vergessen wurde. Doch dann rief ein Freund an, redete von Krediten, die Jochen aufgenommen haben soll, um seinem Bruder aus der Patsche zu helfen. Geld, hörte sie, Geld wäre Jochens Problem gewesen. Seltsam, darüber hatte er weder mit Philipp noch mit ihr gesprochen.

Milena schlägt mit einem Stock auf die Erde, schiebt Spinnweben zur Seite. Wie lange sie nicht mehr an Jochen

gedacht hat! Dabei war er ein Freund, einer, auf den du dich verlassen konntest. Sie ist gestolpert, massiert das schmerzende Fußgelenk, ruft ärgerlich: „He, Philipp? Das kannst du nicht mit mir machen, einfach verschwinden! Ich brauch dich doch, Philipp!“, flüstert sie.
Jochen war ganz anders als Philipp. Nichts brachte ihn auf, so schien es ihr. War Jochen ein Träumer? Einer, der das Spiel liebte, der Schlager pfiff, mit Freundinnen Rockkonzerte besuchte, Tennis spielte, Rad fuhr. Ein Auto besaß Jochen nicht. Im Urlaub arbeitete er in den Hotels, in denen er Gast war.
Nie gab er ihr das Gefühl, sich ihm auszuliefern, wenn sie auf der Liege lag und seine Hände über ihren Körper strichen. Auch deshalb kam sie gern in seine Praxis. Nach der Behandlung sagte er oft, und wedelte dabei mit einem Handtuch: „In der Küche steht Suppe, bedient euch, Kinder! Nehmt euch ein Bier! Und wenn ich hier fertig bin, spielen wir Malefiz!“ Die Brillengläser, durch die er sie ansah, waren beschlagen. Plötzlich wurde sie gewahr, wie müde Jochen aussah. Da fiel es ihr wieder ein, wie er beim Malefizspielen von den Nachkriegsjahren im zerstörten Berlin gesprochen hatte, von der dünnen Kohlsuppe, den geklauten Briketts, den viel zu kurzen, geflickten Hosen. Seine Augen wurden nass, wenn er von seiner Mutter sprach. Einen Vater gab es in Jochens Leben nicht.
Vom Malefizspielen konnte Jochen nie genug kriegen. Wenn sie aufstanden, um zu gehen, sagte er: „Es ist noch nicht spät!“ „Was?“, fragte Philipp, „es ist noch nicht spät, Jochen? Guck auf die Uhr!“ „Ach, ihr armen Intellektuellen!“ Jochen grinste, „was habt ihr doch für ein schweres

Leben!“ Er nahm das Spiel, legte die Figuren sorgfältig in den Karton zurück. „Gut“, hörte sie, „ihr kommt ja wieder, dann spielen wir weiter, oder?“ Als er ihnen winkte, verrutschte seine Brille. Das ist das letzte Bild, das sie von Jochen hat.

Zwei Wochen nach dem Begräbnis rief Peter, ein Freund von Jochen, an. „Du weißt doch, Lena, dass Jochen einen Mieter hatte, der unterm Dach wohnte? Seit Langem hat er keine Miete mehr gezahlt. Jochen hat gewartet, ihn nicht zur Rede gestellt. An einem Abend soll der Mieter herumgedruckst haben, nach einem kurzen Wortwechsel soll er etwas auf den Tisch geknallt haben.“

„Was denn? Sprich schon, Peter!“

„Eine Pistole.“

„Eine Pistole?“

„Du kennst doch Jochen!“ Peter schniefte, dass es durch die Leitung zu hören war. „Du weißt, Lena, wie voll die Schubfächer waren von all dem Kram, den die Leute ihm andrehten, wenn sie nicht bezahlen konnten. Brillen, vergoldeter Schmuck, Zigarettenetuis; sinnloser Plunder, den niemand braucht, vor allem Jochen nicht. Jochen, der Asket!“ Peter schniefte wieder.

„Weinst du?“

„Ich spreche von der Pistole, mit der sich Jochen umgebracht hat“, schrie Peter aufgebracht. Plötzlich wurde es still, dass Lena sich räusperte, bevor sie noch einmal fragte: „Eine Pistole, hast du gesagt?“ Doch Peter sagte nichts mehr, legte auch nicht auf. Auch sie schwieg, dachte nach, und da fiel ihr ein, dass sie dem Mieter, einem unscheinbaren, vielleicht zwanzigjährigen Jungen, einmal auf Jochens Treppe begegnet war. Vielleicht war es tatsächlich so gewesen, und der Junge hatte Jochen das schwarze Ding auf den Küchentisch geknallt: Hier, für die Miete! Im Moment kann ich nicht zahlen, willst du die Knarre haben oder nicht?

Auf einmal brüllte Peter ins Telefon, dass Milena zusammenzuckte: „Weißt du, dass Jochen für mich unersetzbar ist! Ein Freund, den du mit der Lupe suchen kannst!"

Peter musste sie nicht daran erinnern. Kurz vor Mitternacht rief er ein zweites Mal an, stieß heraus, und es klang, als hätte er gesoffen: „Hör zu, L e n a!" Er zog ihren Namen so in die Länge, dass sie auflegen wollte. Plötzlich sagte er mit klarer Stimme: „Ich möchte ein Fest für Jochen geben. Du kommst doch?"

„Ich weiß nicht."

„Ihr kommt!", lachte Peter, als wäre er übergeschnappt.

Auf dem Trampelpfad, dem Milena seit einer Stunde folgt, entwurzelte Bäume, umgestürzte Baumstämme, Gestrüpp, über das sie steigen muss. Vor ihr das Sumpfgebiet, in dem sich nachts Wildschweine tummeln. Sie möchte nicht weitergehen, möchte sich ausruhen nach der langen Arbeitswoche, möchte im warmen Zimmer am Ofen sitzen, zusehen, wie Philipp den Zander zubereitet, den sie unterwegs gekauft haben. Es bleibt ihr keine Wahl, sie muss durch Wasserlachen waten. Wo ist der Tote Baum geblieben? Er ist nicht zu sehen, obwohl der Mond über Birken und Buchen aufgegangen ist.

Das Fest, zu dem Peter eingeladen hatte, liegt ihr noch quer im Magen. Sie war allein hingegangen, da Philipp dienstlich unterwegs war. Leute, die sie nicht kannte, wuselten durch Peters Wohnung, der in einer Sofaecke hockte und heulte. Zuerst dachte sie, sie müsse ihn vor den anderen schützen, bis sie feststellte, Peter will die Inszenierung. Er braucht Zuschauer für seine Trauer. Sie stellte sich neben ihn, sagte an seinem Ohr: „Du weißt, dass Jochen dein Verhalten nicht gefallen hätte?" Peter schob sie schroff zur Seite, zischte: „Was weißt du denn von Jochen!" Ohne sich umzusehen, ist sie gegangen.

„Ruh dich aus, meine Schöne! Nichts wird dich stören!" Sätze, die sie oft gehört hat, wenn sie Jochens Praxis betrat. Unter seinen Händen schlief sie ein. Nach einer halben oder vollen Stunde weckte sie eine fröhliche Stimme: „Philipp ist da, er kommt dich holen, Lena." „Du", sie rieb über ihre Augen, „bist ein richtiger Hexenmeister!" Dann lachten sie, während Jochen die Handtücher nahm und aus der Kabine ging. Sie hörte, wie er zu Philipp sagte: „Heute Nacht wirst du merken, wie gut sie riecht." Der Hexenmeister ist tot. Und Philipp trägt den roten Overall der Fluggesellschaft KLM.

Endlich hat Milena wieder festen Boden unter den Füßen. Der Mond ist weiß geworden. Lichter tauchen auf. Hunde bellen. Das Dorf kommt in Sicht. Milena atmet auf. Was Philipp getrieben hat, wortlos wegzugehen? Ob ihm etwas zugestoßen ist? Daran hat sie überhaupt nicht gedacht. Inzwischen wird Philipp den Kachelofen geheizt haben, als sie ankamen, war es ziemlich kalt in den Räumen. Sie freut

sich auf die Wärme, die der alte Ofen verströmt. Jemand kommt ihr auf dem Rad entgegen, hält vor Lindemanns Tor. Alle Fenster sind erleuchtet. Beim Vorbeigehen kann sie eine gedeckte Tafel erkennen, an der Männer in weißen Hemdsärmeln sitzen. Frauen kommen aus der Küche, stellen dampfende Schüsseln und Platten auf den Tisch. Rasch geht sie weiter, an der Kirche vorbei. Vor ihr liegt das Gehöft, in dem sie zwei Räume bewohnen. Jedes Mal, wenn sie hierher kommt, ist sie erstaunt über die Dunkelheit, die es in der Stadt so nicht gibt.
Einmal hat Jochen sie hier besucht, war unerwartet aufgetaucht. „Ich störe euch hoffentlich nicht, ihr Turteltauben!“ Nach dem Essen zeigten sie Jochen den See. „Hier ist es schön!“, sagte er und kaute auf einem Buchenkern. „Aber ich werde meinen Lebensabend in Kanada genießen.“ Milena ließ die Männer weitergehen, pflückte Kornblumen und Gräser, die sie Jochen am Abend mitgab.

Jochens fünfundfünfzigster Geburtstag wurde im Tiergarten gefeiert. Auf einer mit Blüten geschmückten Tafel Champagnergläser. Jochen, in Hemd und heller Hose, kam ihnen entgegengelaufen: „Da seid ihr ja endlich!“ Er warf seine Basekap in die Luft: „Hallo-hu, Hallo-hu!“ Als sie am frühen Morgen zusammen nach Hause fuhren, hörte sie Jochen sagen: „Wisst ihr, dass ich mit sechzig aufhöre zu arbeiten?“ Er feixte, „dann könnt ihr mich in Kanada besuchen. Ich kenne schon den Platz, an dem ich sitzen und angeln werde. Ihr kommt mich doch dort besuchen?“

Milena bleibt vor dem Gehöft stehen, seltsam, wie sich die Gebäude im Dunkeln verändern. Die Ställe werfen Schatten, die sich unruhig bewegen. Aus einem Kellerfenster dringt ein Lichtschein. Interessiert geht sie näher, ihr ist, als hätte sie Stimmen gehört. Unschlüssig verharrt sie. Die Stimmen kommen aus der ehemaligen Waschküche, in der sich Philipp ein Labor einrichten konnte. Will er heute noch arbeiten?

*Das kann ich dir sagen ...*

Sie hat die Stimme gleich erkannt, ein Kälteschauer kriecht ihr den Rücken herauf. Unwillkürlich hebt sie eine Hand.

*Ich hab Milena geliebt, mehr als mir die ganze Praxis, mehr als mir mein Leben wert war. Ich hab gewartet, dass sie anruft, fragt: Kann ich am Freitag kommen? Oder geht es auch am Samstag? Wie ein Ertrinkender hab ich auf ihren Anruf gewartet.*

Es poltert. Etwas ist umgefallen. Milena schüttelt sich, es schaudert sie. Ich höre einen Toten sprechen! Auf einmal hört sie Philipps Stimme.

*Deshalb hast du dich umgebracht?*

Die Stimmen werden leise, Milena bückt sich, lauscht.

*Wie du weißt, kam Milena auch am Samstag in die Praxis. Ich freute mich wie der Knabe, dem die Mutter warme Suppe auftut. Sie zog sich aus, legte sich auf die Liege, bevor sie einschlief, sagte sie noch: Philipp holt mich gegen sieben ab! Ich schaltete die Rotlichtlampen an. Oder ich legte Fango auf die verspannten Schultern, auch an ihre Füße, die sich immer kalt anfühlten. Als sie eingeschlafen war, du weißt, wie fest Milena schlafen kann, hab ich sie beobachtet und ihren Schlaf bewacht. Nichts sollte sie stören, keine einzige Fliege.*

*Warum erzählst du mir diesen Schmarren? Findest du Spaß daran, mich zu quälen?*
*Ich möchte, dass du es weißt.*
*Was zum Kuckuck soll ich wissen? Wozu?*
*Was glaubst du, Philipp?*
*Nichts! Nichts, was mit dir und mit Milena zu tun haben könnte!*
*Vom Leben, wie es mit uns spielt, hast du keine Ahnung. Du machst dir etwas vor, Philipp!*
*Was fällt dir ein! Misch dich nicht in unsere Beziehung ein, den Rat gebe ich dir! Oder willst du uns auseinanderbringen, he? Sag es! Nein, schweig! Und lass mich endlich den Wein holen, den ich mit Milena gleich trinken werde.*
*Milena, Milena. Weißt du überhaupt, wer sie ist? Ahnst du, was sie bewegt, Philipp?*
*Geh aus dem Weg! Verschwinde!*
*Du musst doch wissen, wer neben dir lebt, Menschenskind!*
*Nein! Ich sage nein!*
Wieder poltert es. Milenas Knie zittern, sie lehnt an der Kellerwand, späht durch das halb geöffnete Fenster, kann nichts erkennen. Die Stimmen sind lauter geworden.
*Halt, wenn du so schlau bist, wie du tust, dann spuck es aus, spuck die Wahrheit aus, Jochen!*
*Ich weiß nicht, ob Milena jemals bemerkt hat, wie ich sie beobachtet habe, während sie schlief. Wurde sie wach, blinzelte sie und fragte erstaunt: Du bist hier, Hexenmeister? Sie lächelte, wie nur Milena lächeln kann. Das war der Moment ...*

*Schweig! Nein, warte ... Wenn es so war, wie du berichtest, was meinst du, wird sich von jetzt ab ändern?*
*Setzen wir uns da an den Tisch! Öffne die Flasche, Philipp! Und dann reden wir, wie Freunde miteinander reden, ja?*
„Guten Abend!“ Milena ist zusammengezuckt, vor ihr stehen die Hausbesitzer. „Lindemanns feiern heute ihre Silberhochzeit. Sie beide kommen doch auch hin? Lindemanns würden sich bestimmt freuen!“
„Wir kommen etwas später ...“
Milena streicht sich Haare aus der Stirn, steigt langsam die Stufen in die Wohnung hinauf.
„Da bist du ja endlich! Ich hab mir schon Sorgen gemacht, Lena!“ Philipp will sie auf den Mund küssen, sie dreht das Gesicht weg. „Was ist denn?“ Behutsam nimmt er sie in den Arm, „du zitterst ja, Lena.“
„Jochen war hier.“
„Was sagst du?“
„Ich hab euch im Keller gehört.“
„Aber ich bin nicht im Keller gewesen, Lena.“
„Und wieso hast du mich am See allein gelassen, Philipp?“
„Du bist ein Spaßvogel! Du hast mir doch vom Steg aus ein Zeichen gegeben, dass du allein weitergehen würdest. Eine Weile hab ich noch dagestanden, den Adler auf dem Toten Baum gesucht, dann bin ich langsam zurückgegangen. So war das! Und nun gib mir deine nasse Jacke, und ruh dich aus!“
Sie starrt in den Spiegel, kämmt Tannennadeln aus dem Haar. Halluziniere ich jetzt? Hab ich die Kellerszene geträumt? Sie steckt das Haar hoch, na, wie seh ich aus mit

einem Blick, der nichts Gutes verheißt? Ach was! Ich will nichts mehr ergründen, will diesen Abend genießen, vielleicht schauen wir ja noch bei Lindemanns vorbei.
Das Feuer brennt im Ofen, aus der Küchenecke strömt ein köstlicher Duft. Vielleicht hat Philipp recht, und ich hab ihn weggeschickt, ist ja auch egal.
„Du hast zu viel gearbeitet, Lena! Leg das Manuskript weg, gönn uns diesen Abend!“ Philipp nimmt sie in den Arm: „Na, was ist, kann ich jetzt den Wein eingießen?“ Er schaut sie an: „Du bist doch okay?“
„Philipp?“
„Ja.“
„Hast du eine Ahnung, wieso Jochen sich erschossen hat?“
„Wie kommst du jetzt darauf? Jochen ist seit einem halben Jahr tot.“
Milena zieht die nassen Schuhe aus, stellt sie vor den Ofen, während Philipp Wein in Gläser gießt. „Auf uns!“
Sie gibt ihm einen Kuss, setzt sich an den gedeckten Tisch. „Stell dir vor, mir war, als hätte ich euch im Keller gehört.“
„Speisen wir!“ Er zerteilt den Zander, den sie auf der Hinfahrt gekauft haben. „Fangfrisch, so muss der Zander sein!“
„Füll noch ein Glas!“, bittet sie. „Für Jochen.“

## Elsas Wille

Hell. Dunkel. Dunkel. Hell.

Das wechselnde Licht unter zartgrünem Blätterdach, rechts die junge Saat, an der Lena vorbeifährt.

Sie kennt die Strecke, ist sie oft gefahren. Ob sie hier anhalten soll oder zügig weiterfahren? Den Schlüssel für Elsas Haus besitzt sie noch.

Rex ist unerreichbar, ob er überhaupt noch nach Neuhof fährt? Ich muss hin, kann es nicht länger vor mir herschieben. Keine Ahnung, was mich dort erwarten wird. Vielleicht ist das Haus ja längst verkauft, und Gardinen wehen jetzt vor den Fenstern. Ich kann und kann Elsa nicht abschütteln, nicht loskommen von ihr.

Sie ist tot!, sagt der Verstand. Ob ich es schaffe, mich trenne von ihr, wenn ich noch einmal ihr Haus betreten habe, mich umsehe, was von ihr dageblieben ist? Gibt es das, dass die Toten weiterleben in uns? Verflucht! Nein, ich nehme den Fluch gleich zurück. Aber sie lachen, amüsieren sich über mich, die Geister, die Dämonen, die Elsa vertraut waren, wie ich mitbekam, als sie den Abschnitt über Maria Magdalenas Dämonenaustreibung aus dem Neuen Testament vorlas.

Lena stoppt, überlegt, ob sie aussteigen soll. Hier, an dieser Stelle, hat sie immer Halt gemacht, wenn sie zu Elsa unterwegs war, lief den Feldweg hinauf, über ihr der hohe, unbegreifliche Himmel. Da steht noch die wacklige Bank, und da ist auch der Steinhaufen, der Jahr für Jahr wächst.

Lena gibt Gas. Im Mühlencafé will sie eine Pause einlegen. Wieder laufen Ziegen herum, eine mit langem gelbem Bart trottet heran, während Lena heiße Schokolade schlürft. Wieder überfallen sie Skrupel, soll sie wirklich nach Neuhof hinausfahren? Es läuft ihr kalt den Rücken hinab. Sie kann den Mohnkuchen, der vor ihr steht, nicht genießen, steht in Gedanken vor Elsas Haus, die mit wehendem rotem Wuschelhaar auf sie zukommt. Schluss jetzt! Lena bezahlt und wünscht einen guten Tag!
Da ist das Haus. Und da das grüne Tor. Wie still es ist! Aber das war es hier immer. Lena greift über die Holztür, schiebt den Riegel zurück. Keine Gardinen! Sie atmet auf. Auch kein Name an der Tür. Das Gras ist gelb und hochgewachsen, eine Rose blüht dazwischen.
Sie schließt die Haustür auf. Es riecht nicht dumpf, wie sie befürchtet hat. Es duftet auch nicht nach Salbei, Thymian oder Minze, wie sonst. Sie lässt die Haustür auf. Kein schmutziges Geschirr, kein Suppenduft. Der Küchentisch ist leer. Keine Blüte, keine Pflanze, nirgendwo. Sie bleibt vor dem Kalender stehen, der nicht abgerissen wurde seit einem Jahr. Ein Kirschbaum schmückt das Kalenderblatt, auf dem sie Elsas Handschrift erkennt. Sie muss laut lachen, Elsa du hast also geahnt, dass ich zurückkommen werde. Biest! Schönes!
Sie gibt sich einen Ruck, will jetzt einen starken Kaffee trinken. Dazu Elsas Haselnusskekse! Der Strom ist nicht abgeklemmt, der Kühlschrank summt. Das könnte bedeuten, dass Rex hin und wieder herkommt. Seltsam, dass er sich nach Elsas Tod nie gemeldet hat. Wie denn? Ich war doch ein Jahr fort.

Die Veranda wird von Sonnenlicht durchflutet. Der Kaffee schmeckt so, wie Lena ihn mag. Dazu ein Kognak! Im Küchenschrank entdeckt sie eine halb volle Flasche. Will ich mich betrinken? Kann ich es nicht aushalten, dass hier niemand mehr ist? Ach was! Lena zieht Elsas Gummi-stiefel an, greift sich den Parka, der an der Kellertür hängt, der noch von Rex stammt, Elsas Exgemahl.

Mücken. Mücken. Frösche. Unken. Dunkle, gurgelnde Laute aus den Teichen, an denen sie vorbeikommt. Die Obstbäume am Weg sind verblüht. Die Eisheiligen sind vorbei.

Zum See wird sie nicht gehen, zu Elsas See.

Es dunkelt, da kehrt Lena um. Im Flur wirft sie die Gummistiefel in eine Ecke, packt in der Küche ihren Proviant aus. Kochen wird sie nicht. Sie weiß, wohin es sie zieht. Nach oben, in Elsas Dachgeschoss. Sie lässt sich Zeit, trinkt in der Veranda eine Tasse Holundertee.

Hat es geklopft? Kann das sein? Lena hält den Atem an, lauscht. Nichts, kein Lichtstrahl, kein Laut. Ob der Fernseher funktioniert? Sie drückt auf den CD-Player. Hebt den Kopf, na, Elsa? Kommst du jetzt herunter, lockt dich die spanische Gitarrenmusik?

Es klopft. Sie öffnet die Tür. Vor ihr ein Junge, vielleicht fünfundzwanzig Jahre alt, mit einem bunten Stirnband im Haar.

Was willst du?, fährt sie ihn an.

Wohnt Elsa hier? Sanft schiebt er sie zur Seite, unterm Arm ein Geigenkasten. Sie ist sprachlos, starrt dem Mann hinterher, der die schweren Schuhe auszieht und auf gestreiften Socken durch den Flur in die Küche mar-schiert. Warst du schon einmal hier? Er schüttelt die rotgelbe Mähne.

Elsa? Hört sie ihn rufen mit einer Stimme, die sich zu freuen scheint. Sie lässt ihn rufen, gießt sich einen Kognak ein, hält die Flasche hoch. Du auch?

Er steht da, das Kinn gehoben. Hier wohnt sie doch, oder?

Nicht mehr.

Nicht mehr?

Sie ist tot, gestorben vor einem Jahr.

Er lässt sich auf den Fußboden fallen, hockt auf den Knien, bis er den Geigenkasten öffnet.

Du willst doch jetzt nicht spielen? Er hört sie nicht, ist aufgestanden, legt das Instrument ans Kinn.

Lass es, Junge! Ich will allein sein. Elsa ist nicht hier, kapierst du das?

Er reagiert nicht, beginnt zu spielen.

Wie lange er gespielt hat, eine Nacht oder zwei? Lena kann es hinterher nicht sagen. Sie haben sich geliebt. Mehr weiß sie nicht. Und dass der Junge Josua heißen will. Dazu hat sie nur gegrinst. Wie Elsa, hat er gesagt, du lächelst wie sie!

Am nächsten Morgen ist ihr alles zu viel. Auch Josua. Ich bin schließlich nicht hierhergekommen, um mich von einem Jungen, der von weit herkommt, umarmen zu lassen. Doch wie fang ich es an, wie sag ich ihm, dass ich ihn los sein will?

Und wieder schlafen sie zusammen, halten sich aneinander fest. Seine Finger sind lang und hart. Sie mag, wenn er summt und sich dabei über sie beugt.
Er duscht lange. Sie bürstet sein Haar. Er bürstet ihr den Rücken.
Elsa hat das alles inszeniert! Abrupt dreht sie sich aus seinen Armen, zieht sich an, schlüpft in Elsas Stiefel, läuft ums Haus, und weiter, weiter. Der Mond steht senkrecht auf nachtschwarzem Grund.
Josua!, sagt sie, als der Junge neben ihr auftaucht, woher kennst du sie?
Aus Prag. Elsa wollte, dass ich sie hier besuchen komme. Es hat etwas gedauert, bis ich das Geld zusammen hatte.
Und jetzt?
Er rollt mit den Schultern.
Wie werde ich den Jungen wieder los? Die Frage bedrängt sie, während er neben ihr steht und so eigentümlich atmet. Plötzlich sackt er zusammen.
Was hast du? Sie reißt an ihm, will ihn hochziehen, er ist zu schwer. Da lässt sie ihn los. So bleibt er liegen. Sie ruft die 112. Es dauert, bis sie den Rettungswagen hört. Wir nehmen ihn mit!, sagt der Arzt, der seinen Brustkorb bearbeitet hat.
Endlich ist sie allein, aber stimmt das auch? Wer tritt in diesem Haus als Nächster auf? Lena öffnet die Kognakflasche, ihr graut vor jedem Geräusch. Hab ich den Jungen nicht fortgewünscht? Genau das ist doch geschehen! Verdammt! Wieso musste er auch zusammenbrechen? Ah, er hat bestimmt seinen Rucksack hiergelassen. Ob ich nachsehe, wer er ist? Dann wüsste ich, woher er kommt und ob

er Elsa wirklich kennt. Wozu? Was macht das jetzt noch aus? Sie schüttelt sich, trinkt noch ein Glas.
Was geht mich der Junge an! O ja, wir haben Spaß gehabt, na und? Du schüttelst den Kopf, Elsa? Aber es ist dein Haus, in dem er aufgetaucht ist.
Die Kognakflasche ist fast leer, in ihrem Kopf knirscht es wie zerborstenes Glas. Wo ist der Rucksack? Der Beweis, dass der Junge aus Prag hier war. Lena läuft durchs Haus, guckt in alle Ecken, den Rucksack kann sie nirgends entdecken. Sie klatscht sich kaltes Wasser ins Gesicht. Hab ich das alles geträumt, phantasiert, mir ausgedacht? Bin ich wieder in eine Rolle geschlüpft? Stopp! Ich sollte Rex anrufen, ihn fragen, ob er ein Engagement für mich hat.
Der Regisseur kommt erst morgen zurück, hört sie von seiner Sekretärin.
Barfuß läuft Lena die Stufen hinauf, betritt Elsas Zimmer. Sie weiß, wonach sie sucht. Der Laptop steht auf der Arbeitsplatte vor der Glastür, die aufs Garagendach hinausführt. Den Stecker in die Steckdose stecken, den Rechner hochfahren. Was gebe ich ein? O, es hat geklappt.
*Leneken! Meinetwegen lies, was ich notiert habe. Aber denk ja nicht, es macht dich groß.*
Wie kommst du darauf, he, Elsa, sprich!
Stille.
Lena starrt in die Dunkelheit, dreht sich zurück. In der Schräge, an einer Metallstange, Elsas Kleider. Sie zieht den Pullover aus, streift ein knielanges Hemd über. Sandfarbenes Leinen. Dazu eine weite Bundhose in einem tiefen Grün. Sie betrachtet sich im Spiegel, zieht die Lippen

breit. Mit geschminkten Augen und Lippen hockt sie da. Und wartet.
Jemand kommt die Treppe herauf. Sie blickt sich vorsichtig um, sucht einen Gegenstand, mit dem sie sich verteidigen kann. Knarren und Treten von Schuhen, die näher kommen. Wer kann das sein? Ist Josua zurückgekommen? Haben sie ihn so rasch aus der Klinik entlassen?
Steh mir bei!
*Wen rufst du?*
Dich, immer nur dich, Elsa, das weißt du, oder?
*Das Leben ist paradox. Es lässt sich nicht auflösen, auch nicht durch den Tod. Sieh dich um, der ganze Krempel hier Makulatur.*
*Ich sag dir was, nippe nicht, stoße den Rüssel hinein ins volle Leben.*
*Und nun Adieu! Oder wolltest du noch etwas wissen?*
Rätsel! Nur Rätsel gibst du mir auf!

Laut fällt die Haustür hinter ihr zu. Atemlos bleibt Lena an der Pforte stehen, läuft zurück. Wow! Der Schlüssel steckt! Also hab ich mich nicht ausgesperrt. Das fehlte jetzt noch; meine Tasche, das Handy, alle Papiere sind im Haus. Lena lacht abgehackt, sprintet los, läuft durch den Buchenwald zum See.
Elsa ist nicht hier! Ist nirgendwo. Sie lässt sich auf die Planken fallen, schließt die Augen. Wasser schlägt ans Holz. Wenn ich mich jetzt umdrehe, ob Elsa dann auf mich zukommt wie damals, an ihrem sechzigsten Geburtstag?

Weißt du noch, Elsa, wie du mir im Harlekin-Kostüm die Tür geöffnet hast? Ein bunter, geheimnisvoller Vogel, so standst du vor mir.
*Bilder. Nur Bilder, meine Liebe!*
Aber es hat ihn gegeben, diesen Augenblick! Ich bestehe darauf.
*Leneken, du quälst dich umsonst.*
Auch an diese Stunde erinnert sich Lena. Sie fuhren auf den Rädern an blühenden Rapsfeldern vorbei, hielten an, zogen sich aus, warfen sich in den gelben Blütenstaub. Bleib so!, hat Elsa gerufen und einen Malblock gezückt. *Liegender Akt* steht unter den Blättern, die im Bad hängen. Gab es diese Szene wirklich? Bin ich immer und überall nur eine Schauspielerin? Wie hast du mich gesehen, Elsa? Sprich!
*Du kannst Fragen stellen, liebes Kind. Nein, ein Kind warst du nicht. Obwohl ... Du hast etwas ganz und gar Kindliches, wie du einen anschauen kannst, kleine Lena ... Vor allem aber, wie du von deiner Oma gesprochen hast. Von ihrer Liebe. Zu dir.*
Lena ist aufgesprungen. Oh ja, Elsa, du hast recht. Nur darum geht es! Um die Liebe, um den ganzen Honigtopf.
*Das hast du aber fein ausgedrückt!*
Pah, ich rede mit ihr, als wäre Elsa hier. Dabei liegt sie unter der Erde, und alle möglichen Tierchen werden auf ihr herumkriechen.

Lena brüht sich eine Tasse grünen Tee, isst ein Brot. Und nun? Was mache ich jetzt?

Das Telefon klingelt, eine Männerstimme fragt, wer sie ist. Wen geht das etwas an? Hören Sie!, will sie sagen, aber Lena besinnt sich und nennt ihren Namen. Es knistert in der Leitung, rauscht. Dann bricht die Stimme ab. Er hat aufgelegt, das Schwein will sich nicht zu erkennen geben. Wie komm ich auf Schwein, er war doch die Höflichkeit selbst. Mich reizt hier aber auch alles! Ich sollte zusammenpacken, Elsas Schlafanzug in die Lade stecken, die nassen Handtücher aufhängen. Und dann? Fahre ich endlich ab?
Ein Luftzug lässt einen Fensterflügel auf- und zuklappen. Wieder das Telefon. Es ist wie in einem Theaterstück. Soll er klingeln, Elsas Geliebter oder wer er auch ist! Nie bin ich Elsas Freund begegnet, sie wollte es nicht. Schluss jetzt! Ich werde zurückfahren, was soll ich noch hier?

Es regnet. Zwei Spatzen hocken unter der Regenrinne. Plötzlich sitzt einer auf dem anderen, schlägt mit aufgeplusterten Flügeln.
Wo bist du, Elsa? Will ich das wirklich wissen? Sie existiert, reicht dir das nicht, he? Wie kann ich mit diesem Wissen leben, zerrissen wie ich bin? Immer wollte ich alles. Aber es gibt nur Teile. Staubkörnchen, nannte es Elsa.
Als das Telefon wieder klingelt und die Männerstimme spricht, fällt Lena ihm ins Wort: Kommen Sie doch hierher!, ruft sie und erschrickt über den scharfen Ton. Sofort legt sie auf, hat es satt, genarrt zu werden.
Entschlossen geht sie in die Küche, spült das Geschirr, räumt es weg.

Vor dem Kalender bleibt sie stehen, betrachtet den blühenden Kirschbaum. Lächelt.
Sie kennt Elsas Schrift, liest, ohne sich anzustrengen: *Folge deinem inneren Gesetz.*
Bevor Lena abfährt, schließt sie alle Fenster, läuft noch einmal ums Haus.
Am Tor wirft sie den Hausschlüssel in den Briefkasten.
Adieu Elsa!

Die Kappe
Tuschmalerei auf Chinapapier,
Collage auf Aluminiumblech
2024
100 x 70 cm

## Der Stau

Der Asphalt glänzt. Und dampft. Ein Mann und eine Frau, eingesperrt in ihrem Auto auf der Autobahn. Es bewegt sich nichts. Stillstand. Stau.

*Die 1. Stunde*
Das Radio ein- und ausschalten. Störgeräusche. Verzerrte Musik. Die Fenster aufdrehen. Rechts ein Waldstück. Buchen, Birken, auch Ahorn. Hinter einem Drahtzaun ein schmaler Ackerstreifen.
Sie sehen sich an, der Mann vielleicht fünfzig Jahre alt, neben ihm eine Frau, fünf oder sechs Jahre jünger. Ihre Blicke sagen: Wir kommen zu spät. Wir schaffen es nicht. Nicht mehr.
Hätten eher losfahren müssen, denkt Ria.
„Ja“, sagt der Mann und sieht geradeaus. „Wir schaffen es nicht. Das Fest findet ohne uns statt. Und nun?“ Er sieht sie an. Noch lächelt er.
„Machen wir es wie immer?“ Ria wartet keine Antwort ab, zieht eine dunkle Mappe vom Rücksitz, die sie ihm reicht. Ihre Mappe ist hellgrün, in der sie konzentriert liest. Sie streicht an, schreibt an den Rand. Jetzt lacht sie auf, sieht zu ihm hinüber, möchte ihm eine Stelle vorlesen. Er räuspert sich, zieht ein Taschentuch aus der Hosentasche. Weint er? Sie kennt den Text, Wort für Wort.
„Sieh mal! Wie verstehst du das?“ Heiner beugt sich zu ihr, zeigt auf eine Textstelle.

Sie lacht so, dass er sie aus dem Auto stoßen möchte. Er will das lose Lachen nicht. Nicht jetzt, wo sie eingeschlossen sind. Ausgeliefert. Langsam lösen sich seine Hände. Er streicht über ihren Nacken, möchte mit ihr über den Acker springen, weiter, weiter.

*Die 2. Stunde*

„Komm!“, sagt sie, „steigen wir aus, es geht sowieso nicht weiter.“

Er lässt die Autotür auf, nickt den Leuten zu, die vor ihrem Auto stehen.

Flirrendes, fiebriges Licht. Der Acker ist eingezäunt. Sie gehen ein paar Schritte, setzen sich wieder ins Auto. Er beobachtet sie, spürt Ärger aufsteigen über die Frau, die konzentriert arbeiten kann, während vor seinen Augen der Asphalt kocht. Er betrachtet das Gesicht, die faltenlose Haut, die gerade Nase, bemerkt Augenringe, die er noch nie wahrgenommen hat. Wer ist die Frau, die neben mir sitzt, die nicht mitkriegt, was mit mir los ist? Sie würgen, ihr wehtun? Niemals! Zu solchen Ausbrüchen ist er nie fähig gewesen, wie sie die Autorin im Manuskript, in dem er liest, so lustvoll beschreibt. Vorsicht, Heiner! Steig aus, rauch eine. Was geht in dir vor, he? Wieso befasst du dich heute so intensiv mit Ria? Er blickt sie an. Was teilen wir? Die Arbeit! Darum würden sich andere Paare reißen. Manuskripte prüfen, mit Autoren reden, mit ihnen streiten. Mit mir streitet sich Ria nie. Haben das die Jahre mit sich gebracht? Wann hab ich sie das letzte Mal geküsst?

„Was ist mit dir? Du siehst blass aus, Heiner.“ Eigentlich möchte sie ihm sagen, dass er ihr wehgetan hat. Vorhin.

Wieso sag ich ihm das nicht? Ich tu so, als wäre ich gefügig. Wer ich bin? Möchtest du das wirklich wissen, Heiner? Was gehen mich die Texte an! Ria drückt das Papier zusammen, möchte schreien.
„He!“ Er stößt sie an. „Wo hast du die Thermoskanne versteckt?“
„Sie ist da, wo sie immer ist, im Korb auf der Rückbank.“
„Kaffee?“ Er gießt eine Tasse ein, reicht sie ihr. Sie trinkt, obwohl sie jetzt nichts Heißes mag. Sie will keinen Streit.
„Was hast du?“ Er stößt sie an, Kaffee sickert auf ihre Bluse. „Du“, fragt er, und wischt mit seinem Taschentuch über ihre Bluse, „was war das vorhin?“ Sie schweigt, scheint ihn nicht zu hören. Betrachtet die Hände, die über den Kaffeefleck reiben. Wieder muss sie lachen. Es sieht auch zu komisch aus, wie er sich über sie beugt und wie er dabei schwitzt.

Plötzlich löst sich der Stau, es geht im Schritttempo weiter. Sie legt das Manuskript auf die Rückbank, trinkt Wasser aus der Flasche, richtet sich gerade auf. Ohne auf ihn zu achten, bricht es aus ihr heraus. „Wie lange sind wir jetzt zusammen, zwanzig Jahre?“
Genau genommen zweiundzwanzig, denkt Heiner, und was haben sie uns gebracht? Texte lesen, korrigieren, redigieren, lektorieren. Ein Buch nach dem anderen. Hundert? Zweihundert? Tausend.
„Nein!“, sagt sie so, dass er sie ansehen muss. „Das ist es nicht.“
Es ist stickig im Wagen. Es geht nur im Schritttempo weiter.

„Möchtest du?“ Sie hält ihm die Wasserflasche hin.
„Was ist es dann?“, fragt er lauernd.
„Nichts. Eben nichts. Das ist es ja. Wieso fragst du, als wüsstest du es nicht.“ Sie sieht ihm ins Gesicht, zieht sein Kinn herüber. „Sieh mich an, wen siehst du? Weißt du das?“

*Die 3. Stunde*
Er gibt Gas. Nach zwei Kilometern wieder Stehen und Warten. Er möchte nur noch weglaufen, Ria los sein. Er fühlt ihre Wärme, die unerträgliche Hitze. Mit dem Handrücken wischt er Nässe vom Gesicht, riecht ihren Schweiß. Oder ist er das? Vorsichtig hebt er den rechten Arm. Wie recht sie hat! Es gibt nichts, was erwähnenswert wäre.
Sie lächelt.
Er dreht am Radio, tastet die Sender ab. Jazzfetzen. Eine Nachrichtenstimme. Pfeifen. Dann Stille.
Wir können es ändern! Ria sieht auf ihre Hände, ich hab ihn doch lieb!
Heiner ist ausgestiegen, raucht. Ria! Im Bett ist sie … Nicht jetzt daran denken! Er möchte sie aus dem Auto ziehen. Was ist in mich gefahren? Er weiß es nicht, weiß nur, ich kann ohne Ria nicht sein. Kann mir das jemand erklären? Er möchte in die Gesichter hinter den Autoscheiben brüllen, wer seid ihr? Möchte die Bürger aufwecken: Antwortet! Sie sitzen da, einen Knopf im Ohr, reden in den Äther.
Liebe ich Ria? Das würde ja bedeuten, ich kann in ihrem Herzen lesen. Als sie achtzehn und ich fünfundzwanzig war ... Ria mit blutroten Lippen! Wie ihre Augen glänzten!

Sie liebte zum ersten Mal. Jeder konnte es sehen. Und was war mit mir? Nachts leckte ich ihre Lippen, das rötlich schimmernde Haar, die Brüste. Die Scham.
Er sprintet los. Sein Blick sucht das Terrain ab, von dem ihn ein Drahtzaun trennt. Er steigt über den Zaun, guckt sich nicht um, hastet über ungemähtes Gras, nimmt Anlauf, springt und landet in einem Wassergraben. Das fehlt heute noch! Na und? Er lacht so, als würde der Verstand stillstehen. Langsam zieht er das T-Shirt über den Kopf, reibt Gesicht und Hände damit trocken. Soll Ria sich über mich amüsieren!
Hinter dem Zaun taucht ein Mann auf, der ihm eine Hand reicht, ihn herüberzieht, dabei grinst. Heiner flucht, flitzt zum Auto. Ria sitzt auf ihrem Platz, auf den Knien das Manuskript. Er reißt die Tür auf, zwingt sie auszusteigen.
„Du tust mir weh!"
Er atmet flach, hat Lust, Ria auf der Stelle zu küssen. „Ich kenne dich nicht", stammelt er.
Ja, Heiner, sagt sie nicht. Ihre Augen sagen es.
Er zieht sie an sich. Sie weigert sich, will wissen, was los ist mit ihm.
So kennt er sie nicht. Auch der durchsichtige Rock, der ihre Knie umspielt, ist ihm fremd.

Endlich!, denkt sie, als sie am späten Abend die Hauptstadt erreichen. Das Fest ist ohne sie zu Ende gegangen. Es ist Mitternacht. In der Großstadt pulsiert das Leben. Heiner will in die Paris-Bar, sich mit einer Autorin treffen. Er fragt, ob sie mitgehen will.

Ria beobachtet Heiner, der unter der Dusche steht. Wie gut er riecht! Wie er mich ansieht. Wie weich seine Stimme ist, wie fremd.
Er trocknet sich nicht ab, streicht immerfort das feuchte Haar nach hinten. Ich sehe dich, Ria! Es reißt ihn in Stücke.

*Die Rückfahrt*
Sie sitzen nebeneinander. Ria schiebt eine alte Tonkassette ein. Er kennt den Song, den sie in den Achtzigerjahren gegrölt haben. Pink Floyd. Die Augen geschlossen, die Kopfstütze ist nach hinten gestellt.
*All in all you're just another brick in the wall* … Er dreht den Ton laut, richtet sich auf. „Anders leben", schreit er. „Wollten wir doch, oder?"
Ria sieht ihn von der Seite an, lächelt.
Eine halbe Stunde wird vergangen sein, als sie auf die Rückbank zeigt.
„Liest du mir aus dem Manuskript vor, Heiner?"
„Es geht nicht!"
„Wieso?"
Sie muss auf den Gegenverkehr achten, sich in die rechte Spur einfädeln.
Soll er sagen, was er vermutet? „Ria!"
„Ja?" Sie drosselt das Gas. „Was ist? Soll ich anhalten?"
„Du weißt es."
Er zieht das Manuskript vom Rücksitz. „Du hast den Text geschrieben, du, Ria! Hier", er wedelt mit den Blättern, „es ist genial, Ria!"

Er betrachtet sie wie eine Fremde, die gerade Nase, die geöffneten Lippen, den rötlich schimmernden Haaransatz. Es schüttelt ihn, er möchte sie auf der Stelle küssen.

„Ja!", sagt sie, mehr sagt sie nicht.

## Das sprechende Tier

I

Es begann mit kleinen schwarzen Dreiecken. Vorstufen. Auseinandergefallene Teilchen, schwirrend in der Luft. Raum und Zeit durchstoßend.
Der Redner macht eine Pause, zeigt nach vorn.
Dort, meine Damen, meine Herren, sehen Sie genau hin!
Die Stimme fährt ruhig fort: Teilchen, die einen Ort suchen, in dem sie sich neu zusammensetzen können.
Eine neue Form? Es hörte sich an, als wäre der Redner auf eine Entdeckung gestoßen.
Sollte hier etwas Neues entstanden sein?

Eine Depression würde es Silvia, die Neurologin, nennen. Das weiß Waltraud, die trotzdem einen Termin in der Arztpraxis macht.

Du bist in einer Depression, Wally.
Wie kommst du darauf?
So wie du es schilderst.
Was schildere ich denn?
Für einen Augenblick hat Waltraud die Ärztin schachmatt gesetzt, die sich an die Stirn greift, den Kopf schüttelt, das volle Haar fällt seitlich hinter das Ohr.
So kannst nur du fragen, Wally!
Nein! Damit geb ich mich nicht zufrieden.
Komm, du weißt doch Bescheid!
Was ist mit mir, Silvia?

Du kommst da raus! Die tiefe Stimme der Frau hinter dem Schreibtisch.
Und woher weißt du das?
Du bist immer rausgekommen, Wally! Die Ärztin schiebt ihren Stuhl zurück, steht auf.
Wovor hast du Angst, Silvia? Vor der Wahrheit? Wieso sagst du nicht, ich bin an unheilbarem Trübsinn erkrankt?
Komm! Die Ärztin legt eine Hand auf Waltrauds Nacken. Lass uns ein andermal weitersprechen, ja?
Das Sprechzimmer war voll, als Waltraud kam, sie brauchte nicht zu warten, weil sie mit der Ärztin befreundet ist. Aber trotzdem kann sie nicht erwarten, dass Silvia mehr Zeit für sie hat, Zeit für die Dunkelheit, die von ihr Besitz ergreifen will.
Noch kann ich es stoppen, noch kann ich hierherkommen. Doch wozu? Wozu stoppen?
Waltraud blickt in hellgraue Augen, die in diesem Augenblick wegsehen, als fürchteten sie ihren Blick.
Ja, ja, Silvia, ich gehe schon!

Sie winkt an der Tür nicht, dreht sich nicht um. Hier kann sie keine Hilfe erwarten. Wo dann? Zu Hause? Wo wäre das? Ist es das Zimmer, in dem Möbel stehen, die sie nicht hinausstellen durfte, als sie das Zimmer gemietet hat. Einige Bilder hat sie von der Wand genommen, hinters Bett geschoben. Jetzt wartet sie darauf, dass die Vermieterin sie anspricht, die in ihr Zimmer geht, wenn sie fort ist. Es gehört zu der Frau, dass sie alles wissen, alles in Besitz nehmen muss.

Manchmal amüsiert sich Waltraud darüber. Heute ist es ihr egal. Nichts, was sie herausreißen kann aus diesem Zustand. Gehen in Spinnwebfäden.
Noch kann sie es steuern, noch hat dieser Zustand keine Stimme.
Was ist es, das mich so lähmt? Ist es Furcht? Oder die Vorstellung, es ist ein Tier, das aus dem Dunklen getreten ist? Einmal hat es sich schon gezeigt, signalisiert, dass es zu ihr gehört. Das Tier lag zusammengerollt wie eine Krone auf ihrem Kopf. Es hat sich herausgewagt. Sie konnte es nicht wegstoßen, spürte die Wärme, die das Tier ausstrahlte.
Doch davon darf sie Silvia, der Ärztin, nichts sagen. Sie hält sich daran, was sie ihr zumuten kann.
Der Gedanke belustigt Waltraud, das Tier sonnt sich auf meinem Schädel. Auch im Februar gibt es sonnige Tage.

Zwei Tage später eine Geburtstagsfeier.
Waltraud sitzt mit anderen Gästen an einem gedeckten Tisch. Sie trägt ein buntes Tuch im Haar, möchte nicht, dass die anderen das Tier sehen.
Jemand zeigt auf ihren Kopf, sagt bewundernd: Was für eine Haarpracht! Eine andere beginnt von Frida Kahlo, der mexikanischen Malerin, zu schwärmen, von den Selbstbildnissen mit üppigem Kopfschmuck.

Von da an bedeckt Waltraud ihren Kopf, setzt eine Mütze oder einen Hut auf. Reglos liegt das Tier darunter, scheint zu schlafen.
Es gibt Stunden, Tage, da vergisst sie das Tier. Schaut sie zufällig in einen Spiegel, lächelt sie, denn dem Tier scheint

es gut zu gehen auf ihrem Kopf. Doch sein angestammter Platz ist woanders, ahnt Waltraud, den genauen Ort kennt sie aber nicht. Sie weiß nur, das Tier wird mich nicht verlassen, nachdem es sich gezeigt hat.

Was fange ich mit dir an? Da du nun einmal da bist, dich herausgewagt hast, also keine Angst hast vor mir? Vielleicht weißt du alles von mir, und ich bin es, die unwissend herumtappt. Bin ich das Dunkle? Und du wärst das Helle, mein Tier?

Es macht mir Vergnügen, die Dinge zu drehen, sie auf den Kopf zu stellen. Es verändert mich, wenn ich meinen Standpunkt aufgebe und mich aufs Spielbein stelle. Was geschieht dann?

Das würde sie Silvia gern fragen. Doch die Ärztin ist an ein Zeitfenster gebunden. Außerdem war Silvia nie spontan, so wie Waltraud, die fremde Leute ansprach, auf dem Spielplatz oder in der Bahn, die nie genug fragen und hören konnte, als sie ein Kind war.

Wann hat sie begriffen, dass man das nicht tun soll? Dass man sich ruhig verhält, wie alle anderen?

## II

Es begann mit kleinen schwarzen Dreiecken in meinem Kopf, versucht Waltraud der Ärztin zu erklären. Sie nimmt einen Stift, beginnt zu zeichnen. Und erschrickt. Die Kopfform hatte sich verändert. Es sah aus, als gäbe es eine obere und eine untere Hälfte, die ein Riegel oder ein ähnlicher Verschluss miteinander verband. Die obere Hälfte schien größer als die untere, die dunkler war als die obere, auf der das Tier saß.

Nein, nein!, Silvia, ich will mich nicht von dem Tier trennen, wie kommst du darauf? Früher vielleicht, da wollte ich, als ich diese Zustände kommen sah, meinen Kopf aufsägen. Doch nicht mehr nach der Erfahrung im dritten Semester.

Ich war neunzehn und begann Medizin zu studieren, aber das weißt du ja, Silvia.

Jemand sagte, du musst es testen, ob du für das Studium taugst.

Also meldete ich mich in der Pathologie an.

Die Leiche lag unbedeckt da.

Heute ist der Schädel dran, hörte ich den Prof sagen.

Dann hörte ich ein Geräusch, das ich nie vergessen habe.

Ich sah die Säge in seinen Händen.

Wie profan!, durchfuhr es mich. Es sah aus, als säge er Holz. Nur dieser Ton, der so anders war als alles, was ich bis dahin gehört hatte. Ein Ton, der sich festgesetzt hat.

Dann sah ich die Schöpfkelle, die blutige Flüssigkeit.

Nein! So sollte mein Kopf nicht aufgesägt werden, so nicht!

Ich stellte mir zwar eine Öffnung vor … Dann könnte es herausströmen. Entweichen.

Was denn? Wovon sprichst du, Wally?

Vom Schmerz.

Versteh doch, Silvia, wenn der Kopf eine Öffnung hätte, eine Art Tür heraus aus dem Verlies ...

Die Ärztin kippelt mit dem Stuhl. Plötzlich lacht sie auf. Wozu dein Gehirn aber auch fähig ist, Wally! Sie seufzt, steht auf.
Das ist nicht alles, sagt Waltraud mit ernstem Blick. Es geht tiefer.
Nein!, schreit die Ärztin. Hör sofort auf!
Es wird still im Sprechzimmer.

III

Sie treffen sich im Café Einstein. Waltraud trägt ein Tuch im Haar in allen Sommerfarben. Silvia im kurzen, engen Rock und heller Bluse.
Du bist nicht mehr in die Sprechstunde gekommen, Wally.
Stimmt! Ich brauche deine Hilfe nicht mehr!
Es geht dir also wieder gut?
Waltraud kichert, du glaubst mir sicher nicht. Doch stell dir vor, Silvia, ich hab das Studium wieder aufgenommen.
O! Das hört sich aber gut an!
Das ist es auch! Ich bin selbst erstaunt, dass ich das auf die Reihe gekriegt habe.
Und jetzt höre und staune, der alte Prof, der Anatomie lehrte, bevor ich alles hinschmiss, ist noch an der Uni. Und weißt du was? Er hat mich tatsächlich wiedererkannt. Sagt er doch, als ich an ihm vorbeigehen will: Sie sind zurück, Waltraud? Glückwunsch! Und gibt mir die Hand.

## IV

Das möchte ich nun aber doch wissen, Waltraud, wie hast du es geschafft, wie bist du aus dem Loch herausgekommen?
Es reizt Waltraud, mit einer Gegenfrage zu antworten. Wie ich da heraus gekommen bin? Sollte das nicht die Neurologin wissen?
O nein, das lasse ich dir nicht durchgehen, schließlich bist du auch meine Patientin, andere könnten daraus lernen.
So?
Stell dich nicht dumm, Wally!
Erinnerst du dich an das Tier, Silvia?
Fang nicht wieder davon an! Ich warne dich.
Aber du hast doch danach gefragt.
Nicht nach einem Tier!
Aber das Tier war es, es ist aus dem Dunklen ins Helle gekrochen, es hat mit mir gesprochen, mich erlöst.
Du schüttelst den Kopf, Silvia? Ja, ja, du konntest dich nie auf etwas einlassen, das dir Angst gemacht hat. An eine Szene im Kinderladen erinnere ich mich genau, weißt du, woran ich jetzt denken muss?
Hör auf damit, hör sofort auf, Wally!
Siehst du, das meine ich.

Waltraud verabschiedet sich, sie muss sich beeilen, ist am Abend mit ihrem Freund verabredet. Sie wollen in ein Jazzkonzert gehen. Sie duscht, wäscht sich die Haare, stutzt. Nass, wie sie ist, stellt sie sich vor den Spiegel. Das Tier ist weg! Sang- und klanglos verschwunden.
Wo bist du, möchte sie rufen, wo bist du, mein Tier?

*Hier, bei dir.*
Ich seh dich aber nicht.
*Ich bin da, genügt dir das nicht?*

## Die tote Frau Lou

Hinter dem Fenster der klare Sternenhimmel. Sternschnuppenzeit, auf die Lou in jedem August sehnsüchtig wartet.
„In diesen Nächten durchquert die Erde den Meteoritengürtel der Perseiden. Halte deine Hände auf, Eddy, fang eine Laurentiusträne auf. Und dann wünsch dir was, aber achte auf deine Träume!"
Lou lachte, nicht spöttisch, wie so oft. Ihr Lachen klang geheimnisvoll und sehr hell.
Edgar Janzen zieht die Gardine vor's Fenster, lässt sich aufs Sofa fallen, legt die Beine hoch. Mit dem Buch, in dem er bis Mitternacht gelesen hat, schläft er ein.

### I

Er sieht, wie er die Treppe in seinem Haus hinaufsteigt, wie er Lous Zimmer betritt, sich umsieht und feststellt, wieder haben sich Fliegen im Glaslampenschirm gesammelt, den er erst vor zwei Wochen gereinigt hat. Wie von fern hört er Lous fröhliche Stimme: Endlich ist es wieder hell in meinem Zimmer! Danke, Eddy!
Er fasst sich an die Stirn, was suche ich hier? Ohne weiter darüber nachzudenken, setzt er sich vor Lous Schreibtisch, fährt den Computer hoch, surft in den Dateien. Schweiß bricht ihm aus, wer ist die Person, die das notiert hat? Das kann niemals meine Frau sein!

Hier saß sie, an diesem Platz, seitdem sie vor sieben Jahren hierher gezogen waren.
Den Dienst in der Klinik hatte er vorzeitig quittiert, er wollte nicht mehr das tun, was von ihm erwartet wurde. Ein Leben lang. Lou schien froh über seine Entscheidung. Doch hatte sie auch einkalkuliert, was es bedeuten würde, wenn er jeden Tag mit ihr unter einem Dach lebt?
War es das, was sie nicht ertragen hat? Wieso hat sie das getan? Immer wieder schaut er zum Telefon, als käme von dort eine Antwort. Sein Blick streift die Bücherrücken, bleibt an den Fotografien haften. Bäume, immer wieder Bäume, die Lou faszinierten und die sie fotografiert hat. Kastanien, Eichen. Birkenstämme.
Etwas zwingt ihn weiterzulesen. Jedes Wort, das er liest, wirkt wie eine Droge. Er wippt mit dem Stuhl, reibt über die schmerzenden Augen.
Fleißig bist du gewesen, Lou!, während ich unten saß und mit mir und dem Leben grollte. Wieso konnte ich den Ruhestand nicht genießen? Du warst es, Lou, du hast mir einen Spiegel vorgehalten, auf dem zu lesen war, was mir immer fehlen würde. Ich versuchte deinem Blick auszuweichen, das hast du gespürt, deine Intuition war ja nicht nur mir, sie war auch unseren Freunden bekannt. Der siebente Sinn!, riefst du, in den Mundwinkeln das Lächeln, das mich ausschloss. Ich ging dir aus dem Weg, gleichzeitig suchte ich dich. Es war wie ein Fluch, doch nie hätte ich darüber reden können.
Mit einem Handgriff schaltet Edgar den Monitor aus, steht auf. Heute hat er noch nichts getrunken. Dazu müsste er

hinunter in sein Zimmer gehen, die Flasche nehmen und sich einen Whisky eingießen.
Lou lebt nicht mehr. Sie hat ihn und das Leben verlassen. Wie konnte es dazu kommen? Er möchte schreien, laut werden, ein einziges Mal. Er hebt den Kopf, kennt die Stimme, die unerwartet scharf werden kann, dann wieder sanft wie ein Täubchen, das mit ihm spielen will. Lou, die Verführerin, die Frau, die ich liebe. Er lauscht, streckt den Hals vor, seine Hände zittern.
Bist du hier, Lou?
*Gewiss.*
Dann bist du nicht tot?
*Erinnerst du dich, Eddy, wie wir darüber sprachen, was das ist, das Tot-Sein?*
Sicher erinnere ich mich daran, Lou.
*Dann weißt du auch, wie erpicht wir auf Nachrichten von der anderen Seite waren, und sie nie bekommen haben. Zapf sie an, worauf wartest du noch, Edgar.*
Halt, Lou! Das hier ist kein Spiel. Du hast mich bösartig verlassen. Wie soll ich weiterleben ohne dich?
*Verlassen? Ja, vielleicht. Aber nicht bösartig.*
Du hättest es mit mir besprechen müssen, wir hätten eine Lösung gefunden für dein Problem.
*Es gab kein Problem.*
Weshalb bist du dann fort?
*Nicht, weil es ein Problem gab.*
Sag es, bitte!
*Ach Eddy, wo soll ich anfangen? Mein Tod hat nichts, aber auch gar nichts mit dir zu tun. Oder doch? Immer war da ein Rest ...*

Wovon sprichst du, Lou?
*Ich wollte das Leben an seinen Händen fassen, be-greifen, wozu ich da bin.*
Aber das hast du doch, Lou!
*Schrei nicht so, Edgar. Das Leben ist nicht zu begreifen! Wenn du es fassen willst – ist es immer schon weitergezogen. Einmal die Arme öffnen, einmal mit dem Fluss schwimmen ...*
Du sprichst in Rätseln, Lou!

Er lässt sich in den Sessel fallen, in dem Lou immer saß, wenn sie eine Pause machte, betrachtet die dunkle Figur, die auf dem Regalbrett steht, die einen Krug auf dem Kopf trägt. Die Füße hängen über der Sessellehne, mit einer Hand löscht er das Deckenlicht.
Wieder ist ihm, als höre er ihre Stimme. Er springt auf, stößt dabei einen Karton um. Verflixt, wieso verlässt Lou mich? Was ging in ihr vor? Er hält in der Bewegung inne, das ist es! Ich hab Lou immer gesucht, sie gleichzeitig zum Teufel gewünscht. Ihr hartnäckiges Dranbleiben an einer einzigen Frage, wie lästig wurde mir das. Ach, mein schönes Biest, Hekate!
Er hört es lachen, dass es ihm kalt den Rücken herunterläuft. Einmal wie du lachen können, Lou! Einmal herauslassen, was mich zur Weißglut bringt. Wieso schaffe ich das nicht? Wieso konnte ich Pfau, meinem Chef, nicht ins Gesicht lachen, ihn am Kragen packen, ihm sagen, was ich von seiner Operationsmethode hielt?
Doch dann war es passiert. An einem Clubabend hatte Lou auch seinen Chef zu einer Lesung eingeladen. Nach der

Lesung wurde diskutiert. Und Wein getrunken. Pfau stand neben Lou, schien sich in ihrer Nähe wohlzufühlen. Plötzlich wurde es still. Lou muss etwas gesagt haben, das alle aufhorchen ließ. Kerzengerade stand sie vor seinem Chef, der auf ihre Lippen starrte, wortlos seinen Mantel nahm, und ging.

Nachdem auch die letzten Gäste gegangen waren, umarmte und küsste ich dich, Lou. Danach holte ich den besten Rotwein aus dem Keller. Wir leerten die Flasche bis auf den Grund. In jener Nacht, nachdem Pfau grußlos gegangen war, spürte ich eine Lust, eine Gier, dich wieder zu entdecken. Noch beim Aufwachen fühlte ich deine Zunge. Es war, als wären wir uns in dieser Nacht zum ersten Mal begegnet. Das kannst du, Lou, die Luft zum Leuchten bringen. Wie ein Komet bist du in mein Leben eingebrochen.

Ja, die Clubabende waren deine Idee, Lou, die ich begeistert aufnahm. Ich hoffte, auf diese Weise das Kummet loszuwerden, das mir seit Berufsbeginn die Luft zum Atmen nahm. Manchmal, wenn ich nachts wach lag, erinnerte ich mich an die Studentenzeit, an die Demos, bei denen du an meiner Seite warst. Ja, sagtest du am anderen Morgen, als hätte ich in der Nacht laut gesprochen, damals waren wir jung, voller Ideen und vor allem ohne Angst. Nächtelang hockten wir zusammen, rauchten und trieben einen Gedanken so lange durch ein Nadelöhr, bis wir eine Antwort fanden. Erinnert du dich daran, Eddy?

Edgar reißt das Fenster auf, möchte über die Dächer brüllen: Komm zurück, Lou! Komm zu mir zurück! Er greift sich an die Stirn, trinkt Wasser aus der Flasche, die neben

Lous Schreibtisch steht. Wieder ist ihm, als höre er ihre Stimme.
Lou!, was war es, was hat dich veranlasst, mich zu verlassen? Sag es mir, bitte.

II

Zwei Herren mittleren Alters, der eine steht vor, der andere hinter einer Hecke.
Guten Tag! Hier wohnen Sie also, Herr Joops?
Ja, hier wohnen wir, meine Frau und ich. Doch sagen Sie, woher kennen Sie mich?
Von den Clubabenden bei Janzens.
Sie meinen Professor Janzen, der seine Frau verloren hat.
Wie bitte? Sagen Sie, dass es nicht wahr ist!
Es ist so, Louise Janzen hat sich das Leben genommen.
Mein Gott, wie Sie das sagen! Geht Ihnen das nicht nahe, Herr Joops? Sie kamen aber doch auch zu den Clubabenden, nicht wahr?
Sicher.
Ich hab Sie des Öfteren zusammenstehen sehen. Es schien, als wären Sie mit Frau Janzen ziemlich vertraut.
Vertraut? Ich weiß nicht. Hat sie uns nicht alle benutzt?
Wie kommen Sie darauf? Das müssen Sie begründen!
Waren wir nicht alle Objekte für Lou Janzen, der Autorin mit dem Röntgenblick? War es so, Herr ...?
Zeplin.

Ah, jetzt erinnere ich mich! Der ewige Frager, das waren Sie! Hören Sie, wenn Sie mögen, kommen Sie auf ein Glas herein.
Auf ein Glas komm ich gern herein.
Ich hab Sie noch gar nicht gefragt, in welchem Verhältnis Sie zu Louise Janzen standen, Herr Zeplin?
Verhältnis? Ich weiß nicht. Lou und ich waren Kommilitonen. Louise Glück, so hieß sie damals.
Ach, dann sind sie Literaturwissenschaftler wie Frau Janzen? Bitte nehmen Sie dort am Fenster Platz! Was darf ich Ihnen anbieten? Einen alten Weinbrand? Einen Pernod? Oder doch lieber einen Rotwein? Gewissermaßen zum Anwärmen.
Das möchte ich nicht!
Was möchten Sie nicht?
Mich bei Ihnen anwärmen.
Ha! So kenne ich Sie gar nicht! Aber, wie soll ich Sie auch kennen, wenn wir nie miteinander gesprochen haben.
Das stimmt doch nicht! Wir hatten oft dazu Gelegenheit bei den Janzens.
Streitgespräche über Gott und die Welt, hin und wieder Poesie. Vor allem aber das Palavern über den Sinn oder Unsinn des Lebens, über den Hunger in Ruanda, die Überschwemmungen in der Welt. Das alles, müssen Sie wissen, interessierte mich nur am Rande. Doch jetzt trinken wir auf Ihr Wohl!
Auf das Ihre! Wie lange wohnen Sie schon hier, Herr Joops?
Es werden in diesem Jahr fünfundzwanzig Jahre.
Dann müssen Sie die Janzens recht gut kennen.

Man grüßt sich über die Hecke, sagt ein paar Worte ...
Lou Janzen war eine faszinierende Frau!
Das war sie! Wahrscheinlich liegt sie jetzt in der Pathologie und wir sprechen über sie … Ist das nicht komisch? Aber Sie lachen ja! Ihr Tod scheint Sie zu freuen, mein Herr? Ich muss schon sagen ...
Noch ein Glas, Herr Zeplin?
Ich sollte jetzt gehen. Nur eins noch, kommen Sie vielleicht als Nachbar an Frau Janzens Texte heran?
Nein, bestimmt nicht! Dazu müsste ich mit Herrn Janzen besserstehen.
War sie Ihre Geliebte?
Herr Joops lächelt so, als erinnere er sich.
Das ist doch nicht möglich. Sagen Sie, dass es nicht wahr ist, Herr Joops!
Was regt Sie so auf, Herr ...
Lou gehörte mir! Ich hab Lou geliebt.
Herr Zeplin stellt das Glas auf den Tisch, geht in schnellen Schritten zur Tür, die er hinter sich schließt.

## III

*Hast du gehört, Eddy, wie es auf der Erde zugeht?*
Schamlos, das meinst du doch, oder?
*Immer wollen sie mich vereinnahmen, immer meinen sie, ich gehöre zu ihnen.*
Wo bist du, Lou? Meine Lou!
*Wenn ich das wüsste.*
Also bist du nicht tot?

*Darüber kann ich nichts sagen. Hier ist niemand, den ich das fragen kann.*
Weißt du, Lou, worüber ich nachdenken muss, seitdem ich in deinem Zimmer bin?
*Worüber?*
Über mich!
*Oh, das ist gut!*
Lou, ich vermisse dich! Können wir es nicht noch einmal versuchen?

Edgar Janzen wandert vom Fenster zur Tür und wieder zurück, bleibt stehen, starrt auf die Linde, die vor dem Nachbarhaus steht. Er kennt die Nachbarn kaum. An den Clubabenden hat er mit Herrn Joops nur wenige Worte gewechselt. Aber es war ihm doch aufgefallen, wie sein Nachbar Lou ansah, wie er an ihren Lippen hing. Pah! Sollen sie ihm doch alle den Buckel herunterrutschen, niemand konnte Lou das Wasser reichen, nicht einmal ich. Ja, früher, vor vielen Jahren, da hab ich mir eingebildet, Lou besitzen zu können. Was für eine Illusion! Wie recht Lou hatte, die immer wieder betonte, niemand ist des anderen Besitz. So ist es, das erkenne ich jetzt.
Edgar Janzen legt die Stirn an die Fensterscheibe. Heftig dreht er sich um, was soll's! Er wird hinuntergehen, einen Whisky trinken oder einen Rotwein der exzellenten Sorte, die Lou bevorzugte. Auf halber Treppe bleibt er stehen. Nur gut, dass mich niemand beobachtet hat. Wenn Pfau jetzt zur Tür hereinkäme, mit dem unverschämten Grinsen im Gesicht. Ach was, ich pfeif auf Pfau, pfeif auf alle Konventionen! Was gehen mich die anderen an!

*Endlich taust du auf.*
Lou?
*Ja, Eddy?*
Geh nicht ganz fort!
*Das hab ich nicht in der Hand.*
Wer steuert es, weißt du das, Lou?
*Wieso fragst du? Würde die Antwort etwas in deinem Leben ändern?*
Sprich weiter! Wie gern ich dich reden höre.
*Nimm das Leben, wie es sich dir anbietet. Sei nicht so bierernst.*
Bierernst? Das ist doch nicht deine Sprache, Lou!
*Du hörst noch immer nicht zu, Eddy.*
*Greif zu! Nimm von dem Teller, der dir angeboten wird. Und sinne nicht darüber nach, was du nicht haben kannst.*

## IV

Was treibt mich immer wieder herauf in ihr Zimmer, in dem ich selten war?
Lou kam herunter, wenn es Abend wurde, trank ein Glas Bier oder Wein mit mir, schien erschöpft. Manchmal sahen wir uns einen Film an, den Lou in der Mediathek entdeckt hatte. Danach redeten wir, bis es hell wurde.
Wieder sitzt er vor ihrem Computer, starrt auf den Monitor. Was ist das? Nicht eine einzige Datei kann er aufrufen. Es ist, als wäre der gesamte Speicher leer.
Lou, hörst du mich? Kannst du mich hören? Dein Computer spinnt. Alle Dateien sind gelöscht.

*Wieso schreist du so, Eddy? Und überhaupt, was gehen dich meine Dateien an!*
Mit zitternden Knien stampft er hinunter in sein Zimmer, bleibt vor dem Bücherregal stehen. Was suche ich? Ich kenne Lous Bücher! Worum ging es im letzten Buch? Die Wahrheit ist, ich weiß es nicht. Er lässt sich auf die Couch fallen, vorher gießt er sich einen großen Whisky ein. Immer wieder streicht er Haare aus der Stirn, versucht die Gedanken zu ordnen.

Edgar Janzen muss auf der Couch eingeschlafen sein. Vogelstimmen wecken ihn. Er hat das Fenster nicht geschlossen, auch die Rollos am Abend nicht heruntergelassen. Er gähnt und streckt sich, läuft ins Bad. Bevor er duscht, rasiert er sich.
Leise, um Lou nicht zu wecken, drückt er die Klinke herunter. Er kennt das Gesicht, jede Falte ist ihm vertraut, kennt den Mund, die Lippen, die er küsst.
Gut gelaunt ruft er seinen Nachbarn an, fragt, ob er Lust auf einen Kaffee hat und herüberkommen möchte. Die Männer rauchen und trinken Kaffee, bis Herr Joops den Kopf hebt und fragt: „Wie geht es eigentlich Ihrer Frau?“ Er zeigt zur Treppe, die nach oben führt. „Sie arbeitet bis spät in der Nacht, ich kann das Licht von meinem Fenster aus sehen.“
„Nichts für ungut, Herr Nachbar, aber um Lou müssen Sie sich keine Gedanken machen.“

Als Herr Joops gehen will, an der Tür steht, fragt er: „Wann findet der nächste Clubabend statt?“
Die Hände in den Hosentaschen, lacht Edgar Janzen dem anderen ins Gesicht.
„Das Thema, Janzen! Worum wird es diesmal gehen?“
Langsam, als genieße er es, packt Edgar seinen Nachbarn an den Schultern, schüttelt den schmächtigen Mann, der verdutzt guckt. „Eins möchte ich Ihnen raten. Lassen Sie die Finger von meiner Frau oder Sie werden in der Pathologie aufwachen, Joops!“
„Aber, aber, was ist denn in Sie gefahren, sind Sie übergeschnappt, Janzen?“
Edgar grinst, schiebt seinen Nachbarn zur Hecke: „Und nun husch, husch, hinüber!“
Er muss so lachen, dass seine Frau das Fenster aufreißt.
„Was ist das für ein Lärm, und mitten in der Nacht, Eddy?“
Er wirft Lou eine Kusshand zu, während der Nachbar auf allen vieren hinter der Hecke verschwindet.
„Du lachst, Eddy! Mein Gott, wie du lachen kannst! Was ist los mit dir? Warte, ich komm gleich runter.“

## Auferstehung

Sonnenlicht flutet ins Zimmer. Sophie blinzelt, kann nur Umrisse im Spiegel erkennen. Ihr Blick ist an der weiß bestickten Kappe hängen geblieben, die er vergessen haben muss.

So hat sie ihn kennengelernt, mit dieser Kappe auf schwarz glänzendem Haar. Er wirbelte herum, stampfte die Erde; aufgeblähte, weiße Pluderhosen flogen durch die Luft. Vier Männer drehten sich im halbdunklen Saal. Als die Lichter angingen, kam er auf sie zu, nahm sie bei der Hand, ging mit ihr hinaus. Seitdem wohnte er bei ihr. Der Fremde. Der Liebende.

„Ich bin im Exil", hat er an einem Morgen gesagt, und sie auf den Mund geküsst.

Er ist nicht wiedergekommen. Ob ihm etwas passiert ist? Soll sie ihn suchen lassen? Sie zögert. Lauscht. Starrt aufs Handy. Hat sich krankgemeldet, um da zu sein, wenn er anklopft. Nur kurz verlässt sie die Wohnung.

Wieder sind Tage vergangen, in denen die Ungewissheit sie quält. Sie nimmt den Schlüssel, steckt das Handy ein, heftet einen Zettel an die Tür. Und geht los.

Wie jeden Tag nimmt sie die Abkürzung über den Friedhof.

Erst beim Näherkommen sah sie, wie einer der beiden Männer, die eine Treppe herunterkamen, die Oberlippe hochzog, und wie diese minimale Bewegung der andere, der einen halben Schritt hinter ihm ging, nachmachte. Sie hatte gesehen, wie die Männer auf ihre gestickte Kappe

geblickt hatten, wie ihre Augenlider sich hoben und senkten.
„Ich brauche ein Taschentuch“, sagte sie und zog die Nase hoch. Eine Männerhand gab ihr ein großes, weißes Tuch. Sophie nahm es, nickte, wandte sich um und putzte die Nase. Wortlos entfernte sie sich.
„Halt! Das Taschentuch!“
Sie drehte sich halb herum, „aber ich brauche es noch.“
„So war das nicht gemeint!“ Der Mann, der vor ihr stand, streckte eine Hand aus. Der hinter ihm Stehende tat dasselbe. Als wären sie eine Gestalt, wiederholte der zweite Mann mit ernstem Gesicht: „So war das nicht gemeint!“
Sie starrte die Männer an, die wie Seifenblasen zusammen- und auseinanderdrifteten. Da lachte sie, lachte so, dass es ihr auf dem Friedhof, auf dem sie stand, peinlich war. In diesem Moment öffneten sich die Türen einer Halle. Heraus traten, mit Sträußen in den Händen, Männer in Schwarz. Langsam folgte der Trauerzug.
Ach was!, sie drehte sich um und ging weiter.
Plötzlich stand der Mann, der ihr das Taschentuch gegeben hatte, hinter ihr, riss ihr die Kappe vom Kopf und lief zu dem Wartenden zurück.
„Eins zu eins“, krähte die Stimme, die sich entfernte. „Eins zu eins“, wiederholte der zweite Mann.
„He!“, rief sie, „Sie bekommen Ihr Taschentuch später zurück.“
Die Männer winkten mit der Kappe, die sie wie eine Trophäe in die Luft warfen.
„Okay“, rief sie, „wenn es Sie vergnügt.“

Sie sah, wie einer der Männer die Arme öffnete, wie er die Knie bog und auf dem Rasen Kobolz schoss. Gleich ihm wirbelte der zweite Mann herum.
Schrittweise bewegte sich der Trauerzug heran. Als er in Höhe der Männer war, verharrte er, als müsste er auf etwas Bestimmtes warten. Die Männer steppten um den Eichensarg herum, überschlugen sich, plötzlich standen sie still, verbeugten sich zwanghaft, machten eine Handbewegung, als wollten sie, dass der Sarg sich öffnen sollte.
Da hob sich der Deckel und heraus ragte eine porzellanweiße Hand, die ihr zu winken schien.
Magnetisch angezogen schritt sie heran, riss den Männern die Kappe aus den Händen, warf sie in den halb offenen Sarg.
Jetzt sahen alle, die sehen konnten, dass die Leiche – doch hier müssen wir schon Person sagen – sich die bestickte Kappe auf den Kopf gesetzt hatte, sie ab und zu lüftete, um damit zu grüßen.
„Was ist? Worauf wartest du, Sophie?" Und mit einer Leichtigkeit, die niemand dieser Person zugetraut hätte, schwang sich der Körper über die Sargkante, sprang aus buntem Blumenschmuck auf die Erde, lief einmal, dann ein zweites, ein drittes, ja auch ein viertes Mal um den leeren Sarg herum, ergriff ihren Arm, schritt mit ihr ohne zurückzublicken zum Ausgang. Dort blieb er stehen, schwenkte die Kappe, beugte sich zu der, die er am Arm führte: „Das war der letzte Moment!"
„Ja", sagte sie und zwickte ihn durchs Jackett.

„Das Taschentuch!“, riefen die beiden Männer und gestikulierten wild mit den Armen, während das Paar durch das Tor über die Straße ging.

## Nachwort von Georg Schwikart

*Furcht gibt es in der Liebe nicht*

Ein Ufer ist der Übergang von Land und Wasser am Meer, einem See oder einem Fluss. „Endlose Ufer" überschreibt die Autorin Barbe Maria Linke ihre Geschichtensammlung. Ein treffender Titel – denn ihre Short Stories erzählen von Übergängen, mal fließend, mal abrupt, oft unmerklich. Zwischen Traum und Realität, zwischen Wunsch und Wirklichkeit steht die Schriftstellerin am Ufer des Daseins, beobachtet und beschreibt, was da geschieht oder geschehen könnte.

Nach ihren zahlreichen Romanen zeigt Barbe Maria Linke, dass sie auch die kleine Form beherrscht. Mit wenigen Pinselstrichen zeichnet sie eindrucksvolle Gemälde. Details über das Wetter, ein Kleidungsstück oder den Geruch des Kaffees genügen, um Stimmungen zu evozieren, die uns Lesende in andere Welten hineinziehen.

Da geht es immer wieder um die mächtigen Themen der Vergangenheit, die noch das Heute prägen, etwa die Grausamkeiten des Nationalsozialismus oder die Schrecken der DDR-Diktatur. An Einzelschicksalen spüren wir die Absurdität, zu der der Mensch verurteilt ist. Aber wir schmecken auch den Lebenshunger, der nach vorn blicken und Neues wagen lässt.

Nähe und Distanz, Liebe und Identität bestimmen diese literarischen Kostbarkeiten. Starke Persönlichkeiten (re)agieren anders als erwartet. Sie lassen das Gewohnte hinter sich und begegnen dem Fremden … das ihnen plötzlich ganz nah ist. Was verloren geglaubt war, kann wiedergefunden werden. „Der Mund ist rot, aus dem es lacht“, heißt eine Episode. Glück ist nicht nur reine Phantasie, sondern eine greifbare Option.

Barbe Maria Linke gelingt es vortrefflich, komplexe Situationen zu komprimieren. Wir sehen zwar nur einen Ausschnitt aus einem großen Zusammenhang, werden aber sofort in ein Schicksal hineingezogen und nehmen am Drama einer individuellen Existenz teil. Mich beeindrucken der Ideenreichtum und die Vielfalt der Lebensbilder, die die Verfasserin vor uns ausbreitet. Allgegenwärtig ist ihre Sympathie für ihre Protagonisten. Sympathie heißt übersetzt Mitleid. Auch wir Lesenden leiden mit, wir freuen uns mit.

In der Literatur dreht sich letztlich alles um die beiden Pole Liebe und Tod. Ich weiß nicht, wie viel an dem, was wir da bei Barbe Maria Linke lesen, autobiographisch ist, doch ich bin sicher: Die Typen der Uferwanderin ähneln in einem entscheidenden Punkt der Erzählerin selbst … sie lieben ohne Angst! Davon zeigt sich die Weisheit der Bibel überzeugt:

*Furcht gibt es in der Liebe nicht, denn die wahre Liebe vertreibt die Furcht.*
*(1. Johannesbrief 4,18)*

Dr. Georg Schwikart, Schriftsteller und evangelischer Pfarrer, lebt in Sankt Augustin bei Bonn.
www.schwikart.de

**Kurzbiographie des Malers und Bildhauers Steffen Mertens**

| | |
|---|---|
| 1943 | in Rathenow/Havel geboren |
| 1964-1968 | Grafikstudium an der Kunsthochschule Berlin Weißensee |
| 1972-1973 | Studium an der Fachhochschule für Werbung und Gestaltung Berlin-Schöneweide |
| ab 1974 | freischaffend als Bildhauer tätig |
| 1990-1992 | Theaterplastiker am Staatstheater Cottbus |
| seit 1992 | wieder freischaffend in Cottbus |

**Ich danke herzlich**

Steffen Mertens für die Bereitstellung der Bilder, die in diesem Buch zu sehen sind, ebenso seiner Partnerin Barbara Martin.

Georg Schwikart für das Nachwort.

Meiner Tochter Mirjam, die ihr Bild *Landschaft* als Coverbild zur Verfügung stellte.

Den Weggefährten und Förderern meiner Werke, insbesondere:
Gabi Mack, Wolfgang Steger, Christel Woltmann.

Inge Witzlau und Alfred Büngen vom Geest Verlag für ihr Engagement.

Dietmar, meinem treuen Wegbegleiter, für inspirierende Gespräche.

Allen, die das Buch ‚Endlose Ufer' auf ihre Weise fördern, fühle ich mich mit Dank verbunden.

Dieses Buchprojekt wurde realisiert
mit freundlicher Unterstützung von
Wolfgang Steger
www.FUTURE.at

Alle Figuren in diesem Buch sind frei erfunden. Sie sind nicht identisch mit einer lebenden oder toten Person. Beschriebene Episoden decken sich nicht mit tatsächlichen Vorgängen.

*B. M. Linke*